LOCUS

LOCUS

LOCUS

LOCUS

to

fiction

to 54

漂浮的打字機

Vita nuova

作者：赫拉巴爾（Bohumil Hrabal）

譯者：劉星燦、勞白

責任編輯：莊琬華

校對：蔡佳珊

法律顧問：全理法律事務所董安丹律師

出版者：大塊文化出版股份有限公司

台北市105南京東路四段25號11樓

www.locuspublishing.com

讀者服務專線：**0800-006689**

TEL：(02) 87123898　FAX：(02) 87123897

郵撥帳號：18955675　戶名：大塊文化出版股份有限公司

總經銷：大和書報圖書股份有限公司

地址：台北縣五股工業區五工五路2號

TEL：(02) 89902588　FAX：(02) 22901628

排版：天翼電腦排版印刷有限公司　製版：源耕印刷事業有限公司

初版一刷：2008 年 2 月

初版 2 刷：2020年 11月

定價：新台幣280 元

Printed in Taiwan

國家圖書館出版品預行編目資料

漂浮的打字機 / 赫拉巴爾（Bohumil Hrabal）著；

劉星燦, 勞白譯. -- 初版. -- 臺北市 :大塊文化,

2008.02 面； 公分. -- (to ; 54)

譯自 : Vita nuova

ISBN 978-986-213-035-3（平裝）

882.457　97000171

Vita nuova
漂浮的打字機

Bohumil Hrabal 著
劉星燦、勞白 譯

在離因斯布魯克不遠的地方，有一座名叫安布拉斯的城堡。哈布斯堡王朝①的達官貴人們將世界上所有稀奇古怪的東西都搬到這兒的一間廳室裡。我就看見過一些長長的杆子，這些長杆的一端飄動著許多上面寫著農民法的仿羊皮布條。這些仿羊皮布條緊緊紮在長杆的一端，就像鄉下農民穿的民族服裝上的飾條飄帶，或者像馬尾鬃。布條一擺動，農民法的文字便混雜組合出成千上萬個新詞新句來，它的基礎只不過是幾十個字母而已。當我站在這裡，望著這間滿是由偶然的文字拼湊重組的廳室裡長杆上的飄帶時，便明白了為什麼當達達主義②者們剪碎報紙，將這些碎紙片撒到一頂帽子裡，然後再掏

①又稱奧地利王朝。原來的波希米亞王國（即今捷克）、匈牙利等國均屬於它。第一次世界大戰導致王朝解體。

②達達主義爲二十世紀初在蘇黎世、紐約、柏林和巴黎等城市興起的一種虛無主義藝術運動。該名稱爲蘇黎世一群青年藝術家和反戰分子所創，他們將裁紙刀插入法德辭典，打開後刀子正指著「達達」(dada)，故取達達一名。其思想根源是出於對資產階級價值觀的憎恨和對第一次世界大戰的絶望。法國畫家迪尚爲其先驅和領導人。他們的主要表現方法是將照片報紙剪接拼貼在一起。這種追求偶然性的創作技巧後被超現實主義與抽象表現主義者所採納。

出來，非常偶然地排列組合成一種奇怪的文字時，他們是那樣地激動。

當我寫完《漂浮的打字機》這本用深呼吸——即一口長氣——寫出的書時，我意識到斜線瞟讀的實質：意識到在斜著窺視書頁時眼睛和心靈都不需要標點符號；意識到不僅我，而且千千萬萬讀報紙和長篇小說的人都會一目十行地快速翻閱紙頁，只有當高一層訊息系統告訴你說這裡值得讀者多加注意，這裡可以放慢一點讀一會兒時，我們的眼睛才會警覺起來、用心起來……然後又接著一目十行斜線地瀏覽下去。我允許自己（敢於）享受這份奢華，並不像喬伊斯不帶標點符號寫成的莫莉太太③的清晨獨白，也不像《土地》中的內心獨白，既不需要標點符號也不需要文法。我只斗膽享用這一目十行的斜線瀏覽，因為當我從我生活的那些已漸隱沒的畫面中進行挑選，用語言將這些畫面移到一行行文字裡時，我過去曾經用這個方法閱讀過。我認為我用這種斜線窺視自己的潛意識做法，就像巴朗德先生在布拉格附近建造鐵路時，在峭壁結構的傾斜層面裡，

③莫莉太太爲喬伊斯的長篇小說《尤里西斯》中的一個人物，猶太廣告推銷員利厄波爾·布盧姆的妻子。

在對角線的層面裡發現讓人意想不到的古生物甲殼蟲化石一樣，讓讀者透過斜線閱讀看到自己本人的印模。

（本書作者赫拉巴爾在這段前言中說明了全書未用標點符號的原由。譯者因考慮到讀者閱讀的習慣與方便，在翻譯此書時試著加上了標點符號，僅供讀者閱讀參考。）

這個春天特別美，因爲沃拉吉米爾來到我家。他是我丈夫的朋友，關於他，我聽過好多介紹。他是一個高個子男人，樣子像打過籃球或排球的。他一見到我便有些不知所措，叫我年輕的太太，並立即對我丈夫說：「博士，我們還去散步嗎？然後再去哪兒喝點啤酒嗎？您太太會放您去嗎？」我丈夫說：「哪能不放呢？沃拉吉米爾，我們帶她一起去吧！好讓我們身邊有隻漂亮的小貓咪。」我馬上看出來，沃拉吉米爾並不高興這樣安排，他更希望單獨跟我丈夫去，可是我已經拿出我的外出衣服、雨傘，還有那雙紅高跟鞋。我靠那敞開的衣櫃門扇遮擋著換衣服。我丈夫和沃拉吉米爾站在院子裡，沃拉吉米爾在小心翼翼地掰著掉下來的灰泥塊，他用指頭把它夾起來，然後放到手心裡，一邊還認眞地跟我丈夫講些什麼。他們站在院子裡望著那堵高牆，這堵讓我睡不著的牆，因爲牆後有個研究所，那裡面有座重型機器轟隆響著，活像一座巨大的鋸假牙的廠房在磨牙，這些機器的滋滋聲把我們爐灶上的小鍋震得哐啷直響，有時那聲音高得連我的耳朵都在嗡嗡叫。我們那張四條腿上有小輪子的青銅床也從牆根兒移動開了。我仍不習慣這聲音，可是我丈夫恰恰相反，他一聽到這聲音就興奮，半夜裡從床上爬起來，靠著牆站，將耳朵貼到牆上去聽牆那邊大概在幹什麼。當我要求他去隔壁看看，去抱怨一下說我們受不了時，他卻拒絕：「這麼一來我不就失去秘密了嗎？我要是去看，回來再跟你說那裡在幹什麼，這不就沒什麼秘密可猜的了嗎？」等我來到院子裡，他們兩人仍舊站在那兒望著那面大牆，望著那面至少有十米長六米高的牆。這兩位大爺表情嚴肅，連眼睛都不眨一下地望著這面已經露出了磚塊的牆壁。我丈夫還將指頭貼在唇邊，繼續看著。對，現在又有一塊灰泥剝落下來，掉在舊板棚上，立即揚起一股像蜜粉一樣的米色塵霧。我們連忙躲進敞著門的洗衣房裡。灰泥被風刮向門檻那兒，沃拉吉米爾激動地流出了眼淚，說：「博士，這面牆簡直是一幅行動版畫④，我住在這裡的時候，足足有半年之久，從它旁邊走過，可是從來沒有注意到這份奇特的美。博士，直到現在我才看到。我已經從這幅版畫裡找到了通向平庸的鑰匙，也只有我能用這把鑰匙達到形而上的效果。」我則聳聳肩膀，站到第一級台階上。我第一次看了看這面大牆，也第一次按照沃拉吉米爾淚眼汪汪地談到的方式來看這面牆。我丈夫卻像一個鄉下老大爺那樣站在沃拉吉米爾身旁，而沃拉吉米爾此時此刻儼然一副風度翩翩的樣子，他所說的話使他自己得以淨化，他手心裡一直放著那塊跟教堂裡給的聖餅差不多大的灰泥塊。有一次，我到教堂裡接受

④行動版畫，是二十世紀五〇年代，在抽象主義表現中占有重要地位的一個畫派，他們追求衝動性的狂放筆觸和在畫布上任意潑灑顏料所造成的偶然效果。此處則指這種風格的版畫藝術。

聖餅之後又將它吐到手心上，夾在祈禱書裡帶了回家。後來我們一起走到我們這座破樓的過道上。沃拉吉米爾和我丈夫又回過頭來盯著那塊相當破舊的天花板，它也在褪色和掉灰泥，上面滿是髒兮兮的圓點，像雞腿上的雞皮疙瘩。略呈藍色的灰泥渣像綿綿細雨靜悄悄地落成一堆堆像酥油麵糰似的東西。灰泥還從天花板上掉到這兩個男人的臉上。他們邀我出去散步，此刻卻不管發生什麼事都離不開這塊潮溼的天花板。它的溼氣凝聚到燈泡上，頓時變成水滴，像在石灰岩洞裡一樣滴到鑲著石塊的地板上。不管是誰走進我們這個過道都會冷得打顫，恨不得立即跑到街上或我們的院子裡去暖和暖和，用手指頭拈起那些像從猶太教堂洋槐樹上掉下來的落花似的灰泥塊扔到地上。當我們終於離開了這座樓房，得以在我們巷子裡的太陽下暖和暖和時，沃拉吉米爾還在爲這面米黃色的牆壁和我們過道上方的藍色天花板而激動不已。直到現在我才注意到他來的時候還拿著一個提包，現在他用雙手提著它放在身前。我立即明白，沃拉吉米爾不知將他那雙長手臂擺到哪兒才好，他之所以拿著這提包只是因爲他不知道怎麼擺放他這雙手。我對他微微一笑，重又看著他那個提包對他說：「我明白，我也常愛帶只小手提包什麼的，只因爲我不知道把我的手擺在哪兒好。您知道嗎？我現在拿著一把傘也是因爲不知把我的兩隻手往哪兒放好。」沃拉吉米爾像個做錯事的小男孩一樣不好意思地對我笑了笑，然後他又不知怎麼來收起這笑容了。我暗自高興能看出他的心思，在這方面我可多少算得上內行，在這一片刻我的心情豁然開朗。多謝沃拉吉米爾使我們那糟糕的過道彷彿成了林中井邊的小教堂，彷彿成了有些教堂的天花板。雨水和溶雪從屋頂流到它那裡，再從拱形圓頂冒出水珠，就像伴著天花板面顏色的灰泥塊那樣滴滴答答往下掉。當我們已在沿著羅基特卡小河向前邁步時，我伸出手來，看著我的袖子上到處閃爍著從我們天花板上掉下來、並不比我的手指甲大多少的灰泥塊，當我抬起眼睛——不得不抬起眼睛時——發現沃拉吉米爾已回過頭來盯著我看一會兒，然後點點頭，又像個知錯的男孩一樣笑了笑，因爲片刻間我們能稍稍理解彼此。這時我丈夫依照他的老習慣又走到我們前面，然後回過頭來，像一條獵犬一樣往回走到我們身邊。我們就這樣一會兒分一會兒聚地走著。我覺得，沃拉吉米爾和我丈夫就像兩個小男孩，我則像他們的保姆，我覺得沃拉吉米爾和我丈夫彷彿是波赫尼采孤兒院的兩個孤兒，在我寫了書面保證之後把他們接到我家來過禮拜天，第二天早上八點還得送回去；我還覺得我像《小混混變大混混》一書中那個胖嘟嘟的齊林卡，正牽著兩隻小狗在散步。我們就這樣沿著羅基特卡小河漫步。這兩個男人像孩子一樣跑到小河河邊去，他們對那裡的一切都感興趣。他們把在小河裡找到的所有東西都撈到岸上來，把一輛滴著水的破兒童車拖到小路上我的腳跟前，又把一些破罐子和玻璃碎片從這條臭水溝的爛泥裡掏出來擱在我面前，總而言之，這兩位大爺把他們所找到的一切破爛都興高采烈地撿上來，諸如裡子朝外翻著的破雨傘，沾滿了泥巴的大衣，溼透的草褥子和床墊……只有一個裝滿泥水的大沙發因爲重得像塊大石磐他們搬不動，只好讓它留在原處。後來我們看到河邊一棵大白楊樹的枝幹，大概是被閃電劈得歪向小河的上方。當我走到那棵樹旁，拄著雨傘、穿著紅高跟鞋的雙腳又擺成一個舞蹈演員的基本姿勢，我看了沃拉吉米爾一眼時，沃拉吉米爾便張開雙臂，沿著那根斜枝幹爬了上去，一直爬到伸向小河上方的枝幹頂端，還從高處轉過身來。我丈夫站在岸邊，他那雙O型腿還頂帥的，用手掌擋在眼眉上，像我一樣盯著沃拉吉米爾。我們的讚賞使沃拉吉米爾更起勁了，他像走鋼絲的特技演員一樣繼續往前走幾步，現在找到他盼望已久的那一時刻，一步跨到了另一根枝幹上。沃拉吉米爾的體重壓得枝幹彎到小河對岸的地面上，他在枝幹快要倒下之前連忙跳下來，臉色嚇得慘白，朝我們笑了笑，然後像沿著小獨木橋似地沿著倒下的枝幹跑到我們跟前，拿起他的手提包，繼續跟我們一道往前走。我丈夫一聲不吭，我看出來他很不好受，沃拉吉米爾的表現使他自己感到羞愧難當，因爲我丈夫並不是沒有能力爬到那歪曲的枝幹上去，他有這能力，但卻不是現在有，可能有時候，曾經某時有過，今天卻沒有了。他這麼走著，膝蓋有點沒力，而沃拉吉米爾卻儼然像位勝利者，昂著他那鬈髮的腦袋，驕傲而靈巧地邁著步子。後來我們眞的散起步來了。到了奧克羅赫利克時，沃拉吉米爾從一棵砍倒的樹幹的樹皮上摳下一塊黴菌來。我說這是梨樹幹，因爲我爸爸曾經採購過芬蘭白樺與黎巴嫩雪松這類珍貴木材，而且我對兩位大爺說，我爸爸還有一幫員工將鄉間林蔭道上所有漂亮的梨樹幹核桃樹幹都買下來，因爲我爸爸有遠見，早就將整個莫拉維亞還沒伐倒的梨樹核桃樹都訂購下來，所以我爸爸還是維也納及布爾諾的木材顧問，他是一位熟知所有能做成漂亮傢俱木材的專家。沃拉吉米爾對我談到的這些表示感謝，我丈夫的下巴也翹得高高的，爲我而感到片刻的驕傲。沃拉吉米爾蹲下去，從手提包裡取出一張硬紙卡片和一瓶漿糊，將那一小塊從伐倒的梨樹幹上摳下來的樹皮貼到上面，像端著一本打開的書一樣，將那張貼了樹皮的卡片端到我眼前說，他的行動版畫就跟創造了這塊樹皮這塊黴菌的大自然一樣。我丈夫這時大聲嚷嚷，可笑地蹦跳著喊道：「第二自然——亞里斯多德的工具論！」⑤沃拉吉米爾也歡呼著：「對！亞里斯多德的邏輯、工具論？博士，要是我們這位年輕的太太允許的話，爲了紀念我們這次散步，咱們做一塊凹模本，然後印一套版畫。年輕的太太，您答應他做嗎？您大概不會讓他跟我去做吧？或者您答應他去？」我說：「我答應！

---

⑤亞里斯多德（Aristotle，西元前三八四—前三二二年），古希臘哲學家、邏輯學家和科學家。後人將他邏輯學方面的著作總名爲《工具》。此處爲赫拉巴爾以此來譏笑沃拉吉米爾的話。

只要他乖，我會答應的。我幹嘛不答應啊？」沃拉吉米爾小心翼翼地將那塊貼著老梨樹皮的卡片放進提包裡。如今跟我並排走著，對我說：「您知道嗎？年輕的太太，等我結了婚，我一步也不離開我妻子，她在心裡也一步都不許離開我，因爲她只要在心裡離開我一步，我就從她那兒跑開，然後去上吊，解下領帶去上吊。」沃拉吉米爾很嚴肅地對我說。我丈夫在揮動著雙臂，彷彿想將沃拉吉米爾剛剛談到的那些畫面驅散掉。山坡上有些小果園。我丈夫精神又來了，用手指著那一棵棵矮小的果樹，說出每一棵樹叫什麼名字，結什麼果子。他將手伸進籬笆裡面，抓一把剛被鐵鍬翻過的土，像捧咖啡粉一樣地捧到我們面前。我們不僅必須聞一聞這土，而且還不得不用手指頭抓一點，像搓鹽一樣地搓一搓，彷彿在檢驗用來做衣服的本色粗布的質量。而沃拉吉米爾對他的回報則是從我們走進的一座小林子裡一些松樹的背蔭摳了幾塊樹皮下來，然後從提包裡掏出一本素描簿，在其中一頁抹上漿糊，掰出一塊樹皮和黴菌，還扯下一朵花，捉了一隻粉蝶，貼在這張紙上，然後捧到我面前來讓我欣賞。「喲！」我高興地驚歎了一聲，撐開那把藍色絲面陽傘。我丈夫也走過來看，沃拉吉米爾微笑著。我丈夫說：「沃拉吉米爾，這就是您的全部呀！您光是做這些小畫，那上面既沒有素描也沒有人像。這倒好，您壓根就用不著會畫樹和那在鮮花草地間像地毯般包圍之中的小溪，您也用不著講述風俗趣聞軼事寓言與田園景色，您現在做的這東西乃是您偉大的抒情詩這條鏈子上又一鏈環的延續。沃拉吉米爾，是時候了，我跟您說，我的老天爺，別再弄您這些小幅微型畫了吧！弄些大幅的，更大一些的版畫！」我丈夫大聲喊著，邊後退著走邊捶胸頓足。儘管有太陽，彎曲的小路穿過白樺林，我們一點也曬不到，但我還是拿著那把撐開的藍傘。我看見沃拉吉米爾像一匹怒氣衝天的烈馬一樣縮緊著耳朵。可是我丈夫沒有注意到這一點，還繼續對著沃拉吉米爾吼叫，要他開始新生活，叫他放大他的版畫，即他的那些小塊畫、微型畫。我想像不出來這些小畫長什麼樣，但我知道，沃拉吉米爾在努力克制自己不要把我丈夫推到白樺林中的壕溝裡去，或者把他的牙齒敲個粉碎。可是我丈夫大概認爲自己找到了對沃拉吉米爾說出一切的最有利時機，他倒不是要反對沃拉吉米爾，而是認爲有必要向沃拉吉米爾指出一條新道路，讓沃拉吉米爾超越自我，成爲頂尖的大師，不僅是布拉格的、歐洲的，而且是世界級的大師，就像我丈夫想像自己那樣，以爲再過幾年突然一下會劃破天空橫空出世，成爲了不起的天之驕子。如今我丈夫就在預言什麼也阻擋不了沃拉吉米爾開始創作出大手筆的巨幅畫來。我卻在小白樺林中漫步，布拉格就在我們的下方閃著光芒。隨後我們走在濃密的小橡樹林中，我轉動著藍傘，微笑著，彷彿自己是在印象派畫家們的畫上漫步，彷彿自己也有了印象派畫家的情緒。我有一種幻覺，彷彿自己在迎著自己往前走，我看見自己多虧那把藍傘成了印象派畫面的組成部分，因爲當我隨便瞧上一眼，便能看到連我的鼻子也是藍色的；當我收緊下巴便看到我的胸脯和拿著傘把的手都是藍色的。我還覺得我那兩個從波赫尼采孤兒院領出來，彼此喊叫著的孩子也屬於這幅印象派畫中的人物。在這幅畫中我們緩緩登上林木茂盛的山坡，我那把張開的藍傘也跟我們一樣在漫步攀登。儘管沃拉吉米爾在對我丈夫大聲吼叫，我仍然微笑著。他在嚷嚷道：「博士，您該繼續去當您的列車調度員，要是這樣，今天您帶著您的這些觀點也許當上了站長，在哪個小火車站上當個站長，夏天穿上白色制服褲，紐絲特爾的上衣，下午您可以去花園飯店、站旁飯店打打保齡球。您太太也就成了站長太太，您們也許有了孩子，因爲您太太準會替您生下兩個胖寶寶，您的體重也一定會有一百公斤！」沃拉吉米爾就這樣對著我丈夫大聲喊著。我丈夫脹著脖子瞪著眼睛說不出話來。可是我卻出了林子來到草坪上，那裡有一個小湖，旁邊聳立著天文台的圓屋頂。那裡還有一輛被遺棄的郵車。我登上踏板，縱身跳到這輛藍色舊郵車趕車人的座位上。曾幾何時，這輛郵車曾四處分送包裹、情書、訃告以及掛號郵件，如今卻扔在拉德維山頂上的天文台旁。我坐在郵車上望著這兩個大爺，這兩位未來的頂尖人物、世界冠軍，他們實在令人覺得可笑。其實我也何嘗沒想出人頭地呢？我曾經學過跳舞，想要當個芭蕾舞蹈家，如果當不上頂尖芭蕾舞蹈家，至少當一名像拉・楊娜一樣的舞蹈演員，但現在我卻是巴黎飯店的一名女出納員而已，下場大概跟這兩個老爺一樣。他們仍在彼此衝著對方大喊大叫，現在甚至面對面地站在那裡，眼睛瞪得老大，緊握著拳頭，眼看就要抓破對方的眼珠子、大打出手。可是我知道，即使這兩個人打起來，他們也不會互相拋棄。這兩個人彼此愛著，誰少了誰都沒法活。他們可以各自待在布拉格的另一端，然而他們在思想上還是相通的，因爲他們兩人都有個擺脫不掉的念頭，就是他們都是最出色的人。如今正是爲他們這兩位最棒的人物而在大喊大叫，如今正是爲他們之中要成爲世界冠軍的人在彼此吵嚷。他們吵得壓根兒就沒法注意到我現在看見了什麼：在天文台旁邊有位女教師帶著一群孩子，他們在一張圓桌旁圍成一圈，這張圓桌跟我們家餐廳裡的圓桌一樣大。孩子們正用小手指頭指著這張桌面的邊緣。我從那輛被丟棄的郵車上走下來，拿著張開的藍傘走近這群孩子，我越過他們的肩膀掃視這張桌面，幾乎無法相信自己的眼睛，因爲我看到在這塊大得像個大磨盤的石頭桌面上，就像大鐘樓上的鐘一樣，有箭頭指著的一根根刻度線，上面標著歐洲城市的名稱，以及各個城市離這塊石桌面中心的公里數。女教師幫一位小女孩站到桌面上。小女孩用手捂著眼睛喊道：「我看得見，看得見華沙！」然後轉過身，彎下腰，等她讀了石桌上另一個地名之後，又用手掌捂住眼睛嚷嚷道：「我看得見，看得見柏林，我一直能看到莫斯科！」然後小姑娘跳下來，換了一個小男孩上去，他也讀了一下地名，然後用手捂著眼睛喊道：「我看得見，看得見維也納，我還看得見羅馬！」我丈夫和沃拉吉米爾現在也走到這裡，他們已停止爭吵，兩個人都看著我。我將指頭貼在擦了口紅的唇邊，於是這兩個大爺感動地看著一個小男孩和一個小女孩，看著這些孩子怎樣跳到桌面上，捂著眼睛朝著越過所有國界的遠處喊叫。依著圓桌面上的箭頭所指，在離這兒幾百幾千公里的某個地方，每個孩子都能看見一座歐洲的首都，每個孩子隔著這麼遠都看得這麼眞切，從拉德維這兒一直看到那個遙遠的地方。等所有孩子都輪著看了一遍，老師用下巴向他們示意，便帶頭朝著恰布里采走去。這時我們身後的布拉格像一幕晃動的印象派的舞台布景在閃閃發光，沃拉吉米爾和我丈夫用指頭觸摸著擺在拉德維山頂上的這張石桌面，讀著上面的城市名稱和距離這裡的公里數。我拿著張開的藍傘跳上去，站在桌面中心，用傘指著維也納那個方向喊道：「我看得見、看得見、看得見畢辛卡姑姑正走在馬利亞希爾－費爾街上，如今她正走進德蒙咖啡廳。我看見了，看見了！」我轉過身來，又用傘指著海德堡的方向喊道：「我看得見！我媽媽正牽著一條小狗走在施韋特辛根街上，如今正朝施洛斯卡登走去。我還看得見我的姐姐湖翠剛採購回來。我的三個侄女正在謝傑街2號的小房子裡翻她們媽媽的採購包，挑出來可解饞的東西！」說完便跳下來，在我的紅高跟鞋踩到草地上之前，我靠藍傘幫了一下忙。沃拉吉米爾放下提包，一個側騰躍跳到石板桌上，遮住眼睛喊道：「我看見了看見了！那兒是華沙，我看見那裡的斜輪展覽廳和爲我舉辦第一次隆重展覽的波古謝館長！我看見了看見了！在大海的那一邊邁阿密的達維斯⑥先生，他爲我舉辦了在美國的第二次展覽。我看見了，現在我看見巴黎了，那裡的馬蒂厄正如我在一塊小小的硬鋁板上製作行動版畫一樣拿著他的筆刷在他的巨幅畫布上舞動！向您致意，馬蒂厄先生！您在巴黎就像我在布拉格一樣是最棒的！您聽得見我說話嗎，馬蒂厄先生？我還看見巴黎的賽伊法爾先生，就是那位寫文章說抽象抒情版畫是我的一大發明，我的行動版畫我的爆烈主義！我看見在美國，波洛克⑦正登著他那些恐怖的大教堂和他用滴濺顏料的方法創作出來的畫、行動繪畫，我從布拉格向您致意，波洛克先生！整個世界只有兩個頂尖大師，波洛克先生您和我！這同一個橢圓上的兩個圓心……」沃拉吉米爾跳下來，得意洋洋地望著我丈夫。我丈夫變得開朗起來。他看我一眼，我看到我丈夫如今有一雙漂亮的眼睛，孩子的眼睛，剛哭完的孩子的眼睛，他不是跳到而是先靠膝蓋爬到桌面上，還得靠雙手支撐著才站立起來。沃拉吉米爾看著我，笑得直搖頭，意思是說我嫁的老公已經有點兒體力不支了。可我丈夫現在挺直了腰桿，站到石桌中心，那上面朝著各個方

---

⑥達維斯（Stuart Davis, 1894-1964），美國早期抽象美術家。

⑦波洛克（Jackson Pollock, 1912-1956），美國抽象主義繪畫的主要代表，以在畫布上滴濺顏料作畫著名，是行動繪畫派藝術的首創者。

向的箭頭指著世界各地的城市及距離。他遮上眼睛，不是朝著他面對的方向而是朝著下面沃拉吉米爾的臉喊道：「我看見了，沃拉吉米爾！看到了我已經知道的事情：波洛克已經不在人世了，波洛克在雪松街5號的酒吧要了最後一杯威士忌，他在這短暫的一生中肯定已經喝了好幾大罐這種酒，當他吸完最後一枝煙，便坐到他的小轎車上，有人跟他撞了車，他死啦！沃拉吉米爾，注意！他是在四十四歲的時候死的。他妻子麗・卡拉斯涅羅娃，他滴濺顏料作畫的能量，乃至他忠實的小狗都沒能幫上他的忙。沃拉吉米爾呀！波洛克先生已經死啦……」我丈夫蹲下來，鞋底踩在桌面正中心，直視著沃拉吉米爾這麼說。沃拉吉米爾不再微笑，他臉上的笑容凍結了。我放下傘，望著這兩個大爺，不禁打個寒顫。我丈夫說：「我看見了，看見巴黎的安東寧・阿爾托⑧也已經死了，我看見了他寫的一句話，沃拉吉米爾啊，注意！這句話也是針對您的……『有一天我們也

⑧阿爾托（Atonin Artant, 1896-1945），法國劇作家、詩人、演員和超現實主義理論家。他企圖將「資產階級」古典戲劇取消，代之以他的「殘忍戲劇」，試圖將人的潛意識解放出來，並將人的本質向本人顯示。

不得不對自己的過早死亡而負責』……」

五一節是愛情的時光⑨，我和我丈夫都穿上了節日盛裝。我從來沒有去看過五一遊行，也從來沒想到過要去看。我丈夫也從沒去看過五一遊行。恰恰相反，就像我婆婆說的，我丈夫在寧城那時經常在五一節那天上午往外運送家畜糞水乾草，惹得寧城居民非常不高興，我婆婆還不能說，因爲我丈夫那時正靠運糞水乾草來寫他的鑒定。可是今天他卻懷著過節的心情，像個小男孩似地盼著這個遊行。於是我們便走出我們在堤壩巷這個家，我丈夫挽著我的手，對我嚷道：「小姑娘，其實你也可以當作家呀！你聽著，我只能告訴你我所相信的。是這樣，小姑娘，一切都始於讚賞驚羨，只要你一開始對任何事物表示驚異，你就會發愣；一開始變得很消極，但這不要緊，這只是一種充滿著熱切期待的恭順，這是處在宣告某種物事之前的一種狀況。你睜開了眼睛，敞開了心扉，你的這種消極會突然轉向它的反面，你不僅願將這一切，而且還不得不將這一切記錄下來。作家就是開始把他所見到的閃閃發光的東西抄錄下來的人。這不是任何別的事情，而是

⑨源於捷克著名詩人馬哈的一句詩。

來自對你之外的某些東西的極大欣喜……」我丈夫嘰哩咕嚕地在嘮叨。我高興的是他沒像往常那樣總是走在我的前面，如今終於像個體面的丈夫與我並排走著，甚至還挽著我的手。他這樣挽著我的手也許是我們結婚後的第一次吧！於是我們就這樣走在赫拉夫尼街上。雪花紛飛，我丈夫對著我的耳朵大聲喊道：「最重要的，小姑娘，你必須學會提出一些愚蠢的問題，比方說，要花多少時間才能將你那杯發酵的飲料變得只剩下純純的葡萄酒？你必須學會自己問自己。喂，小姑娘，你知道你先往前走，再走回到你起步的那個地方要費多長時間？還有！你自己朝著與自己相反的方向走，讓你的未來成爲過去，這又要耗費多少時間？你何時失去生命而回到那美麗的空無、非存在的狀態？何處沒有始與終？何處的切線與弦混淆在一起？何處平行線一根緊接著一根地流淌著？何處的水、火、空氣與太陽混爲一體？何處是地下小河的終點站？何處一切都會冒出來？何處的一切都達到了時空的頂峰？」我丈夫實際上不是在問我而是在問他自己。巴爾莫夫卡這兒刮著風，下著雪，還有一股穿堂風。遊行的旗隊從維索昌尼那邊走過來，然後是少先隊員像一群達克斯狗一樣湧過來，接著便是我至今仍望而生畏的民兵隊伍，後面是樂隊和舉著那些活著的以及死了的國家領導人和政治家肖像的隊伍。從卡爾林、從火車站、越過猶太墓地的圍牆刮來一陣陣涼風，舉著橫幅標語的人被吹得東倒西歪，巴爾莫夫卡區的整個遊行隊伍都有點兒像喝醉酒的人，標語牌和旗杆一晃而過，遊行隊伍緩緩向前，可是這五一遊行隊伍眞有點鬆散踉蹌。一支進行曲已在什特拉斯堡演奏完畢，第二支曲子在接近巴拉本卡的地方開始奏出。觀眾們站在街邊人行道上望著遊行隊伍，也許每個人都在隊伍中尋找他的熟人。可是仍舊刮著風，下著雪，而且越下越大。我丈夫抓著我的胳臂，他探著身子，瞇著眼睛，想看到那越走越近、從麥爾古爾的大風雪中過來的大小工廠的隊伍排頭。他搓搓手，向站在街邊人行道上的人們點頭致意。所有這些從他常去的小飯店小酒館裡結識的熟人也都只爲看看熱鬧而來到這裡，他們完全沒有勇氣跟著遊行隊伍一直走到布拉格市中心去，只是像這樣站在巴爾莫夫卡街邊上，向遊行隊伍招招手而已。當國旗、黨旗和領袖像經過這裡時，有些人摘下便帽和禮帽，四處偶然有頂禮帽被風刮走，而從火車站又刮來了啤酒罐和餐巾紙，大風還刮來小攤上出售的裝芥末炸香腸的紙碟，那些攤位的帳篷被風抽打得劈啪作響。突然，我丈夫喊了一聲：「他們來了！」這時，一列遊行隊伍已走過去，消失在莫爾卡拉西五金商店。接下來是一列龐大的遊行隊伍，走在隊伍前頭的是舉著國旗的沃拉吉米爾。他走路的樣子，彷彿根本沒有受到風的干擾，他顯得那麼自豪而莊嚴，手中的大旗杆插在他腰間綁著的帆布帶裡，大旗像一個被旋風折磨的小孩在拚命地撕扯抽打著，可是沃拉吉米爾將它抓得牢牢的。我丈夫敏銳地看到沃拉吉米爾，他實在很具可看性，因爲沃拉吉米爾步履輕盈，沒戴帽子，理了髮，即使在這大風中他的鬈髮也顯得很有彈性。他穿件高領衫，外面套件藍短外套，走路那神氣儼然像個代表。巴爾莫夫卡街人行道上的所有觀眾都注意到了沃拉吉米爾，很難不注意到他。只有他依著音樂節拍健步走著，而其他那些標語牌和畫像不是朝後仰，便是被風刮得朝前傾，或者音樂節奏一停止，畫像與標語牌便互相打起架來或頹倒下去。惟獨沃拉吉米爾一個人走得穩穩當當，彷彿既沒下雪，也沒有刮起那有節奏地拍打著他那雙穿著燙有挺縫線灰色褲子的腿和膝蓋的風。現在他也看見我和我丈夫了，他用眼睛向我們致意，他繼續健步朝前走著。他知道我們在看他，因此他也在爲我們邁著大步，努力讓自己比在看到我們之前走得更神氣些。實際上這五一遊行是沃拉吉米爾的遊行，是他準備了這次也許在維諾堡墳地某個地方練習了很久的遊行。就像我丈夫說的，沃拉吉米爾經常夜裡去墳地圍牆那兒唱歌或者拉提琴給亡靈聽。我丈夫對我說：「可是小姑娘，這還只是利本尼這一段的遊行，你知道等沃拉吉米爾領著這幫切卡德⑩的工人走過波希奇，然後再扛著那面大旗走過瓦茨拉夫廣場，最後經過檢閱台，意味著什麼嗎？我都害怕接著往下想。」我丈夫這麼對我說。沃拉吉米爾的身影如今漸

⑩切卡德，捷克布拉格一家機器製造公司的代號。

漸從莫爾卡拉西附近的小山坡上走下去，但他還是比距離更遠的遊行隊伍中所有的背影高出一個頭，他滿頭的鬈髮在晃動著的標語牌中閃著光亮。那些頭像面向前方，一直朝布拉格市中心的方向走去。「你今天成了一項特殊事件的見證人，」我丈夫一本正經地對我說，「沃拉吉米爾將會整整半年沉醉在這次遊行之中。可是小姑娘，我剛才說的那種消極、那種在做之前的傾訴和讚賞還不是全部。小姑娘，到你開始寫的時候，你要特別注意，那寫作突然會開始給予你一種完全不一樣的、你從來沒想過的東西，如今流出來的就是那眞正的香醇，一種你以後漸漸得知而你以前從未預想過的東西，然後這才是你眞正的東西，完完全全是你的東西。這東西大概好比在工廠裡有部機器突然開始生產廢品。對！在工廠裡這就得馬上停止生產，因爲生產出來的是廢品，可是在寫作中這廢品恰恰是眞正你要的。眞正的作品就需等待開始寫作這廢品的那一刹那出現……這就是釀酒的時候全家都等著的那正在發酵的葡萄酒釀，等到把葡萄渣擠出來，那汁又開始升溫、發酵，變成一種濃稠汁液，像白咖啡一樣的廢物，於是全家都會爭先恐後地來品嘗這好比盤尼西林的發酵液，它有一種治療作用。起這種治療作用的實際上是一種有組織的廢物，像盤尼西林一樣是一種黴菌。這就是這發酵液與寫作的眞正相似之處。小姑娘，在莫拉維亞那地方每一個葡萄酒地窖都有一座小閣樓，閣樓上有一個小房間，在葡萄發酵的時候，維也納的猶太人就到這裡來，整個星期都喝這廢物、這盤尼西林、這發酵液，不喝其他東西只喝這發酵液，用它來清洗內臟。因爲猶太人的肝、腎都不好，那發酵液能發揮點作用，等他們回到維也納時，又可不顧一切吃鵝、吃烤鵝肉和鵝肝，大吃大喝過週末，然後再盼著到莫拉維亞酒窖上面的閣樓小房間來喝發酵液。」我丈夫一個勁兒地說著，我在他身旁卻邊走邊想著沃拉吉米爾。他那種遊行時舉旗的方式讓我吃驚，他根本不在乎那天氣那風和雪，彷彿在夢中邁步領著那五一遊行隊伍，可是卻像走在所有復活的茫然的人群前面的基督，沃拉吉米爾在這一整列遊行隊伍中就是這種形象，似乎只有他一個人是聖人，彷彿他是共產主義那早已逝世的前輩的長子。我看到沃拉吉米爾在爲他代表他們工廠舉著旗幟而驕傲，甚至還因這面旗子而感到榮幸，幾乎因爲工廠恰好選中了他扛旗、領著隊伍走過布拉格市中心的檢閱台而感到無比幸福。我眞恨不得能到瓦茨拉夫人街那檢閱台下去看看他是不是在那裡也昂首闊步，是不是在那裡也是一副神聖而茫然若失的面孔。因爲沃拉吉米爾此刻在巴爾莫夫卡街上給我的印象儼然像個眞正的理想共產主義者，他樂意上班，樂意工作，像其他人之中的一員，什麼也不圖地做著自己的事業，平凡而又謙虛，同時又爲自己既是工人又是藝術家而感到驕傲。像我丈夫說的，他連畫室也不需要，只要晚上有幾根香煙抽，以及用六十個哈萊士[11]買張去日什科夫的電車票回家。實際上沃拉吉米爾請我和我丈夫到巴爾莫夫卡來參加五一節，是想讓我們親眼看到他站在哪一方、在什麼立場上、同情誰，對沃拉吉米爾來說沒人比我丈夫和我更重要，所以他才擺出那副冷峻同時又很得意的面孔，所以他的眼睛才像看我丈夫時的那模樣。我丈夫與我並排走著，我看出他也有著同樣的想法。他看了我一眼，微笑著，聳聳肩膀，舉起一個手指強調地說：「我是一個小城市的市民，自始至終是一個小城市的市民，但我從來不是一個小市民。」他推開門，用手使勁拉開紅色帷幕，邀請我到熱尼什基來喝一杯。我坐下來，環視一下酒店，這家酒店我沒來過，我丈夫要了啤酒，給我要了格羅格酒⑫。他悄聲對我說：「這裡曾經是教會高層和市長先生、市政府官員及其夫人們光顧的地方，這只是供利本尼的高層人物享用的酒店。如今彷彿一切都變了個模樣，現在是一家早上六點鐘就開門的小店，那些早上不喝杯蘭姆酒幹活手就發抖的人常上這兒來……哪裡是六點開門呢？」我丈夫自己問自己，一摸額頭便回想起來了，「那是在林哈特酒家，然後是鐵路王酒家，再後是卡萊恩都酒家，不是科學院旁邊的那一家，而是正對著碼頭的濱江道上的那一家，然後是鐵鋪酒家，再往下是波多里酒家，

---

⑪捷克錢幣中最小的單位。60哈萊士約為1元台幣。

⑫蘭姆酒或其他烈酒加糖和水熬成的一種飲料。

還有叫什麼名字來著？」我丈夫在絞盡腦汁、摸著腦袋說，「喏，它旁邊就是鐵貨鋪……對，叫啤酒廠酒家，當然還有馬利揚圖畫酒家，在馬利奇卡對面，而在這家酒店對面則是巴索夫斯克酒家，是在哈夫利切克廣場上。可是我最喜歡的還是那家拉·巴羅馬小酒店。常去那裡的有……」

「我知道，」我打斷了我丈夫的話，「我已經聽說過拉·巴羅馬小酒店了。士兵們常到那裡去玩妞兒。」我說過之後，心裡的一塊石頭落了地，便開心地笑了，笑聲大得使高層人士常去的熱尼什基酒家的所有顧客都朝我看。有人從外面打開門，接著他用手掀了好半天那紅色帷幕，可是總也掀不起來，他只好作罷。有人從街上往這玻璃門上猛擊了一拳，門前掛著的就是這塊靠人手才能掀開的紅絲絨帷幕……

我在照著圖樣紙繡畫。而我丈夫卻視我那些圖畫如眼中釘肉中刺。我可是最喜歡照著樣子用彩線繡這些圖畫了。他的朋友們來我們家時，所有這些未來的頂尖人物都抱著極大的反感看待我這活兒，還帶著同情的目光瞧著我丈夫。我把我那些尚未繡完的畫圖紙擺到他們面前，請他們出出主意，請他們幫我挑選彩色繡花線，可是這些未來的世界冠軍們卻聳聳肩膀，坐得離我遠遠的，繼續討論當前被諾維·喬克和巴黎所震撼的藝術，談論抽象的表現主義，談論粗獷派藝術⑬、抒情的抽象，談論卡繆、沙特，談論爵士樂演奏家、桑德堡、弗林格蒂和凱魯雅克，還談到艾茲拉·龐德的病……我一邊聽著，一邊繼續挑選彩色絲線準備照著樣子繡一幅布拉格宮。我丈夫的朋友走到我背後瞧看，而我故意裝得非常欣喜且精力集中的樣子，把緊繃在繡花框子上的麻布取出來。那上面已經繡了藍色的布拉格宮輪廓……朋友們在周圍嚷嚷著：「跟畢卡索比怎麼樣？像達利的？要不像羅森柏格的？」我仍在挑選絲線，從已顯圖樣上的顏色來配色，將線穿進針眼裡，畫面慢慢地、肯定會一步步顯現出來。我已學會從周邊往中間繡，當畫面東一下西一下不按牌理地逐漸顯現時，我覺得最有意思了；當這彩色畫面還看不出是個什麼東西時，我覺得它非常美……我丈夫跟他的朋友們在繼續進行著他們那機敏的討論，這都是他們從一些專題論文裡看來的材料。我丈夫以爲這樣就能制服我、貶低我。當我拿我的繡花圖案裝腔作勢地給這些未來的頂尖人物、這些冠軍們看時，他們在我的畫旁走來走去，根本沒有察覺到我在蔑視他們，還一個勁兒地拿我取樂，出主意說應該把我的畫剪成碎塊來做拼畫；說我該往這幅畫上釘上一顆釘子拿來掛破鬧鐘；還說要在我這幅尙

---

⑬現代英國建築流派。注重材料和基本結構的直接表現，是一種未加裝飾的巨型建築。

未繡完的畫上掛一塊懷錶的錶盤……我把已經繡成的呂內堡的帚石南叢拿來給他們看，他們大家都捂著眼睛或掩著耳朵、跺著腳，大演其戲，說看了這幅畫心裡不好受，可能得一個接著一個從窗口跳出去，說我們要是住在四樓上……我搖著頭、彈了彈太陽穴，按摩了一下眼眶，以便看淸這些小丑。我就用這些畫來報復我丈夫這些從來不讓我對他們的討論插一句嘴的朋友。當我想對他們的討論說點什麼時，我丈夫甚至在我頭上一揮手，大家隨即打斷我結結巴巴說出的幾個字，禁止我發言，因爲他們認爲我不夠格參加他們的討論，其實他們爭論的時候，誰也不聽別人在說些什麼，只等著讓自己的觀點，僅僅是、僅僅只有自己的觀點占據這個討論，以捍衛自己的自卑，我卻淸楚地看到自己一點也不比我們的這些所有的客人差。我故意把我那張剛開始繡的畫放在兩個窗子之間那塊上面垂著常春藤枝子的臥式鏡子上，讓它再映照出一份來。我用兩個拳頭做成兩個觀察孔欣賞著我的作品，還後退幾步，爲我這雙巧手感到自負，感到得意洋洋，因爲只有我還正正經經做了件實實在在的事情。而我丈夫的這些朋友們，僅僅、僅僅掏出他們的針織運動衫，只等著他們的時運一到，便都成爲第一號種子……有的時候，我也把《金色布拉格》一書拿來給他們這幫人看，這是我丈夫幫我從焦街廢紙回收站帶回來的。我瀏覽著書上的插圖，爲了給他們添點亂子，我像打開彌撒書一樣翻開這本書，將它塞到他們的眼皮底下。可我丈夫看我的那神氣就像我根本完全不在這兒，就像我是透明無色的。我可不買他們的帳，偏把《金色布拉格》攤開放在桌上，大聲讀起波赫達・卡明茨基的詩來。大家不相信自己的耳朵，不相信自己的眼睛，他們聽我讀一會兒，有兩人跑了出去，兩人同時鑽進院子裡那個敞著門的廁所，同時裝作在嘔吐；其他人對我丈夫表示同情、慰問，我卻堅持把卡明茨基的詩讀完了……

當我把我結婚時的照片寄到德國我媽媽那裡時，我媽媽回信開玩笑說她很高興我嫁了一個俄國佬。她說從照片上看，根據我丈夫那高顴骨來看，他該是烏拉爾山脈一帶的人。她說對了，因爲我丈夫自己也說他和他的先人都有一副高顴骨，莫拉維亞人反正有一半是類似阿瓦爾人、韃靼人和馬札爾人的人種。我注意到，連我丈夫的表妹米拉達也有著一副高顴骨、歪臉盤和短下顎。米拉達常常拿著一本大相冊，像翻彌撒書一樣一頁一頁地翻著，不僅將她的父母而且將她的兄弟姐妹指給我看，一整群人都是一副目光嚴肅的、舊奧地利鄉下人的模樣，連我丈夫也弄不清誰是誰。他跟我說，他只能根據高顴骨來認出他的親戚，因爲他那些姑表叔舅肯定有上百人，於是我丈夫只得放棄向我介紹誰叫什麼名字，誰的命運如何的念頭。只有米拉達給我介紹了一些人的名字，可是到頭來我還是沒法將名字與面孔聯繫起來。我只知道一點：這些照片上所有的人都莊嚴得跟皇后和國王們一樣。從他們臉上的表情可以看出，生活在舊奧地利一點兒也不輕鬆，從這些人身上僅能看出辛勤勞動的痕跡，僅僅能看到握得緊緊的累壞的手，所有男人都顯得過早地衰老，他們的眼睛彷彿都有白內障，而且兩隻眼一高一低，似乎總在看著某個遙遠的地方，那些男人看什麼東西時就像瞧著那永恆，連那些女人也大概如此，手裡抽搐地捏著祈禱書，彷彿那天主教歌本上的聖母歌流進了她們的靈魂和眼睛裡。當我們坐在寧城家裡，外面下雨出不去時，我丈夫也拿出一本紅絲絨加金粉點封面、跟米拉達那本幾乎一樣的相冊。我婆婆像米拉達一樣努力將各個家庭成員以及那些親戚們的相片和名字聯繫起來告訴我，她這麼一頁一頁地翻著，不但那些名字一過就忘，那些彼此近似的相貌也記不住。就像我丈夫說的，他使勁將這些臉、身材與名字聯繫起來，從十歲左右就努力記。他還特別喜歡翻閱這本外婆擺在兩個窗子中間桌子上的相冊。當外婆在啤酒廠仙逝，當聖母瑪利亞在啤酒廠上空彎下身來將外婆拉進天堂時，就像我丈夫說的，他便上百次地翻著這本相冊，可是也只能記住外婆和外公的臉，還有米拉達的幾個親戚。我只知道，舊世界對我丈夫來說是個可怕的東西，他說他只要回想一下舊奧地利時期這些男人的目光，恐怕就得從窗口跳樓或去臥軌，因爲那時候的生活有它的規矩、有它的苦難，也有它的歡樂和意義。他指著相片向我介紹說，米拉達的父親曾經是紡織廠的一位先進工人，跟她母親一樣，也跟我丈夫的外公外婆一樣，都是上班的普通老百姓。當布爾諾的第一批幼鵝上市，他們總要在星期天烤上一隻小鵝。在猶太人開的紡織廠的工人，星期六從來不幹活，因爲他們在星期五就已熬了個通宵，以便星期六能分道而去，有的回家，我那些遠親便到鄉下去看望他們的兄弟姐妹。我們在米拉達這兒回顧了那時候人們一週的食譜：比如說，吃燻肉時總要配上黃瓜；吃小扁豆和豌豆也少不了黃瓜，星期五通常是帶餡的小甜麵包配雞蛋麵糊黃蒿籽湯；星期日吃豬肉必得配上圓白菜；吃捲心菜則配上熟牛肉；晚飯是麵包抹奶油夾乾酪，奧洛莫烏茨的乾酪，一罐啤酒，麵包加細香蔥、奶渣、灌腸和洋蔥片，用半公斤牛肉熬成的湯。這種湯今天已經喝不到了，因為沒有從前那種肉了，就像我們再也吃不到燉牛排骨一樣，還冒出一粒粒的牛油，黃澄澄的。今天烤豬肉時也不像過去那樣滿屋香噴噴的，還透過窗戶散發到街上。……我丈夫喜歡回憶，但不是回憶胡德茨姨父怎麼會成為茲布羅夫卡的出色工人，而是講他有多喜歡他的朋友，星期六總跟他們一塊兒待在小酒館。胡德茨姨父簡直無法少了他們，因為他合群、喜歡喝啤酒，也喜歡唱歌，星期六整天一直到星期天早上都坐在那兒喝啤酒聊天。我丈夫可說是他這位胡德茨姨父的翻版。他愛回憶，每個月都講述著同樣的東西，總也講不完一個故事：即他姨媽和她妹妹如何穿著節日盛裝，拿著祈禱書冒雨到胡桃林教堂去，正當她們和其他人快到教堂時，胡德茨和他的朋友們從小酒館裡走出來，他醉得不亦樂乎，可是當他一看到他老婆穿的衣服有點像古代匈牙利騎兵穿的緊身短外套，下巴底下繫條絲巾；當他看到這些上教堂的人那副幸災樂禍看笑話的樣子，讓他難受得撲通一下跪到雨水泥巴裡，跪在他老婆和小姨子以及一個小男孩面前，攤開雙手喊道：「孩子他媽，饒恕我吧！」可是姨媽繼續往前走，拿著她的祈禱書，沒理會他。這時胡德茨姨父朝天攤開雙手跪在泥水裡哭著……好，好得很！我繼續繡東西，繡我的呂內堡帚石南叢，我做得好，把我的布拉格宮圖繡完了，我做得不錯，在我丈夫這群人面前讀了《金色布拉格》上的詩，因爲我丈夫這些朋友不僅開始躲避我，而且不再經常到我家來。碰上我在家時，他們只請我轉達一下問候，就找出各式各樣理由儘快離開。下午，爲保險起見，我拿起那繡花綳子和裝著彩色線的筐子，跟莉莎坐在外廊上，從那裡越過院子能看到我們那敞開著門窗的房間。因爲我丈夫連夜裡也不閂門，這就是他的所謂「讓門戶開放」。我開始繡一幅名叫《祈禱》的新畫。莉莎織她的彩色毛線手套，她在繼續著她那沒完沒了的獨白，她總是不能、也不想明白德國人打了敗仗這一事實。最近這個月她總在說都是希特勒的錯，不是指他在煤氣室裡熏死了六百萬猶太人，說什麼這一切都是對的，而是說希特勒錯在跟蘇聯交戰上，說他在戰勝波蘭、法國、比利時和荷蘭，占領奧地利和捷克斯洛伐克之後，只該注意他所取得的勝利，鞏固它、保持住它，以便在他歸天之日能被宣布爲祖國之父，說因爲民族社會主義是個很了不起的東西，它喚起了全歐洲所有日爾曼人。只因爲希特勒跟蘇聯人交戰，才引來了對德國人可怕的報復。……我挑了些藍色絨線，照著樣子繡到綳在框子上的帆布上。突然聽到走廊上有腳步聲，根據這腳步聲可以猜到是沃拉吉米爾。他走起路來跟我丈夫一樣，我丈夫從來不是一步一步上台階走到我們院子裡，而是一邁三步那麼走。果然是沃拉吉米爾，他那大高個子，他那一頭淺色鬈髮正朝我家奔來。後來我又聽見他喊：「博士，您在家嗎？」我放下針線活兒，從外廊窗口探出身子說：「不在家，沃拉吉米爾，他到科希什去了。」沃拉吉米爾抬著頭走到外廊跟前，然後站在外廊窗口那兒問道：「年輕的太太，您的夫君何時回來？」我歎了一口氣說：「我可不知道。鄰居家的母貓在鬧春，他便拿個袋子裝著牠找公貓去了，還一直要到科希什。」沃拉吉米爾嚇了一跳，「什麼？」我說：「對呀，他給馬尼亞斯先生家的母貓配種去了！」沃拉吉米爾揮一下手，一隻手彎著頂在牆上，將提包放在膝蓋上，再把一個白紙本擱在提包上，扶了扶眼鏡，寫起來，並大著嗓門兒地把他寫的內容說給我聽：「親愛的博士：我又開始做我的行動版畫了。柯拉什⑭先生告訴我，盧齊艾・豐塔納⑮怎樣把一塊塗了油彩的布一剪開，然後什麼也沒做就在

⑭柯拉什（Jiří Kolář, 1914-2002），捷克當代詩人、美術家。早年寫詩，後來棄詩從畫。通過打破詩畫之間的界線而躋身於世界現代造型藝術權威之列，從一九七六年起，定居柏林和巴黎，在全世界舉辦作品展覽。

⑮豐塔納（Lucia Fontana, 1899-1968），義大利畫家，現代派空間藝術的代表人物。

上面簽了個名。我如今也要把我的範本弄破、砸個洞……我創作的新紀元即將出現。如今我徹底了解我那些小玩意是被動消極的，只能算是一種拼湊，只能給精神病患者當做一種精神療法玩玩。可是現在我在整理我身後的作品。今後我的版畫將具有新的規律。一切都不用拼湊，我要像盧齊艾・豐塔納剪開畫布一樣砸壞我的銅模。我要在街上開始新的行動，讓人們大開眼界，他們要是不想看見，我就強行掰開他們的眼睛，哈哈哈哈……」沃拉吉米爾念完了。我居高臨下俯視他那卵形的漂亮腦袋。沃拉吉米爾隨後也出神地看著我。我連忙將我剛剛開始的《祈禱》圖給沃拉吉米爾看，我說：「同樣，沃拉吉米爾先生，現在我也要省去些顏色，破壞一些形狀，留出一些空白……這樣我的畫面就像塞尚的畫一樣透氣。我丈夫是這麼給我出主意的。」沃拉吉米爾跳到矮牆上，將手一直伸到二樓把他那張寫好的字條遞給我，我探出身子接下他的信。沃拉吉米爾跳下矮牆喊道：「年輕的太太，請您轉告博士，我又到街上去了！您轉告他，讓他只管繼續等待下去，直到有人承認他。讓他繼續領著馬尼亞斯先生的母貓到科希什去找公貓吧！請您轉告他，讓他去買塊小地毯和一個書架來裝修好他的住宅！讓他繼續去談論梵谷和孟克⑯吧！去談論他那遭詛咒的詩人吧！可是請您也轉告他，我在科斯特尼茨克廣場的那間地下畫室，已經給了我一位沒有地方安身的朋友住，我又回到街上去了。我將在我們廠子裡繼續做我的行動版畫。請您轉告他，我人在哪兒，哪兒就是我的畫室，我把我的小畫片塞在床底下，即小閣樓的小斗室裡……我說，年輕的太太，您說的要破壞這些用彩線繡的畫面結構，這使我感到驚訝，年輕的太太，說不定您將來會比您丈夫更有出息。」沃拉吉米爾微微一笑，一抬手掌，嘟噥了一句，彷彿像我曾經見過的，他的牙又在疼，嘴唇又腫脹著，現在他的腦袋沿著台階漸漸消失，後來完全看不見了。我只聽見他走過走廊的腳步聲，隨後狠狠的一下抨門聲。莉莎已經等不及我再坐下來幹活，可是我卻在讀沃拉吉米爾給我丈夫的信。我發現他的字比他的版畫更像他本人。甚至那「哈哈哈哈……」也寫得活靈活現，像沃拉吉米爾嘴裡喊出來的。莉莎已經等不及，想繼續進行關於希特勒的那段獨白，她說希特勒如果不跟蘇聯交戰，如果現在死去，那會死得光彩耀目，像祖國之父一樣。可結果呢，帝國的士兵勇敢又有什麼用？德國人幾乎打贏了所有的仗又有什麼用，帝國公民的犧牲與忍耐又有什麼用？結果一敗塗地輸掉了這整場戰爭……

今天我丈夫工作累得像從懸崖上掉下來似的，兩手攤開躺著，哼哼唧唧，他白天裝

⑯孟克（Edvard Munch, 1863-1944），挪威著名油畫家、版畫家。

出來的那股快活勁兒讓我感到害怕，到了半夜他又睡得那麼死，一丁點兒聲音也沒有，我連忙打開燈，還以爲他已經咽氣了！我用力推他，等他醒過來時我才鬆了一口氣，說：「你把我嚇壞了！」他卻對我說：「小姑娘，我的生活就是住醫院、坐牢房，我的指頭跟我在園子裡工作時一樣僵硬，我想在鋼琴上演奏我喜歡的李斯特，卻怎麼也彈不出來，就像今天我想到打字機上寫作，手指頭根本不聽使喚，無法在鍵盤上打出我心裡想要寫的字來……」隨後，我丈夫，我那位未來的頂尖人物躺下來，他一翻身又哼哼開了，像從翻倒的兒童車裡勉強站起來，艱難地走去看鐘。我已經知道，他若是走去看鐘，總是可笑地希望已經是早晨五點，可這時才三點鐘。於是他又失望地勉強走到床邊，轉過身滾到床上仰躺著。儘管一片漆黑，我也知道他的眼睛睜開著，等待天明。他又艱難地走去看鐘，然後慢吞吞地煮上咖啡，像喝麻醉劑似地喝著它，還抽了幾根很厲害的美國煙，只好這樣來提神。我這一天輪休。所以接著睡，讓他去上班。他離開前總要彎下身來盯著我瞧一陣。我儘管沒睡著，也裝作在睡覺，因爲每當他對我彎下身來，我透過閉著的眼睛也能知道他愛我，像我媽媽那樣俯身凝視我，像我還是個孩子那樣……等他走了，我便沉沉地睡去。等我醒來，心裡總是惦記著我丈夫。我認爲我丈夫不能再去上班，我丈夫必須開始集中精力寫作。現下我在飯店賺錢，我丈夫必須自己審視一下該不該把寫作一事堅持下去，不僅他自己而且他的朋友們還有他媽是不是弄錯了。她曾堅信她的寶貝兒子能有出息，不是說她希望這樣，而是說他必須這樣，因爲她曾夢想過她自己有朝一日能出人頭地、世界聞名……我躺在床上，心想爲了這目標就得有所付出，因爲要靠我一個人賺錢養活兩個人。我將宣布由我丈夫主持家務，讓他去發現這個深淵，知道自己搞寫作成不了大氣候，只不過是過過未來的作家癮罷了。他要是不再上班，到那條焦街去，那只是因爲受不了那穿堂風中的辛苦勞累。他一累就拚命地喝啤酒，下班以後還跟溫查、多烏恰到布拉邦特王酒家去喝烈酒，然後就說呀，說呀，總講那些簡單而又無意義的事。如果不去上班了，就可坐到家裡的打字機旁寫他那唯一的一本包羅萬象的大書。

「你那丈夫啊，」我寧城的那位婆婆驕傲地說，「今天要是讓他去上小學，那還得先轉到預備班去上課。因爲我這寶貝兒子從三年級起就得請家庭教師給他輔導，因爲他的成績單上通常有好幾個四分。從前有位退休的駕校教員克拉伊斯基先生常到啤酒廠來，大個子、一臉大鬍子跟隻海象一樣，可是他有風溼病，從他的住處紮拉比到我們這兒本來只有一刻鐘的路，可是這位駕校老師要走一個多小時。他來到啤酒廠，便倒在啤酒廠辦公室窗子下那張長椅子上。我那寶貝兒子便飛快爬到這駕校老師的膝蓋上，還招呼小狗姆采克快上來。那小狗一躍而上，前腿抱著駕校老師的膝蓋，腦袋歪到一邊撒起野來，彷彿那膝蓋是隻母狗。駕校老師羞得臉都紅了，因爲他受過奧地利教育。我的寶貝兒子放聲大笑，誰也沒來。我的小姑娘，我這寶貝兒子是拿這姆采克和膝蓋尋開心哩！因爲他自己也常常把姆采克抱到膝蓋上，姆采克也把他的膝蓋當做母狗來尋歡作樂。他被揍了一頓。我兒子和姆采克都被揍了一頓。你別看他門門功課得四分，可還眞有不少鬼點子哩！接下來跟你講點兒更開心的事情吧，我的小姑娘，我爲什麼要講呢？是想讓你知道，我把誰託付給了你……當我爸爸在日德尼采死去時，爲了不讓你外婆感到寂寞，便讓我這寶貝兒子去那裡上了一年中學，可他到期中，德育得了個三分，還有六門功課不及格，留級了。這個德育三分是怎麼得來的呢？因爲他們有位名叫克紐烏列克的德語老師，長得像皇帝身邊的宰相，我兒子當時因受罰而不得不坐在第一排板凳上，前面是帶有插入式小抽屜的小課桌，課桌上有個墨水台，克紐烏列克老師在教室裡走來走去，給學生們講冠詞的變化及用法。我兒子發現從老師那沒扣上的褲子前開口露出了一根白帶子。老師走著走著，在我兒子的座位旁邊停了下來，我兒子想：要幹就得快，過了這個村就沒有這個店了，他悄悄拉開一點抽屜，將白帶子卡在裡面然後關好抽屜，用膝蓋頂得死死的，等著那克紐烏列克老師拿著那本打開的德語課本再往窗子那邊走去。可是走不了啦！？那時候，老師用全身的力氣一拉，褲前開口撕破了，扣子繃到了窗子口。老師站在那兒，望著我兒子那頂著抽屜的膝蓋和那根牢牢卡在課桌裡的帶子……於是我兒子的德育便得了三分。當然，小姑娘，今天聽起來覺得好笑，今天我把這事兒看做是你那位從小就有不少花花點子的丈夫的一種好預兆。可在那時候，當我兄弟波普有保留地告訴我這件事時，我都急哭了！那時候我把心都操碎了哩！可如今，你也看得見，我看他變好了點兒。喏，小姑娘，我兒子就這樣在布爾諾上了一年學，他外婆寧可一個人過著孤獨的日子也覺得比跟這個外孫在一起好。他跟街上的孩子玩在一起，用甘菊苣根粉的包裝紙把孩子們的臉蛋染上彩色。有時又把那些孩子關到剛完工的新樓房裡而把房間門把扔掉讓他們出不來，結果嚇得他們生了點小病。他有時還把外婆的玉米粒弄出去、實際上是偷出去撒得前廳滿地都是，惹得看門的人想跟外婆告狀。萬聖節那天，他拿著一根燃著的火把站在敞開的窗口，燒著了外婆的窗簾，他還開心極了。……可是他上完學回來卻沒有成績單，說是還沒弄好，以後會郵寄來；後來又說這份成績單跟別的成績單一起遭火災燒掉了，因爲他們的化學教室發生爆炸，著了火……弗朗茨因⑰便寫了一封信給他們中學的校長辦公室，說他兒子的成績單丟了，請求他們補發一份，好讓他回到寧城可以繼續去上中學，於是在新學年開始的前夕，學校寄來了那份成績單的副本，

⑰弗朗茨因，赫拉巴爾的繼父。

上面寫著我兒子有六門功課不及格，操行成績也不好。這時，我丈夫突然想起，那份成績單準在我兒子從布爾諾提回來的那口箱子裡，於是我們便有了兩份成績通知單。」我婆婆給我講這些情況的神氣，彷彿他兒子、我今天的丈夫得了什麼獎勵似的。我丈夫在向我講述他的事情時，也跟他媽媽說他一樣，總是說一件非常糟糕的事情，總是說一個做了很丟臉的事情的人！可是他們兩個人，不管是我丈夫還是他媽媽說給我聽時那神情，只差點沒歡呼起來。這大概是因爲在布爾諾、在日德尼采當時那些孩子還誇獎了我丈夫的緣故。他們總是用最好的言詞來談論他：「喲，上帝啊！你可眞夠厲害！」我丈夫在向我講起這些時，可驕傲啦，爲他的朋友們對他的誇獎而激動得熱淚盈眶……

我終於下定決心，有生以來第一次集中洗了一大堆衣服，我丈夫用一天備用假，不是說我病了，就是說我們又有一次婚禮，或者家裡在鬧離婚或死了人。我甚至很高興他幫我浸溼了衣服，幫我在院子裡拉上晾衣服的繩子，一大早便幫我生起了洗衣房的鍋爐，這是他最拿手的，他怎麼也看不夠洗衣房鍋爐下的熊熊焰火。我先將我的衣服放進了瑞典洗衣機裡，我丈夫穿過院子，走進我們的住房，把那裡的爐子也生著了，我眞高興他成了我的司爐工。他微笑著，對我、更確切地說是對他自己講述著，給我介紹經驗，竭力向我說明寫作實際上一點也不難，只需要有決心寫出那最初的幾行字的一股子魯莽勁兒，然後就像拆舊毛衣一樣快得很：「你知道，我親愛的，」他站在我上方，消失在從大鍋裡冒出的蒸汽之中，「我沒有寫作室，沃拉吉米爾沒有畫室，可是我們有勇氣將我們所在的任何地方都當做工作室。我要是有勇氣，也可能將我的打字機搬到小酒館去寫作，我甚至可以在電車上寫作。可是我跟沃拉吉米爾一樣有把握地認爲我要寫的內容跑不了，它一直伴隨著我，我走到哪兒都在寫作，只不過我是先將一切寫進腦子裡，然後給人們講述一遍，讓我驗證一下，看看我寫的東西有沒有分量，能不能抓住人們的心。要是在那灑滿酒水的桌子邊有人表示出對我講的東西並不感興趣，我便暗自說：『啊呀！小伙子，這大概不對味！』」我丈夫就這麼一個勁兒地說著。我已經用大木勺把我的那些背心、內褲、內衣等等掏了出來，我丈夫興致勃勃地在冷水裡踏著踩著這些內衣，同時還有點邪乎地微笑著，在蒸汽水霧中繼續嘮叨，水蒸氣從敞開的門口鑽了出去，飛快升上天空。我丈夫往鍋底下添些柴火，擰乾我的內衣，將它們扔到筐子裡。我則將衣服拿到院子裡，晾到繩子上，一心想我的事：我固執地認爲，作家或者畫家必須有間工作室，必須有個安靜的地方工作。就像愛神降臨那一瞬間必須有靈感。這樣的話，沃拉吉米爾必須有畫架、有白袍，最主要的是絕不能去上班。因爲我從來沒見過哪個畫家還到工廠裡上班。有的人倒是只在星期六、星期天畫畫，但他們只是些業餘畫家，他們畫畫就跟有人收集郵票、採集甲蟲、捕捉蝴蝶一樣。一位眞正的作家總不能跟我丈夫一樣整天泡在小飯館裡聊這聊那的，或沒完沒了地散步吧！眞正的作家想些什麼呢？他得成天成天地寫作，以便寫出點什麼名堂來，而我丈夫大概永遠也成不了作家，因爲像他這樣的作家在早上，我們起床的時候，只見他神不守舍地在那兒喝咖啡、抽煙、望著窗子外面那斜坡屋頂、那一塊天空。我看得出來，要是跟他說句話，他恐怕會把那杯咖啡潑到我身上，恐怕會把那根點燃的香煙按在我手上，恐怕要敲掉我幾顆門牙，只因爲我打斷了他的思路，打斷了他這絕對的疏遠隔絕。到後來我就習慣於他的這種狀態了。當我和丈夫喝咖啡時，我也學會了心不在焉。於是我們對這種早、午休都已經習以爲常了，我們彼此敬重，彼此留給對方一個安靜的片刻、留下一刻鐘。在這片刻裡也許我們在心底裡作的交談比我們能交談的多得多。在我新婚時我就曾經想過，吃早餐時跟我丈夫聊聊天是我的義務，可是只要我問他點兒什麼，只要我說了點兒什麼，我就會被他嚇一大跳。直到現在我才明白，是我使那些在他面前浮現出來的畫面變得模糊不清了，把它們破壞掉了。只要我跟他一說話，刹那間，他總是停止吸煙，氣惱地在煙灰缸上把煙熄滅，也不再碰一下咖啡，嘟噥幾句什麼，惡狠狠地看我一眼，彷彿我是個陌生女人、彷彿我是他的房東，沒有敲門就闖進了他租住的房間。我又提著空筐子回到洗衣房，我全身弄得相當溼了，我的鞋子已經溼透，我丈夫的褲子和帽子都溼了，但我們繼續在大洗特洗，我和我丈夫都雙手拉著一張特大的床單，彷彿屠宰場的一張巨大的牛皮。水慢慢流著，重又滴到大木盆和浴池裡，床單的一端已經放進洗衣機裡，而另一端還一直在冷水裡泡著，直到最後我們把整張床單都塞進洗衣機裡，關上蓋，站在從鍋中沸水裡冒出的蒸汽雲霧中，直到現在我們才注意到屋角落裡放著一部烘乾機，也是瑞典產品。我丈夫將它打開，烘乾機的響聲比洗衣機還要大，我們倆並排站在那裡，溼得像淋了一場大雨，當我們相互看一眼時，彼此看到對方的眼裡彷彿在說：我們本可以去散步、去寧城的，這實際上比洗上這麼一大堆衣服要好得多。而且面前還有另一堆沒洗的衣服，還得一直洗到下午。下次我們一定將一大堆髒衣服送到洗衣店去。我自己只洗洗我的小內褲。我丈夫又高興地開始說給我聽：「我說呀，世界上已經出了千千萬萬本書，如今突然來了一位作家，他自認爲是個穿著一號背心的種子選手，全世界的讀者都在盼望著他的作品問世，他是能夠寫出震撼讀者驚天動地的作品的頭號作家。可是，小姑娘，聽我說，只需寫出一本小書、一紮相當小的信函，這麼薄薄一本《少年維特的煩惱》、一本類似《新生活》的小薄書、一本類似《地獄中的一季》⑱的小詩集、一本類似《啊，大海在沈默》薄薄的小

---

⑱《地獄中的一季》爲法國詩人蘭波的一部散文詩集，是他失敗經歷的記錄，詩集於一八七三年完稿，曾在比利時付印，但因他無力支付印費，全部束之高閣，到一九〇一年才被人發現。

說就足夠了。我知道，每個作家都要找到他的那塊沿著它走到彼岸的窄木板，走過去時帶著他的文稿，僅僅是他那富於個性、又有其生動結構的文稿。我說，小姑娘，我和沃拉吉米爾，我們兩人都知道我們正處於人們的這種期待之中，在這種偉大的期待中，直至見到可以稱之爲最佳的我的作品和沃拉吉米爾的版畫爲止。小姑娘，爲了這個而做的嘗試是値得的。我爲什麼要提高文化素養？那只是爲了別再寫出人家已經寫過的東西，僅僅爲了這個原因，我才讀這麼多東西，爲了讓我能找到這個裂縫、這麼塊空地。沃拉吉米爾？他也在尋找別人沒辦法做到而只有他能成功的辦法。小姑娘，沒什麼客氣可講，要嘛弄出點獨一無二的佳作來，要嘛就不成功，就是這麼回事。實際上搞藝術最美就美在誰也不必非搞不可。」我丈夫就這麼在朦朧的蒸汽煙霧中高談闊論。我走出去，滿院子幾乎都晾著他的短襪、襯衫和我的內衣。如今鍋裡在煮著我們結婚時得到的漂亮窗簾，我丈夫打開了烘乾機的蓋子，將那幾乎快烤焦了的床單取出來。我和我丈夫一塊兒把那裝著衣服、被單的筐子抬到院子裡，太陽早已曬到金屬與塑膠延展性能研究所的那面牆上。我們一看這面牆，便都呆住了：要是研究所恰恰在這個時候鋸斷那根又大又重的金屬管，震得掉下來一塊灰泥板，轟隆一聲掉到板棚上，塵土飛揚再慢慢落到我們這些寶貴的衣衫上，那怎麼辦？我們心想，再也不在家裡洗這麼多衣服了，寧願送到洗衣店去洗。可是眞的要在這一剎那開始掉灰泥渣怎麼辦？我們擔驚受怕地將床單晾到繩子上，又用夾子夾緊。我丈夫還在繼續教導我，實際上也談不上教導，只是這麼嘮叨著，免得老去想掉下灰泥怎麼辦。「小姑娘，你要是乖的話，我就教會你寫作，這根本不是什麼你學不會的東西。你瞧，每個熱戀中的男女青年都寫情書，這種情書實際上是指名道姓的信函，每一個寫了好幾十封情書的人在一定意義上也已經是一位詩人了，因爲在這樣的情書裡他會寫出好多好多傻話來，有的還眞像文學。你給你那位伊爾卡肯定也寫過這類書信型的小說，雖然不同於歌德的《少年維特的煩惱》，但是你畢竟曾經是或許現在仍然是這個樣子的。這就是精彩寫作的萌芽，這類情書、連載的書信、愛情故事，這些信甚至還用絲帶捆紮起來放在一個什麼地方哩！小姑娘，這事將我們大家都聯繫在一起。當我們還是孩子的時候，便已經寫過一些小情書塞到乾了的墳頭裂縫裡，夏天我們便將這些書信塞到裂了縫的地裡面，因爲這是不能讓任何人讀到的眞正的書信，這是眞正寫作的開始。我也寫過這樣的情書，但已經不是寫給女人的，已經不是表達我的性慾情愛的東西，而是寫給美國的樹木、動物、樓房以及我的小酒店飯館的信，就像給一個漂亮女孩寫的，就像一個熱戀中的理髮匠、熱戀中的車床工人寫的。因爲每一個在若干年之後找到這些信的人都不相信自己的眼睛，怎麼能在這裡面描繪出這麼美麗的畫面，而且能夠表達出如此美好的情感！作家只不過是繼續給全世界寫情書，把自己整個的一生寫成情書而已。」我丈夫這麼說著。我的膝蓋已經累得發軟，鼻子也癢了起來想打噴嚏，腰也開始疼起來。洗衣店對我來說簡直成了救生圈，彷彿是我未來的如意計畫，因爲再要洗這麼一大堆衣服已經非我力所能及了。我寧可放棄講究的穿戴也不願再做這西西弗斯式的勞役，做得連便鞋、拖鞋都丟了。我洗衣服時還穿著我那條最好看的裙子哩！因爲我曾傻乎乎地以爲，洗衣服就像推銷洗衣用具的廣告上說的那麼輕鬆、舒服，或者像我們巴黎飯店洗圍裙、洗廚房裡戴的帽子和餐巾的義大利牌子洗衣機說明書上說的那樣容易。我們還沒洗完，我都不敢去想，還有多少髒衣服等著我去洗。我又想像著自己如何拿著雨傘和購物包，在一個天氣不錯的上午走到洗衣店去，我丈夫與我同行。我們兩人都穿得乾乾淨淨，面帶笑容，然後走進洗衣店，等輪到我們取衣服的時候，我們將單子交給營業員，她走進裡屋去取出漂漂亮亮的一大包，我們該付給她四十克朗，我給她五十，那多出來的錢算是留給他們買杯咖啡喝的小費。然後我跟我丈夫再一道去萬尼什達先生的小酒館去喝杯白蘭地，爲「洗衣婦公司」替我們把這一大堆衣服洗得乾乾淨淨而興奮得容光煥發。可是現在我們仍舊待在洗衣房裡，水蒸氣埋到了我們的膝蓋上。此刻我和我丈夫感到高興的是只剩下最後兩大塊窗簾了。我們將它們從煮鍋裡撈出來，扔到洗衣機裡。我丈夫還在接著講他那個主題：「小姑娘，另一項將我們大家聯繫在一起的是日記。過去人們流行寫日記，這卻是很隱私的內心獨白，因爲大凡寫日記的人，都不樂意讓別人知道他在日記裡所寫的內容。所以說這是隱私的，要保密的日記。他一天接一天地寫著，只能給他的女朋友看，寫得很微妙，連寫日記的人也感到驚訝，他怎麼敢寫這些東西，這只是自己寫給自己看的書信集啊！只是有段時間人們不再寫日記了，而作家恰恰是繼續這種秘密推心置腹寫作的人，他一整個人生都在寫著自己的內心獨白。因此說，小姑娘，當我們寫情書寫秘密日記時，一開始我們大家都是有天才的。只不過作家是誰呢？是那個堅持這樣的寫作直到出了書的人，他會認爲，他寫的東西不只與他有關，而是能被所有人閱讀的情書和隱秘的日記，即一開始如此主觀的變成了客觀的。這是一份手稿，彷彿是與讀者達成的一份契約嘗試。」我丈夫在洗衣房裡的蒸汽中講述著。我用力扶著那抖得厲害的瑞典洗衣機，裝著窗簾的洗衣機裡面轟隆響個不停，我眼前浮現出給我們洗那大堆大堆衣服的洗衣婦，那是我們一大家子還住在霍多寧和布拉格的時候，所有這些洗衣婦都是在搓板上洗衣服。那是我們穿髒的衣服，由洗衣婦替我們洗。我想起她們那一雙雙磨破的、發紅的可怕的手。她們洗衣服就像我現在這樣將手泡在洗衣盆裡，她們的命運就是替所有請她們工作的人洗衣服，一天接一天地洗，到了新的一天又是同樣溼淋淋的繁重苦役。我記得她們的孩子們也跟著她們來了。我媽媽還給這些孩子午飯吃。我還記得，這些洗衣婦離開這裡時，累得像患了坐骨神經痛或者嚴重的風溼性關節炎一樣步履艱難。我現在只是體驗過一次這種洗大量衣服的滋味，直到現在我才明白，這是一種什麼樣的辛苦工作。我丈夫還繼續講他的。他也洗夠了，已經在自己對自己嘮叨，大概也在幻想著等把這一大堆衣服洗完該有多好。他將到他那些暖和的酒家去喝他沁心的啤酒，再到離巴爾莫卡不遠的小酒店待上一會。「小姑娘，你看沃拉吉米爾怎麼樣？他也在通過他的範本和版畫繼續寫他的情書，在他的車床和工具廠房繼續給所有被拋到切卡德機器製造公司的這些廠房裡的人印刷他的書信，用他的版畫給所有這些人以愛的勳章，繼續對所有那些不被關注、平凡如水的人表達他的愛。誰也不會去注意城郊那些水窪裡的水、排水渠裡的水以及深淵和沼澤裡的水。小姑娘，我再重複一遍：創作的眞正本質就是持續的愛戀關係，是對自己的愛意濃濃的憎惡以及對光明的探尋，借著這光亮我們可能找到自己來到這世界上的目的和意義。所以對於我們乃至沃拉吉米爾來說不存在未來、幸福的未來。我們根本不去操心有朝一日我們是否會有一間畫室或者一張寫字台，是不是能靠這藝術來賺錢餬口，因爲實際上我們所做的也不是古老意義上的藝術，因爲我們的藝術是以這一天的非藝術爲依據，產生自這些奇數鐘點的殘骸碎片，我們再將它們組成偶數的有創造性的拼畫，這跟我們自己期盼的也有點不一樣。於是沃拉吉米爾的每一張版畫、我的每一頁文稿，絕不是任何其他東西，而只是、也只想讓它是對我們在工作時、去上班時和下班回家路上，或在小飯館喝啤酒時的美好事物的一種眉批旁注式的說明。我們將繼續寫什麼樣的情書，我們將把那持續不斷的隱私日記寫成什麼樣的作品連載。」他猛地一擊，關掉了洗衣機，彷彿作爲他這一番讓我聽得很費力的談話的句號。我打開洗衣機蓋，一股滾燙而憤怒的蒸汽一衝而出，當我好不容易弄出第一塊窗簾，那股惡狠狠的熱氣又衝出來。我連忙將頭歪到一邊甚至轉過臉去，我丈夫幫我把第二塊窗簾撈到盛滿清水的盆裡，等到窗簾在清水裡慢慢鬆開攤開，我簡直不相信自己的眼睛，我丈夫也不相信自己的眼睛。當他捲起袖子，從清水裡撈出窗簾，他像我一樣，發現窗簾彷彿在鹽酸裡泡過，又彷彿被一隻瘋狗咬過。我已經從洗衣房的蒸汽中跑出來，我剛洗過的衣服中冒出的熱氣緊緊追在我身後。我朝晾衣繩上一瞧，看到了我害怕看到的最不願意發生的現象，我的兩張快要乾了的床單全像被狗啃了似的破了一個個小洞，而且像圖案一樣破得那麼有系統有規律，彷彿是故意用槍彈打出來的一個個洞。我的第一個反應是血往腦袋上、頭髮絲上衝，第二個反應是立即環顧一下鄰居們的窗戶，幸好一個人也沒見到。我立即拉下這兩條床單跑進屋裡。當我身上的蒸汽已經散完，當我那無地自容的眼睛已經平靜下來時，我看了一眼其他的衣服，深深地吐一口氣。這時我聽到烘乾機在濃濃的蒸汽中空轉著嘎嘎響，我丈夫正在甩乾那兩塊窗簾。他將窗簾舉高，大概正在細細觀察那些破洞，然後又放到水裡去清一遍。我又聽到轟隆隆的聲音，於是快步衝進洗衣房，當我用手像揮去煙霧一樣揮趕著蒸汽時，便又看到我丈夫在興致勃勃地欣賞那滿是洞眼的窗簾，還高高興興地說：「這太美了！等到沃拉吉米爾看見這窗簾，他一定會嫉妒得要命……可是，小姑娘，你得對他說，是我們把這窗簾故意弄成這樣，弄成一種藝術作品的！懂嗎？故意把它做成藝術品！」我的心事一下子沒啦！恐懼和羞恥感也煙消雲散，我突然什麼也不在乎，只希望這檔子事趕快完結。我丈夫這時走進我們的房間，往已經熄滅的爐子底下添了些柴火，又把火生著了。我把我爸爸從老家帶出來的、後來又送給我當結婚禮物的舊窗簾掛上，然後將洗衣房裡的火澆滅，打開窗子，擦乾淨洗衣機和烘乾機，又擦了地板，倒掉盆裡的水。天快黑時，斯拉維切克太太出去買煤回來，她在院子裡磨蹭好半天，就爲了欣賞我的窗簾和床單，我每次碰到她都要向她道聲晚安。我丈夫已在黃昏中亮起了燈，他吹著口哨，買啤酒去了。看著斯拉維切克太太邁步，我連忙抖動著窗簾，欣賞它的花紋，讓斯拉維切克太太摸一摸這織物料子，反覆驕傲地說：「這質料可好啦，您只管摸摸看！如今已經不做這種窗簾……」已經是晚上了，我們家的爐子裡燃著熊熊烈火，我又到洗衣房洗了個澡，這裡的水一直很熱。我丈夫買啤酒去了。他也已經換了衣服，床也鋪好了。等我洗澡回來，倒覺得被這一大堆衣服折騰得硬朗了些，大概是理解了我們所有的洗衣婦。在我還小的時候，還是小姑娘的時候，我替她們送過午飯到洗衣房去，可是從來也沒有什麼感受，直到今天我才親身體驗到洗一大堆衣服是個什麼滋味。只是我再也不會洗那麼多衣服了。可是我們那些洗衣婦是靠洗衣謀生啊！她們那時候不能靠洗大件東西來養家餬口啊！後來我和我丈夫並排攤開躺在床上，我丈夫和我誰都沒想要那個，連一點兒想那個的心思也沒有，只希望靜靜地躺著，體會著一身的酸痛，關上燈，張著雙眼，懶散地望著天花板，望著到處閃動著的光景。我閉上眼睛，身子緊緊靠著我的丈夫……

我從巴黎飯店下班回來時，我丈夫總是會到電車站去接我。有時候他沒有來，我馬上就能想到他在家裡、躺在床上，因爲喝得太多而不好意思。這是他的特點：每次喝醉都感到難爲情。我回來時，他乾脆躺著，免得我看見他那踉踉蹌蹌的樣子。今天他又沒來接我，於是我獨自一人走在堤壩巷這條偏僻的小街上，一個人也沒有。當我已經轉彎到了家門口那條巷子時，看到了照著我們那棟樓房的煤氣路燈。我鬆了一口氣，從手提包裡掏出大門鑰匙。突然，從旁邊盧德米林納街衝出一個男人來，他褲子前襠敞開著，一隻手還抓著他那玩意兒。我拔腿就跑，兩隻腳卻發軟，那傢伙已在我身後跑起來，近得幾乎對著我的頭髮呼氣了。我只聽得他啞著嗓子在喃喃著，說要跟我如何如何，難聽至極，可怕的是我丈夫有時也講過這類話，他在幹那種事時，說話也很粗野。實際上所有的男人，包括我以前的那個寶貝伊爾卡在內都這麼個德性，在那種事之前，先得跟我說些粗野的話，跟頭野豬一樣淫蕩，也許這一切都屬於我們所說的愛情吧！可如今我身後這傢伙在對我嘟噥著什麼，我已走到大門前，可我恐懼得無法將鑰匙插進鎖孔裡去，手一直在顫抖。那傢伙緊緊地站在我身後，在可怕地手淫著，繼續對我重複著那幾句髒話，還說我不從他就要揍死我，我嚇得緊靠著門，抓緊門把，幸好把門打開了，我連忙鑽進那漆黑的過道，等我轉過身來正要把門關上，那流氓已在對著門射精。我還聽到他用手將精液甩到門把上。我用盡最後一點氣力，抽出鑰匙，關上門，然後靠在門上。那傢伙似乎想到了這點，他緊貼著門板，重複那些下流話，並威脅說將來強暴我之後還要把我殺死。當我用手扶著過道的牆，走到院子時，我已經很虛弱了，只好四肢著地爬上樓梯，來到我們那第二個小院，已經看見了我家亮著的窗子。我轉動一下門把，進到屋裡，果然看見我所預料的情形：我丈夫滿臉堆笑，躺在床上，被子一直拉到下巴底下，高興地對我講述著有誰託他向我問好：「沃拉吉米爾要我替他向你問好，斯坦達和瓦沃拉也向你問好。」他還說小酒店老闆萬尼什達、還有貝比切克也向我問好。等他說完了所有向我問好的人的名字之後，當他看見我癱在椅子上的那副慘相，看到我的手提包和鑰匙都掉到了地上，看到我如何在發抖時，他一下子清醒過來，唰地一下坐起。我只求他拿著鑰匙、帶塊抹布到大門口去將門把上那噁心的東西擦掉。我丈夫已經在穿鞋，我大概糊裡糊塗和衣躺下了。爐子裡的火燒得很旺，我卻顫抖得牙齒敲得喀喀響，我丈夫踉踉蹌蹌走出去，後來我聽到鑰匙在大門孔眼裡轉動的聲音。一會兒我丈夫便回來了。他慢慢地從我嘴裡問清了我在街上遇到這事的所有細節，然後坐在床沿上，跟往常一樣對我許諾說再也不讓我一人這樣深更半夜地回家了，說以後要像往常一樣去車站接我，然後便老那麼坐著。我知道，他又開始在責備自己。「喂，小姑娘，我的生活究竟是什麼呢？我每天都得想法對付它。我要是不寫作的話，要是不寫那些推心置腹的日記和眉批旁注式的說明的話，我恐怕眞的只有上吊一了百了。因爲，小姑娘，即使現在我也一星期幾次會慘遭失敗。我爲這美好的生活興奮不已而貪杯喝酒，這讓我直線下滑，我只得將我那破碎而七零八落的四肢、殘肢斷片收集到一起。即使在今天，我也墜在最底層。我一直有著那種從學校裡帶回壞成績單，操行分數總是兩分甚至三分的感覺。我已經不知道拿我自己怎麼辦好，我肚子老是疼痛，恐懼感在攪拌著我的腸子，我有的不是胃而是啤酒泡；就像泥瓦匠的水平儀。我求你寬恕我。不過那追在你後面的小子不會是沃拉吉米爾吧？」我丈夫在說著酒話，我和衣仰躺在床上。我憐憫我自己，也許只爲找個住處而嫁了人，也爲保住我那倒楣的職業。有多少男人向我求過婚，而且好些年來都這樣。他們有別墅，人也不錯，可是我那時已經有伊爾卡，我那位爵士樂吉他手。我曾經愛過他，實際上到現在我還愛他。只要在收音機裡或某個地方聽到他演奏吉他，頓時我就彷彿看見他穿著晚禮服與他的樂隊在哪個娛樂場所演出。伊爾卡還會彈鋼琴，水準已到有時不彈吉他而爲觀眾演奏鋼琴的程度。這期間儘管他也去找別的女人，但他總還是有一副好胃口，能好好吃飯。怪我愛嫉妒，因爲我有時在家裡要等好久好久才能等到他從他那些女歌迷那兒回來。關鍵是伊爾卡從來不喝這麼多酒。他總是知道什麼時候該喝點咖啡，跟義大利人一樣。這些義大利人雖然也喝酒，但他們要是跟我丈夫一樣喝得醉醺醺的，那他們就會感到羞恥，因爲伊爾卡跟所有義大利人一樣羞於把自己灌醉。我這麼仰面躺著，我丈夫捶著胸口繼續向我求情說：「好了，小姑娘，請原諒我把這房子當成了酗酒者收容所。如今當我墜到了底層，我即使爲自己朗讀精神病院的健康守則，它就像我的家庭教師，可是又有什麼用呢？明天只要我覺得難受了，便又來上一杯，免得我的手發抖。我只要喝上第二杯，便又成了世界冠軍，爲生活而自我開心。小姑娘，我的生活究竟是怎麼回事呀？是那永恆的小小片斷？」他雙手捶打著胸膛，嘴裡呼出一股難聞的啤酒味兒，嘴邊一圈黃色，活像那酒鬼漢嘉，那人很令人討厭，他不刮臉，彷彿吃了好幾個蛋黃，弄得嘴邊一片黃色，就像坐在我身旁的我丈夫這樣。可是我的伊爾卡每天都穿著乾淨襯衫，打扮得漂漂亮亮，乾淨得像水晶糖一樣。他的頭髮也很美，他每次去理髮店回來都讓你看不出來他理了髮，他對他的頭髮小心得跟個姑娘似的。他有兩套晚禮服，一套銀色的，另一套是黑色的。他不帶他的樂隊演出時，便總是穿著那條灰褲子，黃色皮夾克、襯衫、毛衣顏色也都跟襪子的顏色相配。總而言之，伊爾卡穿得都很合適。而我這一位呀，即使穿上婚禮服，也跟現在一個樣，彷彿他是躺在壕溝裡。現在又開始對我進行他的獨白了：「我說，小姑娘，我的生活究竟是什麼呢？只不過是鐵匠鋪的鼓風機，吸氣吐氣而已，只不過是一種興奮症，然後便是日夜輪迴式的酒後頭疼，晴天一過便又烏雲密布大雨來臨。因爲我知道，如今我知道，我是一個不得不生活在中歐這個國土裡的人，在這裡一年有八個月刮著冷風、陰雨連綿，因此我跟沃拉吉米爾一樣就像蘇台德人和瑞典人所說的那種『天氣晴雨表』，所以我才這麼想喝，這樣地謀殺自己，如今連我自己也知道，我遭這氣候的損害。我總是忍不住對人說些令他不愉快的事兒，我每天得觸怒好幾個人，還滿不在乎。如今我知道，最主要的是我不得不觸犯我自己，這並非我想要這樣，我總是從我的過去扯出一些我以爲早已被埋葬的事件來，就像僵屍復活。面對所有那些在家裡不得不總由我去弄死的貓兒，我無力自制，面對那些我觸犯過、被我拋棄的女孩們我無力自制，最主要的是面對我上學的那些年年月月我無力自制，那時候我的成績單壞得使我全家人都急得哭了，爲我而操碎了心，不知我長大還能有什麼用。」我丈夫在一個勁地埋怨自己，壓根就不去想我究竟是怎麼看這一切。我轉過身去背對著他，因爲他那股酒味太難聞了，尤其他還沒完沒了地說著這些酒話。他那張臉像所有可能見到的酒鬼，惟獨不像他自己所想像的那位有朝一日要成爲作家的人。他還以爲他現在就已經是傳播聰明才智的暢銷者，彷彿他已經出了好些本書、一整套著作，只需專門去給別人出主意怎麼才能輕而易舉地成爲一位作家、怎麼可以輕而易舉地成爲一位藝術家哩，而我卻同他躺在同一個房間裡、同一張床上，共著一個爐子和院子裡唯一的一間廁所。對我來說去那兒上廁所簡直是災難，因爲夜間院子裡有穿堂風，冷颼颼的。我躺在這裡感到恥辱，彷彿街上那男子眞的像他所要脅的那樣侵犯了我，彷彿他侮辱了我、強暴了我，也許這樣倒還強過我現在的境況：我丈夫平日談起自己來像個國家獎得主，而實際上在焦街廢紙回收站上班，有點時間便去泡酒館，到處都可以待，惟獨不願待在家裡的打字機旁，寫出他那些胡扯淡的東西。伊爾卡卻是個很重專業的人，當他沒跟自己的樂隊去演出時，便每個休息日都堅持練習好幾個小時。他練習、還彈鋼琴，努力編曲子。如今我卻躺在這個沒有他的地方，就像躺在胡斯特火車站的哪個候車室一樣，躺在這裡還不如躺到胡斯特火車站去哩！因為要是無論何時開來一列火車，那我一定會坐上去，去哪兒都成，只是別躺在堤壩巷這個醉鬼生活的房子裡，這人就是我的丈夫。當我靠手肘撐著坐起來，就像看見那隻壓在我們院子裡的石頭底下和翻倒的磚頭底下的甲殼動物一樣厭惡地瞪他一眼，他被我的目光嚇了一跳。我丈夫抓著腦袋嚷嚷起來：「實際上我的生活只是像在煉獄一般受苦受難，我就是那個總是被載著責備的長矛與所有鏡子擊中的人，一個永遠被鏡子團團圍住的人，我害怕這些鏡子，可我又從來都忍不住去照照自己，我已經善於去照鏡子，已經能從事情的另一面看到自己；我也從久無人居的房間門上的鑰匙孔裡去觀看自己，我看見自己像一個不敢回家的小男孩；可是現在更糟糕的是，我看到自己已開始徹頭徹尾地孤獨一人，誰也不為我感到高興，主要的是誰也不對我生氣，誰也不為我而哭泣，已經沒人罵我，沒人為我而難過得崩潰。因為我已經是被放棄的人，大家彷彿都知道誰也不指望我還能變好，因為我大概已經過早地耗盡及浪費了我的才華。」我直打寒顫，全身冷得發抖，立即蓋上被子。我丈夫不聲不響地在我旁邊躺下，他也沒脫衣服，也沒敢靠近我鑽到我們的被子裡來。他大概知道我容忍不了他跟我在一床被子下面，擔心我會將他推下床去。說不定我會寧可跑到街上去，寧可去跟那個追在我後面、做著手淫、甚至將精液甩在堤壩巷24號我們大門上的瘋子待在一起……

我眞是做了一樁蠢事，可眞是做了一件傻事！我丈夫肯定地對我說，他是一名天生的手藝人，沒有任何他解決不了的問題。於是我請他在小而高的窗子底下安裝一個隔板架，窗子照樣可以朝外打開，隔板架上可以擺放餐巾包上的麵包、豬油罐、奶油和罐頭之類的東西。於是我丈夫領來了一個叫什麼貝比切克的什羅札克人當助手。這位貝比切克便畫了一張隔板架、也就是我們未來的貯藏櫃的草圖。我丈夫割下一塊裝麵粉的口袋片，鋪在地板上和貝比切克畫著寫著。我丈夫還說貝比切克中學時成績不錯，說老師們教會了他幾何、數學。他和貝比切克一邊畫著一邊喝著罐裡的啤酒，等他們剛畫出一根支撐樑和一塊小橫板來，便又喝上一回以示慶祝。我還得幫他們用皮尺量出這個窗子與牆壁間的尺寸，什麼都得讓我量。我只用眼睛瞄一下他們兩人趴在地板上畫出的那張圖，便斷定他們畫的東西狗屁不通。我有好幾次差點被貝比切克絆倒。他這人很特別，首先是他不管什麼時候只要一思考問題就非得蹲下不可，他坐的姿勢也很奇怪，像一隻大鳥。那個貝比切克個子特別小，他要是跟非洲南部有些黑人那樣彎腿坐在腳後跟上，那個子高不過一把小椅子和小方凳。他從來不摘帽子，他那頂帽子是絲絨料，像是上個世紀的，貝比切克把這頂帽子戴得壓到了眼睛那兒，可他總在微笑著，說得更確切一點是一種知過的笑容……這一來，我就倒了大楣了，因爲他們兩人總有時間去做他們這木工活兒，老是到哪個木材廠去鋸板子。到回家的時候，沒見他們買來板子，兩個人卻笑咪咪的、一整個都是酒味。我丈夫還在幹活，貝比切克就已經坐在我家門檻前抽起煙來了，手肘支在膝蓋上，抽著煙。他這樣坐在門檻前，帽子大得如果在下雨天可以拿它當傘替他全身遮雨。酒店老闆萬尼什達有一回遇見我便一本正經地問我們的房子在搞什麼翻修工程，是不是要在我們小房間裡再隔出一間房來，或者加一角廚房。我聽了大吃一驚，問萬尼什達先生爲什麼會有這樣的問題。他對我說，貝比切克上他那兒來吃午飯、晚飯已經有好些年頭了，是他這裡的老顧客，可是他最近一段時間顯得格外興奮，喝啤酒和葡萄酒的帳也都記在博士即我丈夫的頭上。他們悄悄談論的正是他們倆在我們房間裡進行的一項巨大的土木工程。差不多一個月之後，我丈夫和貝比切克才扛來四根與我們窗子一般高、準備用來做我們未來貯藏架的細木條。當他們發現這幾根木條剛剛好、不長不短時，便高興得用罐子熱了些酒、煮了些咖啡來慶祝一番。貝比切克一躍跳到椅子上，像坐在地上那樣用腳後跟墊著屁股，還一直戴著他那頂大禮帽，一直抽著煙、微笑著。我丈夫祝賀他說這樣的手藝人是上天親自派來的。隨後我丈夫去借了一把榔頭來，還買了一些長釘子，一去就好久好久不回來，從袋子裡掏出來的又是啤酒。這時貝比切克像一隻水鴨或兀鷲，蹲在椅子上，胳臂撐著膝蓋，像在打盹，像一把收攏的傘。我丈夫並沒有開始將這些木條安裝到未來的貯藏架裡。可是他的老毛病又犯了，突然心血來潮，說先得清掃乾淨爐子上堵塞的煙囪，說爐子的通氣已經不順暢了，所以必須把煙筒清掃一下，把煙灰直接掃到垃圾桶裡去，趁貝比切克在這裡，可以兩人一起進行。我已經提前料到了，這又會是一部美國的怪誕作品。因爲在我嫁給我這位寶貝丈夫之前，爲了使小房間暖和一點兒，他便在房間一個角落安了座爐子，因爲原來鍛造廠房的煙囪是在另一個角落裡，於是他買了一整套煙筒，橫貫整個房間，爲了不使它折斷，便用鐵絲拴著釘到天花板上。貝比切克說沒有必要把煙筒管搬到外面去，讓我丈夫搬架人字梯來就夠了，他說站在梯子上將綁著鐵絲的刷子捅到煙筒管裡攪和一下就可以了，不過得要一直捅到彎管那兒，因爲那兒有一股風可把煙灰吹到煙囪裡去，因爲這棟樓房原先有個鍛鐵廠房，這裡曾經有個打鐵爐。爲了檢驗這裡的通風情況，貝比切克從椅子上跳下來，將煙筒管與煙囪相接的那個小蓋掀開，可是連他自己也沒想到，他剛一掀開小蓋，便劈哩啪啦一大堆煙灰掉到廚房裡。貝比切克站在那裡，高興地微笑著說，既然煙灰都掉到廚房裡，那還掃個什麼勁呀！我站在那裡羞得面紅耳赤。可我丈夫卻興高采烈連忙跑到院子裡搬來一架人字梯，一架很高的人字梯，將它豎到煙筒管旁。如今他已經將這管子從通向煙囪的口子裡拉出來，將釘在天花板上的鐵絲拴著的煙筒管歪到了一邊。我丈夫下了梯子，抓了一張報紙和一盒火柴，將報紙塞進黑乎乎的煙囪口裡，一點燃，果然，那抽氣力大得使煙囪和它的穿堂風呼地一聲便將報紙吸進去。貝比切克和我丈夫聽著這呼呼聲，直誇我們這個煙囪的抽風如何地有力，為保險起見，我跑到屋外窗口觀察他們清掃煙筒管，因為直到今天我丈夫做什麼，什麼就不會成功，大概跟他鋸椅子和小桌子腿的情況差不多，本來應該跟那屋頂的坡度取平，可他鋸多了，搆不著那斜坡屋頂，結果又得重新量尺寸，再到諾瓦街買一把新椅子和一張小桌子。當我丈夫要給我鋸一塊木板擱到我鞋櫃裡時，他又是畫又是量的，說他上中學時學過數學和幾何，可是等他喝完一罐啤酒之後，鋸出來一塊板子，什麼用場也派不上，因為這塊板子比我那鞋櫃短了許多。我丈夫和貝比切克突然又有個主意：要把拴在煙筒管上的鐵絲拆掉，說最好是將那些煙筒管插進煙囪下面那個孔裡，然後往這長長的煙筒管裡塞進一塊沾上煤油的破布，點燃它，說煙囪的穿堂風便會將所有的煙灰吸走，通過煙囪噴到屋頂上方直上青天。貝比切克則揉皺一張報紙，我丈夫為這絕妙的主意而高興得像發燒一樣，又將煙筒管插進煙囪孔裡。他搬來人字梯，將插在爐灶上方彎頭管裡的煙筒取出來，貝比切克到外邊去了，按照我丈夫的吩咐從廁所那兒拿來一瓶酒精倒在揉皺的報紙上，又快步走到我丈夫站著的人字梯旁，舉著報紙，踮著腳，可他即使踮著腳尖也搆不著我丈夫彎下身來伸出的手，結果我丈夫一個倒栽蔥摔在貝比切克身上，兩人一起滾倒在地。我丈夫重又站起來，手裡已經拿著那張沾著酒精的報紙往梯子上爬，兩腿分開跨在人字梯上，然後將沾著酒精的報紙塞進煙筒裡，點燃紙角，用綁著鐵絲的煙囪掃把一直將燃著的報紙捅到四截連在一起的煙筒管的最裡面，貝比切克在聽著，我丈夫也在聽著，我則站在我家窗外的走廊上，也在聽著。我丈夫還將那些被固定在天花板上的鐵絲拴著的煙筒挪到自己跟前來審視，想觀察一下裡面的動靜，可就在這時，煙筒管裡發生了爆炸，管子晃到拴它們的鐵絲搆得著的地方，而從我丈夫手抓著的、靠他的臉很近的那根管子口噴出一大堆煙灰來，正好打到我丈夫的臉上，撒到他的白襯衫上。反正我丈夫總是這樣，即使當我們一塊回去我們寧城老家，他穿著一條乾淨褲子、一件乾淨針織衫、一雙新鞋，可是等他開始在園子裡幹活或者給菜園施肥澆水就完了，直到全身髒透，他才去換一身工作服。今天他又穿乾淨襯衫和一條灰色長褲，因爲只要和貝比切克出去找木條來做我們的貯藏架，那就得穿得漂漂亮亮，因爲他總要同貝比切克在拉·巴羅馬小酒店喝上一杯。如今我丈夫滿身都是煙灰，這倒不要緊，可他滿臉都是烏煙瘴氣的煤煙灰，他的眼睛幾乎都看不見了。他從人字梯上下來，貝比切克得把手遞給他。我連忙端盆水跑過來，我丈夫洗了洗眼睛，可只是瞇了幾下而已，他全身黑乎乎的、沾滿了煤煙灰，沿著梯子又跑上去聽煤煙灰果眞已從煙筒管裡清除了，他又連忙下來，帶上一盒火柴，撕一塊報紙，當他在煙筒管的起端點燃一小塊《紅色權利》報時，煙囪的抽風大得痛痛快快把這張燒著的報紙吸走了。我丈夫站在人字梯上，表演了一個戲劇性的動作，連忙從梯子上下來，又與貝比切克彼此祝賀一番，然後再爬上梯子將那一串特製的煙筒管插進彎頭管裡。貝比切克從爐子旁邊一直到煙囪底部的房間地面上鏟了大概四桶煤煙灰，這都是從煙囪裡出來的。他還用鏟子把積在煙囪裡的一切都堆在一起，可他還嫌少，又跑下來，手拿著鏟子一直伸到煙囪裡面去撈了一通。也許從這廠房停止運轉的那一天起就沒清掃過煤煙灰的緣故，這煤煙灰已從煙囪的出口堆到了煙囪的底部。轟隆一聲巨響，從寬大的鍛鐵廠房煙囪裡猛地墜下一大堆煤煙灰塊，把貝比切克連同他的帽子壓在下面，連我丈夫也嚇了一大跳，他小心翼翼地走到這堆煤煙灰前。貝比切克從煤煙灰堆中爬出來，先露出來的是他的帽子，然後是手。我丈夫將手伸給他，將他從這堆煤煙灰「山洪」中拉了出來，然後兩人跺跺腳，圍著桌子繞圈走著跺著腳，濺得滿屋都是煤煙灰，在燈泡底下旋轉。我彷彿透過黑色的亞根地紗、透過寡婦戴的黑紗看著我們的房子。這兩位在互相道賀，又決定要到萬尼什達先生那裡喝上一杯，不過先得去熱爾多維酒家，說那邊總有穿堂風，讓它刮掉一點身上的煤煙灰。然後我丈夫求我打掃一下這些髒東西，要我把爐子生上火，燒一鍋熱水，還要我把洗衣房的爐子也生上，他得洗個澡。我知道為什麼非要我現在打掃我們房間不可，因爲我得以此向我丈夫還「債」。因爲昨天，當我發現我們家連一點胡椒粉和辣椒粉都沒有了時，便請我們旅館的廚師們給我一點。廚師們給我往四張餐巾紙裡倒了至少有四分之一公斤的胡椒粉、辣椒粉。我在家裡將胡椒粉、辣椒粉倒進罐子之後，因腦子裡在想別的，順手將餐巾紙裁成小一點的方塊放在我們的廁所裡。到了晚上，我丈夫去上廁所時，我已經躺在床上，在悠哉悠哉讀言情小說。院子裡傳來喊叫聲、咒罵聲，我連忙坐起來，瞪大眼睛，然後匆匆跑到院子裡去，打開燈，只見我丈夫的長褲掉在地上且已撕破，他還在跑著、跳著、叫著、抱怨著，開頭我還以為他發生了什麼可怕的事情，也許在便桶上坐著被裂了縫的桶蓋割破了屁股，說不定還傷著了那玩意兒哩！可我丈夫叫得斯拉維切克夫婦都只穿內衣便跑到陽台來探頭觀看，對門莉莎家的窗子也打開了，借著燈光可以看見莉莎和斯拉維切克的身影。我丈夫使勁嚷嚷：「誰把胡椒粉和辣椒粉撒在廁所用的紙上？」但這是昨天的事。我丈夫並不存心想要這樣，今天卻回報了我。他是無辜的，就像我把那些還沾了點兒胡椒粉和辣椒粉殘渣的餐巾紙放在廁所裡一樣也並非存心使壞。就在我聳聳肩膀準備收拾屋子的這一瞬間，窗口出現了沃拉吉米爾。他興致頗高地瀏覽了我們房間裡這髒亂景象，站在敞著的窗口旁。我丈夫看到他那驚訝不已的目光，便招呼沃拉吉米爾說：「只管來呀，沃拉吉米爾！您進來呀！好讓您知道我是怎樣一個小市民。就像您說的，只會穿著晨衣便袍，只會拖著拖鞋！只管進來看看吧！我跟我愛妻在這裡有了椿驚人之舉。您懂得什麼叫驚人之舉嗎？其實也就是我和貝比切克在這裡玩了一會兒，如今正穿戴完畢，準備去拉・巴羅馬小酒店去，不過這種小酒店是不適合您去的。這個小酒店在巴爾莫夫卡下面，那兒有位標致女郎，士兵們常帶著他們的妞兒們去那兒。小酒店後面是一個名叫乾草燕麥的圍場，沒有錢住尼特拉旅館的人便上那兒去過夜，士兵們帶著自己的妞兒到那裡去過夜睡覺。可是沃拉吉米爾這不是您去的地方。您要是樂意的話就來幫我妻子做點事吧。」當大個子沃拉吉米爾走在我們巷子裡時，幾乎跟我們那盞煤氣路燈一般高，他如今看見我們房間裡這般情景，彷彿一下子變小了，而且很恭順地輕聲嘰咕著什麼，繞著屋角落那一堆煤煙灰走來走去說：「我從來沒有想過博士會把這裡弄成這個樣子。可是，年輕的太太，我曾經在這裡住過呀，我曾經在這裡寫我的日記寫到深夜啊。不可能，年輕的太太，連我都不可能把這兒弄得這麼亂七八糟的。這亂得太美了，太美了！這些煤煙灰，您看看，有多美啊！年輕的太太，您見過比這煤煙灰更美的東西嗎？您知道嗎？爲了留個紀念，我將做一幅煤煙灰版畫，我要做一組版畫來紀念我現在看到的情景……您別管，您只需打個幫手，我自己來收拾和搬走這些煤煙灰。年輕的太太，您拿著罐子打啤酒去吧，讓我來欣賞一下這些煤煙灰。」沃拉吉米爾蹲在這堆煤煙灰前喃喃自語，伸手去摸摸那些像鬈髮一樣柔軟的灰末，「它軟得像咖啡，像草場上鼴鼠打洞拱出來的土堆。」我愣住了，起初是希望誰也別來看沃拉吉米爾跪在煤煙灰前的我們這間房子。沃拉吉米爾深深地吸一口氣，連鼻翼上也沾了些煤煙灰。等我回來的時候，正看到沃拉吉米爾還是維持原來的姿勢將煤煙灰捧到手心裡，湊到眼前，現在他從提包裡取出他的眼鏡，又一次細看著這些煤煙灰，且面帶微笑。我倒希望斯拉維切克太太到我們窗口來，希望莉莎也來，讓她們看看我們這裡亂成什麼樣子，瞧那沃拉吉米爾是多麼有感情地談著這些煤煙灰啊！彷彿他在尋找恰當的詞句來形容這些煤煙灰對他來說意味著什麼，他將用這些煤煙灰來做些什麼。後來終於發生了我所期盼的事情：正當我跟沃拉吉米爾跪在煤煙灰旁，每人拿著一個桶小心翼翼地將灰裝到桶裡時，莉莎突然站在我們家門口，驚訝得將手指頭插進頭髮裡說：「我的上帝，這裡出了什麼事啊！」我正等著這話一出哩！便說：「我正跟沃拉吉米爾在這玩哩，我們正爲煤煙灰有這麼好看而感到驚訝不已，是不，沃拉吉米爾？」我站起身來，提起一桶煤煙灰，莉莎連忙閃開，生怕弄髒她的便袍。莉莎埋怨說：「幸好你爸爸沒有看見這景況。你丈夫在哪兒？」沃拉吉米爾看了我一眼，大概只因爲我跟沒事兒似地說：「跟貝比切克上拉．巴羅馬小酒店去了，到士兵們常去玩妞兒的那個地方去了。」「什麼？！」她嚇了一跳。我說：「玩妞兒的地方呀！」說完，沃拉吉米爾會意地看了我一眼。莉莎覺察到他那讚賞的目光。我則閉上左眼，故意俏皮地對他們眨巴了一下眼睛……

我丈夫喜歡孩子，我們只要一出門，我就覺得我丈夫很愛逗弄那些孩子。孩子們老遠就看著他，他也對著他們微笑。有一次弄得我都覺得很丟人，因爲我丈夫無緣無故給一個孩子搧了個漂亮的小耳光，無緣無故敲了一下他的腦袋。當我們沿著羅基特卡河漫步時，他常問孩子們：「喂，想不想要一個小耳光？」如果那小孩表示同意，他就輕輕地給他一個溫柔的小耳光，這樣一種友善的耳光。每個挨這耳光的孩子都閉上眼睛，甜蜜地微笑著。因爲我丈夫喜歡孩子，他之所以溫柔地打著他們，是因爲他愛所有的孩子，習慣了他們，成了他們中間的一員。也許正因爲這樣，他才能以孩子的眼睛看世界。我們每星期一次爲了迎接午後的陽光出去散步。實際上我這位丈夫也是一個孩子，他總是離我跑開去，我像位體面的女士在小道上邁著步子，我丈夫卻總要跑到羅基特卡河邊的太陽底下，我像其他人一樣，選在陰涼的栗子樹下、菩提和白楊樹影子底下走，我丈夫卻蹲到河邊去嘩啦啦地用河水洗臉，不一會兒又跑回到我這兒來。他通常習慣走到我前面去，跟孩子們打招呼，給他們來個小耳光。有些孩子突然跟我丈夫一道跑開了，跑到什羅斯堡下面的草坪上別的孩子們中間去了。這裡有很多挺漂亮的小路，他們往上走，忽而消失不見，忽而弄得滿身沙子出現在樹林與灌木叢以及花圃之間。草坪上有個大沙坑，零亂散著幾把長椅子，上面坐著媽媽們、奶奶們和負責照看這上百孩子的人。他們或用手牽著孩子，或推著兒童車將孩子們送到這裡。我丈夫最喜歡兒童車上的這些孩子了，趁媽媽們不注意的時候，他便對孩子們做鬼臉，孩子們都要被我丈夫嚇出小毛病來。他們或從兒童車裡對我丈夫探出身子來，一不小心就掉到車子外面，幸好有根帆布帶拴著，結果常常這樣頭朝下地掛在車外。有一次被我丈夫碰見整個車子都翻倒在地，他正好在旁邊，連忙幫著將車子扶正。他還安慰那媽媽說，他小時候也曾從兒童車上掉出來過好幾次，或者保姆不留神讓他的腦袋碰著了石頭地面，但什麼事兒也沒有。有一次我丈夫還丟人現眼地將一個孩子抹好了果醬奶油的麵包拿走，還沒等人明白過來，便狼吞虎嚥地大口吃掉了，我只得去給那位媽媽賠禮道歉，可是我丈夫在那裡竊笑，一邊翻著口袋，找出五克朗給那哭著的孩子，有時甚至給十克朗，算是賠償費，因爲他吃了人家抹了奶油的麵包。實際上我帶出來散步的也是這麼一個淘氣的大孩子。而我眼下沒有孩子，大概也沒法有，因爲我們在幹那個的時候，我丈夫從來不注意，總是急匆匆的。我沒懷孕，也從來沒懷過孕。因此我對孩子也沒多大興趣，我對孩子從來沒有過像我丈夫對孩子的這種關係。實際上我丈夫就成了我的孩子。可我丈夫觀察孩子還不同於一般人：當他看到孩子們玩塑膠獵槍、自動長槍和塑膠手槍時，他簡直痛不欲生。當他看著這些孩子在這樣一個漂亮的宮堡花園玩耍，他們如何上樹互相射擊、靠手肘匍匐爬到灌木叢裡，另一方也有這麼一幫孩子這麼爬過來時，當他看到小姑娘們也分組藏在樹幹後面用塑膠玩具槍朝著對方射擊時，他便咳嗽起來，四下裡顧盼那些媽媽們，可她們卻安安穩穩坐在長椅子上注視著由她們照看的孩子們，她們壓根兒就沒像我丈夫那樣想到要制止他們玩這種遊戲。我丈夫對著我的耳朵輕聲說：「你瞧，這上百個孩子都是從電影上看來的，你瞧這些小東西多會隱蔽！你只要看看那些野小子多會配合。當他一被擊中，便會立即倒下，而射擊的那一方便大搖大擺地朝那倒下的孩子走去，手裡還老是端著那塑膠槍，儘管那躺在地上的只是裝著被擊中。你瞧，整個這美麗的花園都裝滿了玩打仗的孩子啊！這些野小子可鬼哩！那兒！你看見沒有？那頂上，在演集中營哩！他們在挖坑埋人，他們拖著一個孩子朝灌木叢後面走去。這些無辜的孩子都是從電影裡學來的黨衛軍那一套哩！我親愛的小姑娘！」我丈夫悄聲對我說，「你坐在電車上也能見到有的孩子莫名其妙地掏出塑膠手槍，躲在媽媽的肩膀後面瞄準我，一扣扳機，『砰，打死他！』我因這個無辜的孩子彷彿就該死掉。可是我們這些孩子，這些可愛的孩子，這些小不點兒們只是在鬧著玩呀！『上帝啊，就讓他們玩去吧，既然天氣又那麼好！既然是孩子，現在不玩還等什麼時候玩？』媽媽們和那些負責照看孩子的人這樣對我說。可怕的是孩子演什麼角色，將來就可能成爲什麼角色。小姑娘們玩娃娃，玩娃娃的小房間，等她們長大成人，眞的有了孩子，這還能有點作用；而這些孩子從他們很小的時候起就扮演士兵、憲兵、小偷，這一代人將來會有什麼結果呢？你瞧這些孩子，在進行毫不留情的對敵鬥爭，那些孩子在演集中營的那一套，大人們卻在那兒聊天、坐著打瞌睡，或看著他們的小寶貝們玩得有多高興。誰也看不到這些孩子在玩這些遊戲時想得很認眞，以這麼大的熱情在進行著戰爭，就像他們現在作爲孩子所演習的那樣。」我丈夫說著，微笑一下，聳了聳肩膀，攤開著雙手。我沒理解他想要說明什麼。然後他又站在兒童玩耍的沙坑那裡，這是逝去的時光的一片綠洲。只有幾個小孩子拿著小桶小鏟在玩沙子，他們把沙子挖出來堆成一堆；另外有幾個小孩在修花園，沒有籬笆便插上一些樹枝、小樹幹。我丈夫定睛地看著他們，然後坐到我身邊來，輕聲對我說：「你瞧，我現在就可以告訴你，這些孩子長大了會是個什麼樣。那個小姑娘，等她長到十七歲，也就能給人送送牛奶，乖女孩一個；那個男孩也是，成不了大氣候，只能當個機關職員，他膽子小，窩窩囊囊的，你瞧他，站在一邊，不知做什麼好；可是那邊那個，故意從這根樹枝跳到那根樹枝，還一直舉著塑膠手槍在射擊的男孩，將來會不簡單，不管在生活上或者在政治上。」我丈夫這麼說著，我才第一次地看了一眼，第一次地注意到孩子們在怎麼玩，他們熱情高漲地互相射擊著，跟眞的一樣。瞧他們的臉有多凶，帶著多大的敵意啊！當他們這樣彼此地亂打一通時，我看得都發抖了。因爲在我小時候，那些男孩也是這麼玩的，他們甚至還戴著紙做的軍帽，拿著玩具武器，我認識的所有那些男孩，先畢業於希特勒預備軍校，然後編入武裝部隊，最後喪命於東方戰線某個地方。我就這樣和我丈夫坐在那兒，那天下午天氣很好，太陽已經落到羅基特卡河上，栗子樹成行的陰影投射到我們身上。哪兒有陽光，哪兒就閃爍著穿著五顏六色衣服的孩子們。五顏六色的兒童車像小船一樣散落在草坪的綠色港口上。草坪上有株高大的白楊樹，它的旁邊有口泉水井。有幾個人站在那裡，有個人正彎下腰來，他的紅毛衣鮮豔奪目，遠看只見毛衣不見頭。過了一會兒穿紅毛衣的人直起身來，她挺直身子，提走一壺泉水。而所有這些孩子們的監護人都在慢悠悠地散著步，與正在玩耍的孩子們的那氣氛形成鮮明對照：所有灌木、矮樹和樹枝樹幹上都是往上爬或朝下跳的孩子，整個這小山坡都是東爬西跑、行動迅速的孩子們，他們只是愣上一小會兒，然後便伸出他們的小手，眼睛藏在樹枝樹幹或椅子後面，從塑膠武器中射出看不見的子彈，被射中的那一個便從樹枝上摔下來，攤開來躺到地上。勞動者們的美好休息場所、這宮堡花園卻到處在打仗。我站起身來，邊走邊觀察著所有媽媽們、所有男人們、所有爺爺奶奶們的臉，他們都在微笑，或者固執地望著自己前面那一小塊地方，或者在甜甜地打盹，卻誰也沒有像我丈夫那樣擔驚受怕去想過什麼。實際上他也沒受什麼驚嚇，只是翻來覆去老對我說他的所見，說他毫無辦法，因爲所有人對他們親愛的小寶貝們玩這遊戲表示寬容，只有我丈夫雙手叉腰、站在草坪上杞人憂天地望著這幅孩子與成人的巨幅畫面。等我走到他跟前，他用手指著一個孩子說：「這個將來會拔尖，那邊那個也一樣，誰也擋不住他們成爲出類拔萃的人，因爲現在從他們身上就能看出苗頭。」到第二個星期週末，我丈夫早了一點下班，我們又出去散步，那次我們去的什洛斯堡。我丈夫又走到我前面去了，然後再走回到我跟前來。他性急得很，逼著我走快一些，老朝宮堡塔尖上的鐘看，就這樣我們來到一塊美麗的宮堡草坪上。還有林蔭道開始的地方，已經密密麻麻站了很多人，這些人都很激動，都充滿一種偉大的期盼之情。宮堡附近的這些觀眾大多穿著節日盛裝。我丈夫繼續往前擠，繼續在人群中望我，對我抬手，讓我只管快些往前走，往前走。我已經不想往前走了，當我被人擠得要命時，我就會害怕起來。電車上太擠我也受不了，只要人們互相、或者衝我擠來，嘴裡朝我呼出烤香腸和肉餅的臭氣，我就無法忍受。擴音器裡播放著管樂。我丈夫等著我，然後緊緊抓著我的手，拖著我跟他走。等我們擠出來，便清楚地看到：美麗的草坪上儘是小孩，每個孩子背上別著一個號碼，那邊站著他們的媽媽和照看他們的人。孩子們手裡扶著雙輪踏板車。在林蔭道的栗樹幹之間橫掛著一個條幅，上面標著「起跑線」幾個大字。主持者們正安排第一批參加雙輪踏板車比賽的孩子們準備起跑。起跑線旁擠滿觀眾，主要是這些馬上就要比賽的孩子們的媽媽和親戚。我看到，還沒到時候，大家好像還開開玩笑什麼的。可是我也看到，有的媽媽已經彎下腰去對著自己的孩子又是吼又是指責，還對孩子強調些什麼。我從她們的動作和手勢可以看出，這些媽媽開始在較勁兒了。她們賭咒發誓地要求他們的孩子別錯過機會，要爭取當一名雙輪踏板車的優勝選手。

起跑的瞬間快要到了，大家都變得很嚴肅，觀眾們鴉雀無聲地盯著那面小旗。我看到，那些媽媽們看那小旗的神情是那麼嚴肅。小旗一揮，孩子們便蹬著雙輪踏板車開跑。我丈夫抓著我的手，嚴肅得要命地望著他所看到的，我所看到的，所有其他人也都看到的：有的孩子已善於不顧一切地往前衝過去，毫不猶豫地用胳臂撞開擋道的人；有的孩子壓根兒就沒有開跑，放棄了比賽；另外一些則留在一群運動員中。當雙輪踏板車賽手們拉開距離，我看到那些跑在前面的選手們的媽媽也在跟著他們跑，替她們的孩子加油打氣，呼喊他們。實際上這些孩子的媽媽們也跟著在比賽，也許比她們的這些孩子們，這些未來的頭號種子更賣力；而那些只能得第二、也許第三名的孩子的媽媽甚至已經開始在彼此大喊大叫、咒罵，只因這個沒讓另一個跑到前頭去。這整場孩子們的比賽充滿了喊叫聲、加油聲，甚至到處冒出的咒罵聲。我跟我丈夫之所以也在跑，是爲了想聽這些媽媽都在說什麼，對她們的孩子們喊些什麼，好讓她們的孩子能夠獲勝。直到白懸崖下，聳立著布洛夫卡醫院的那兒，羅基特卡河面寬得變成了灣，然後從馬寧納旁邊緩緩流進伏爾塔瓦河的那地方才算終點。我的丈夫已經站到那裡，像那些期盼著勝利，跟參賽者一起跑著的人一樣鼓著掌。第一名到達了終點，緊跟著是第二名，而第三名連人帶車倒下了，他的媽媽跪在他身邊，對著他直吼。那個氣喘喘的孩子磨破了膝蓋，在他媽媽的強勁鼓勵下終於作爲第三名爬到了終點。媽媽擁抱著孩子，幸福得哭了。我丈夫輕聲對我說：「冠軍就是這麼產生出來的。優勝者就是這麼誕生的。我和沃拉吉米爾就這樣競賽著，我們並不比他們強。」一後來舉行了五歲兒童雙輪踏板車比賽，然後是六歲的比賽。我回到起跑線那兒，在那裡我用自己的眼睛，實際上是我丈夫的眼睛，因爲靠我自己恐怕永遠也注意不到這些，是我丈夫送給了我一點點他的眼睛，因爲直到現在我才看到，這些孩子來參加這雙輪踏板車大賽時本來顯得很平靜、正常，可突然，一等主持比賽的人給他們戴上號碼，便立即變得嚴肅起來。如今那些媽媽一走過來，把號碼又重新別了一番，讓它顯得更漂亮。孩子們從得到這個號碼的時候起彷彿一下長大了十歲，每個號碼就彷彿一種塗油儀式⑲，一種天主教的堅信禮。有些戴著這號碼的孩子開始心慌意亂，眼珠子直轉動，我眞擔心他們暈過去，得生點小病，不是因這號碼，而是因爲他媽媽怎麼看待這號碼。憂心忡忡的媽媽的目光在問：我的兒子你將來能有什麼作爲呀？我丈夫撫摸了一下這些孩子的腦袋，從他們的臉上看出，他們壓根兒不知道爲什麼要來跑，他們沒理由非賽不可。孩子們先拉開距離，縮著肩膀，一副無辜的樣子，實際上這些孩子

---

⑲封賜職位或表示祝福的一種宗教儀式。通常由神父來舉行。

實在太小。可是我倒看見了那些大一點的孩子們流里流氣的眼神，他們的雙輪踏板車很講究。他們甚至還穿著賽車手的運動衫。他們的媽媽對他們滿懷希望，認爲他們通過這種雙輪踏板車賽的勝利就能開始未來賽手的好運，有朝一日眞能當上個冠軍，甚至世界冠軍。我丈夫越看這些娃娃賽車就越發變老了，眼睛下方有了黑圈，直喘氣，摸額頭，張開幾個手指在眼前甩動了幾下，彷彿要將糟糕的幻覺帶來的夢魘驅走，彷彿無法相信他所看到而別人也許沒有看到的事情。等到所有比賽都已結束，當有幾位媽媽感到受了冒犯居然互相抓著頭髮打起來；當有幾個孩子挨了媽媽一頓揍，嚇得直發抖；當有幾對夫婦爲他們的孩子跑在最後名次而吵起嘴來，說是星期一要去提出離婚、起訴；當那些得勝的孩子們的媽媽帶著她們幸運的孩子上糖果店，而那些沒有得勝的孩子們的媽媽領著孩子悄悄地從偏僻的小巷子灰頭土臉地走回家時，我丈夫則一回到家便拉開被子蒙頭躺下，只好由我來生爐子，由我拿著罐子去打啤酒，而我丈夫從孩子們的雙輪踏板車比賽觀看回來後，不吃不喝，只是蒙在被子下面輕聲地悲泣……

我開始不知不覺地常到小畫家依爾卡・什梅卡爾的畫室去走走。他住在熱爾多維酒家的地下室裡。他那畫室大得幾乎可以打網球或冰球。人們從地下室的窗前經過，你只能看到他們的一雙腳。依爾卡・什梅卡爾的廚房裡還生著爐子，從屋角落的那一堆煤取燃料。依爾卡穿件白袍，他笑得神秘莫測。他有一個秘密，那就是他的一幅名叫《父親的夢》的巨畫，一幅從去年就開始創作的畫。畫布上躺著在睡覺的依爾卡的爸爸，在他上方有隻蝴蝶在飛舞。依爾卡將一本全世界的蝴蝶畫冊翻給我看，還輕聲向我透露說，他要將所有這些蝴蝶畫到《父親的夢》那幅畫上去。說等他畫上二十年，最後要以他的這幅巨作給觀眾一個驚喜。不過眼前依爾卡在這個地下室裡有台巨大的壓力機，跟一間電車車廂那麼大。除此之外，這地下室裡別無所有。可是依爾卡已經看到了未來，說這裡不僅是他的畫室，而且將是他的私人畫廊。他和沃拉吉米爾一塊兒在此工作，他們將石灰抹到牆上和天花板上。抹石灰時，依爾卡得用人字梯，而沃拉吉米爾彎著手就能輕而易舉地往天花板上抹。依爾卡似乎出神地凝視我一番，我對他倒不是抱什麼同情心，只是受不了沃拉吉米爾和我丈夫看依爾卡的那副神氣，好似瞧不起他，蔑視依爾卡所做的工作。不過沃拉吉米爾還是喜歡依爾卡，因爲他們一起在版畫學校上過學，後來每當沃拉吉米爾需要做一些大幅的銅版畫或鋁合金的模子，就可以拿到依爾卡這裡用壓力機壓出一張張版畫來。依爾卡這時正給《大自然》和《宇宙》兩家雜誌工作。他很熱情。有一次親自給我示範他是怎麼做成那些蝴蝶版畫。我一直驚訝地看著依爾卡如何將一張小小的銅板塞到那台巨型壓力機裡，在那塊銅板翻面的時候依爾卡按一下電鈕，哐噹一聲巨響。依爾卡站在那裡微笑著，不禁使我想起《摩登時代》裡的卓別林，個兒小小地站在許多機器的巨型齒輪組旁邊，就像一名小個子司機站在那大型機車旁一樣。依爾卡正在對我微笑，他高興得像個孩子似的。而我丈夫和沃拉吉米爾卻在拿依爾卡開心，但依爾卡心裡有底，他知道未來屬於他，等他完成那幅《父親的夢》之後，他將一舉成爲佼佼者。如今依爾卡只在爲我而表演，讓我看他那巨型壓力機如何產生給《大自然》和《宇宙》雜誌的小蝴蝶來。哐噹巨響之後，他從一個巨大的軸輥下面取出一塊面積不比火柴盒大的小板，揭下絲絨小方塊，然後用鑷子從模子上揭下那張小不點兒的版畫，擱到我面前。那張小版畫的確不比一張郵票大，上面有隻很美麗的蝴蝶。「這是什麼？」依爾卡問。我丈夫說：「我不想趕到你前面去。可你是未來的人民藝術家！」沃拉吉米爾提議說：「我說依爾卡，你寄一組蝴蝶到華沙《歪輪》雜誌上去怎麼樣？要不寄到邁阿密的達維斯那裡去？讓美國人也少耍點威風，讓來自歐洲來自捷克的一個窮孩子來揉揉托比⑳、羅斯科㉑和威萊姆・德・庫寧他們的眼睛，依爾卡，現在我一看到你這一藝術

⑳托比（Mark Tobey, 1890-1976），美國畫家，其作品是富於節奏感的抽象書法畫。

㉑羅斯科（Mark Rothko, 1903-1970），美國畫家，他以顏色爲唯一表現手段。此法成爲日後大色域繪畫先聲。

品，就想我大概得放棄我那行動版畫了。」我坐在椅子上，用眼睛掃一下這兩個「世界冠軍」，這兩個自己宣稱爲世界冠軍的男人。我就是喜歡依爾卡的蝴蝶。我站起身來，觀看依爾卡掛在牆上的一幅油畫，這是他懷著深情畫的他媽媽。我轉過身來背對著那兩個大爺。沃拉吉米爾走進廚房，拿來他的提包，然後跟我丈夫將一張桌子抬進畫室裡。依爾卡直樂，友善地罵他們：「你們這些野小子！我不怕你們潑冷水！你們等著瞧吧，等我把我那《父親的夢》弄完……不過，博士！一切都會順利的。」我一轉身，看到依爾卡・什梅卡爾直瞪著我丈夫。他握緊拳頭，對著他們朝空中就這麼一捶以增加自己的勇氣。沃拉吉米爾則輕聲對我說：「年輕的太太，現在我給您表演一樣東西，是我和您丈夫還有艾貢・博恩迪㉒一起表演過的。我那時住在您現在住的地方，我睡的那張床，就是如今您和您丈夫那張床。這是『沃拉吉米爾式的幻燈機』。」外面的天色已近黃昏，沃拉吉米爾關上了木板窗門，將電爐子的電線插上，白牆上立即出現了一幅仙客來花的圖畫，花上繞著幾根彩線……我丈夫將手搭在我的肩膀上，我把臉轉過來，望著牆上那朵

㉒艾貢・博恩迪（Egon Bondy, 1930-2007），捷克哲學家、詩人、小說家、劇作家。

大花和桌子上那部小幻燈機，燈光就是透過它射到牆上的。我一直看著那朵色彩燦爛的花，我丈夫握著我的手，直點頭。然後我們一愣，不禁笑開了，因爲那朵花突然冒出一個大泡泡，這泡泡一直在變大，像牛奶沸騰時那樣，像有些花的葉子突然冒汁那樣，像癲癇病人吐出的泡沫，泡沫脹大、爆裂，變成一種往下淌而又易蒸發的汁液。如今那花開始冒出另一個泡泡，很快開始發生變化，那些彩線因熱氣和液體而膨脹起來伸向四面八方。我用力盯著看，卻怎樣也弄不明白，沃拉吉米爾這鬼名堂是怎麼弄出來的。沃拉吉米爾在我旁邊蹲下，一隻手放在我的膝蓋上，輕聲對我說：「年輕的太太，這是每個小孩都會做的普通玩意兒，連您也會弄，您可以在您那個堤壩巷的家裡弄，不過不知您丈夫會不會允許。您把任何一種花擱在兩個環套中間就行了，一加熱，藉著幻燈機的溫度，它就會漸漸脹大，創造出前所未見的美麗圖畫。而且總在變化。」沃拉吉米爾解釋著，他的一隻手繼續放在我的膝蓋上。我在看，沃拉吉米爾也在看我丈夫是不是注意到他的手。可是我丈夫在望著牆上的畫。如今，當溫度變得很高時，那朵花彷彿要全力從這玻璃甲冑中掙脫出來，連同彩線一起膨脹起來，整個這畫面似乎要爆裂，不過玻璃板沒允許它爆裂，於是這整朵花便漸漸溶化、變色，像果醬一樣漫出，像李子甜餅那樣流汗，汁液像烤李子餅一樣從烤盤流到烤箱裡。沃拉吉米爾蹲在前面一點，他的鬈髮幾乎碰著我的臉頰，我看到了他輪廓鮮明、氣度高貴的側影和微微鼓起的嘴唇。我歎了一口氣，又瞄了一眼旁邊，看我丈夫是不是看到沃拉吉米爾那離我眼睛很近的鬈髮，是不是看見了那隻老放在我膝蓋上的手。這會兒我們大家都在盯著牆上看有什麼變化，大家都爲這畫面和這朵被烤著的粗線繞著漸漸溶化的仙客來花而激動、心醉。後來，有人打開了從熱爾多維街人行道通到這裡的那扇門，可是依爾卡和我們大家都還在盯著牆上這幕戲，盯著仙客來花這幕不幸的悲劇，盯著繞線的這一朵花的命運。隨後，通道門被打開，有兩個人走進畫室，依爾卡跟他們打個招呼，便將手指頭擱在唇邊，繼續盯著牆上看。那兩雙眼睛也隨著我們一道，直看到那朵可憐的花完全屈服，變得模糊不清，從牆上隱沒，只留下一塊不動的溶渣痕跡，那幾根線繩也在開始逐漸消失。依爾卡以手勢示意，沃拉吉米爾連忙從我膝蓋上挪開他的手。依爾卡打開燈，我們大家你看我我看你，彷彿我們看到的是一部最美麗的電影，連沃拉吉米爾都爲他所看到的而吃驚，我想他更加驚訝的是我們大家都因他的幻燈片，他牆上的圖畫而激動。然後我們才注意到進來的這兩個人。這是一個穿著牛仔服的青年男子，同他一道來的是一身空姐打扮的年輕女子，她剪了個男孩髮型，提一口像小女孩裝洋娃娃的那種箱子。沃拉吉米爾與那個男人握手結識，他是《美術作品》雜誌的一位編輯，名叫布林達，他向我們介紹這位姑娘。依爾卡請大家回到他的廚房裡去，沃拉吉米爾收拾好他的幻燈機，連同桌子一起搬進廚房。那位編輯立即開門見山說，這位年輕的斯洛伐克姑娘名叫黛卡娜·霍萊尼奧娃，她剛來布拉格，想到一所繪畫學校去上學，最好是能上美術學院。她帶來一些作品想請大家評價一下，然後再送到教授委員會去審查。黛卡娜打開她那口小箱子，像散發廣告單一樣將她的畫一張一張拿給大家看，重又蹲跪在那個青年男子面前，雙手按著他的膝蓋，用欽佩的目光注視著他。這個青年男子接著談到這位姑娘的巨大才幹，說她現在不能，但幾年之後一定能豐富我們的美術廳……隨後讓依爾卡．什梅卡爾說說他對這大約十五張水彩畫的看法。依爾卡沒把握地笑笑，然後用他那雙誠實的眼睛看著黛卡娜說：「我覺得，她天分是有，我想，我想她還需要學習素描、寫生基本功，先只用鉛筆畫。」依爾卡喃喃地說，穿著那件滿是顏色斑點的白袍站在他那幅由畫著些蝴蝶的框子框著的媽媽畫像下面，然後補充說：「小姐要是願意的話，我可以幫她練練素描、速寫。」年輕的編輯點點頭，搓搓手，朝天花板上望一眼，像心中的一塊石頭落了地似的，歎一口氣，然後友善地說：「我知道，您就是那位著名畫家依爾卡．什梅卡爾，大家都很讚賞您登在《大自然》和《宇宙》雜誌上的那些蝴蝶。」他看一眼沃拉吉米爾，可是沃拉吉米爾卻在為那位斯洛伐克姑娘、那位黛卡娜在受折磨。而那位姑娘一直跪坐在那裡，兩隻手都放在帶她來的那個人的膝蓋上。我立即猜到，沃拉吉米爾對這位空姐一見鍾情了。她穿著一件藍色短上衣，體型豐滿，使那衣服緊得快要綳開了。腳也很豐盈，小臉倒有點兒乾瘦，像在節食，她笑的時候有只眼珠子上有個藍色的斑痕。沃拉吉米爾放下她那些水彩畫，凝視著這位年輕女子，他只是這麼站著，凝視著，目光沒法從她臉上移開。如今我丈夫將那些水彩畫瀏覽了一遍，聳聳肩膀，說：「做爲一個開頭這是好的，毫無疑問天資是有。不過我想，當我看到十七歲的梵谷最初畫的那些畫，恐怕也覺得，要是送到美術學院的教授那裡去，肯定會將他連人帶畫攆出門外，可是，注意！到頭來梵谷還是衝到前面，他的畫不管是在博里納日㉓還是在巴黎，最後在阿爾勒㉔都打響了，這我們毫不懷疑。您怎麼看，我的太太？」我丈夫問我。我說：「你們都瘋了還是怎麼了？對我來說都是圖畫、圖畫，胡塗亂畫！別的什麼也不是。」黛卡娜站起身來，如今我看到，讓我感到遺憾的是，這還是個蠻可愛的女人，是一個挺會讓男人爲她神魂顛倒的女人；更主要的是，她是一位立即讓依爾卡和沃拉吉米爾都愛上的姑娘，黛卡娜也馬上意識到這一點。名叫布林達的那位青年，從口袋裡掏出一瓶法國白蘭地，倒進一只既用來裝酒又用來裝咖啡的罐子裡。於是大家爲這位專程從斯洛伐克來到布拉格開始學美術的年輕女郎

㉓博里納日，比利時埃諾省的煤礦和工業區。

㉔阿爾勒，法國南部隆河一省城。

黛卡娜未來的成就而乾杯。……然後便各顯神通，彼此搶著說話，在熱爾多維街這間地下室裡高談闊論、東扯西拉什麼梵谷、孟克、薩爾瓦多・達利，只有沃拉吉米爾默默不語，凝視著髒兮兮的地板，同時用他的一隻斜眼睛跟蹤著斯洛伐克姑娘的一舉一動。他不是直接看她，而是用一個男孩的全部心靈在注意她。我感到在他觸碰到我的膝蓋，他的鬈髮挨著我的眼睛這一時刻，對我來說應該足夠了，因爲沃拉吉米爾，我馬上就知道，這是他第一眼便愛上了的女郎，這姑娘將決定他的命運。黛卡娜彷彿突然從她的困境和煩惱中鬆一口氣。她突然用斯洛伐克語說，依爾卡雖然有一頭漂亮的頭髮，但現在不流行這種髮式了，她問依爾卡是不是願意讓她給他剪一個加拿大草坪式的髮型。依爾卡笑開了，他抬起頭對著天花板，眼淚鼻涕都笑出來，眼睛幸福地轉動著，他立即掏出剪子，黛卡娜便將一塊毛巾圍在他脖子上。坐在椅子上的依爾卡抬著頭，可黛卡娜將它按下去。喀嚓幾下將他的頭髮剪去一大截。沃拉吉米爾這時變得平靜了些，而且有了笑臉，不過他笑得那麼謹慎，彷彿他口裡的牙齒有些破損不敢暴露似的，他看黛卡娜時也不敢正視她的眼睛，只是看著她的背影。她正彎著腰給依爾卡剪頭髮，剪完之後，黛卡娜拿開毛巾，依爾卡站起來，挨個挨個地看我們，彷彿在照鏡子。我馬上看出來，依爾卡成了一位很帥的青年男子，活像一位加拿大的專業曲棍球運動員。就像我所看到的，大家的印象跟我一樣。黛卡娜從走廊上取下鏡子，拿進來擺著，依爾卡看到的自己就像我們所看到的，特別是我所看到的他。他大聲嚷著：「我們應該慶祝一番！」說著跑進小貯藏室裡拿來一瓶酒倒進罐裡。於是我們大家又爲依爾卡的髮式而乾杯。從這片刻起，依爾卡的確成了完全不同的一位男士，他過不一會兒就去照照黛卡娜掛在走廊上的鏡子。那位美術編輯沒少吃驚，他捲起袖子說：「我馬上得趕回去開一個會。喂，依爾卡，黛卡娜不僅沒有地方過夜，壓根就沒有住處。我說依爾卡，我把你的那些蝴蝶登到美術專頁上去，再寫上幾句話。你呢，就讓她在這裡待一個星期，在她租到住房之前，也就是那麼一小段時間。」依爾卡樂了，感動極了，這種幸福簡直是從天而降。依爾卡的高興很正常，其他男人要是處在他的地位也會如此。他深感榮幸的是，有位女士將在他這裡借宿，更重要的是他還教她畫畫，他可以向她訴說有關他不幸命運的一切，即任何體面的女人都不想要他。依爾卡連忙說：「朋友，一切爲了你，我這裡不是還有一張行軍床嗎？她在這兒睡，我給她生上爐子，我在旁邊那張行軍床上睡，她可以舒舒服服睡在床上。」依爾卡．什梅卡爾簡直是欣喜若狂。我們大家同時說：「我們一塊走吧！」我們開始告別。沃拉吉米爾與那女士握手時，臉色蒼白，他還是不看她的眼睛，已經深深地愛上她了。他要是看一下她的眼睛，一定會暈倒過去。我丈夫說，有一次裁縫給沃拉吉米爾量褲子尺寸，她將皮尺插進他兩腿之間去量，他便立刻暈過去了……

我和我丈夫每個星期到他的表妹米拉達那裡去游一次泳。她跟我丈夫一樣也是布爾諾人，愛說一口莫拉維亞方言，也喜歡說布爾諾俚語。她出生在麵包巷的一所公寓裡。這公寓帶有一個外廊，很像一座大監獄。布爾諾的德國人管這條賣麵包的街道叫麵包巷。如今她住在霍萊肖維采的巴特里飯館旁邊。我們去的時候經過利本尼橋，回來的時候還是經過利本尼橋。河上的空氣很好，透過欄杆可以眺望布洛夫卡。特別是在傍晚，我丈夫邊走邊撫摸著這石橋的欄杆，呼吸著新鮮的空氣。當他凝視著河的深潭，顧盼著周圍的景色以及醫院走廊的燈光映在河上的光影時，總是默默不語，我也只好默不出聲。米拉達家很熱鬧，她的丈夫科齊揚特別能吃，從下午就給廢品收購站的米拉達打電話，問她有沒有忘了買這買那晚飯用，還叮囑她別到卡車司機班去，免得在那裡喝多了。要是米拉達沒有按時回來，科齊揚先生便手裡拿著錶，先到他們公寓的走廊上去等著米拉達。我經常遇上他一臉不放心地在公寓門口盼著他老婆回來，我於是同他一塊兒等。等到我也有些驚奇了時，米拉達才拎著提包走下電車。科齊揚氣得臉發青地走在米拉達旁邊。他大喊大叫，罵個不停，還指著手錶給米拉達看：「你在哪呀？都能聞到你的李子酒味！」在我們走上通向他們房門的樓梯之前，我的臉也嚇得刷白。科齊揚臉色發青，米拉達哭著說，她下午只吃了三塊蘭姆酒巧克力糖。來到家裡，米拉達還在哭。科齊揚先生便一再地說他救了米拉達，把她從大街泥沼裡拉出來。等到米拉達去燒晚飯，我洗澡時，他便已平靜下來，一刻鐘之後便相安無事了。科齊揚先生居然用走了調的嗓門兒唱起了歌劇中的詠歎調：「親愛的瑪爾達……啊，親愛的瑪爾達……」我很喜歡在科齊揚家吃晚飯，如果剛好有滷味什麼的，科齊揚先生總是大聲嚷嚷，因爲米拉達吃得太猛了，她總是將滷汁灑在襯衣上。「看得出來，你就是在麵包巷出生的！」科齊揚先生吼著。他曾經是卡貝什暖氣公司的代理，每年都要去外國，這是他最得意的了，每逢過節、假日便出去旅遊。他根據旅遊的地點決定戴什麼帽子：去北歐，他便戴海軍帽；要是去地中海，他便戴上熱帶遮陽帽。他一直將帽子放在紙口袋裡，過了邊境才戴上。他有興致時便給我講述他的旅遊經歷，他還樂意告訴我說，他是玫瑰園朗斯基伯爵的私生子。每逢星期一他都要特別穿著打扮一番，到演員們、從前的政治家們以及其他重要人物常去的地方參加社交活動，那只是男人們的天地，女士們只能稍微開一點兒門揮揮手帕而已。科齊揚的一位朋友甚至在這裡每週做一次世界大事的政治評述，那人名叫雅羅烏舍克，曾任駐玻利維亞領事和一個什麼新聞評論員。這個星期一的傍晚，他又在刮臉，其實一大早就已經刮過臉了。然後染頭髮、摘下壓頭髮的網帽、擦粉、擦皮鞋、挑選領帶。他容光煥發、笑容滿面，還在浴室高歌他的「親愛的瑪爾達……啊！親愛的瑪爾達……」唱得深情滿懷，可卻走了調。有一回，我去他們家的時候，一定是發生了什麼不幸，科齊揚先生攤開雙臂躺在沙發椅上，眼睛發直；米拉達在抽泣……原來是她忘了買紅菜頭，因爲晚上要吃燻肉末，而燻肉末少了紅菜頭就很難吃。米拉達只得跑到赫拉夫尼街去買，可是商店這時已經關門。等她哭著回來時，科齊揚又在翻舊帳說是他把她從泥坑裡救出來的。米拉達哭著對他說，讓他待在她屁眼兒裡親嘴去。科齊揚先生氣壞了，於是躺下了。我來的時候，他嗓音微弱地對我說，他老婆讓他待在她屁眼兒裡親嘴去，而不是按照捷克說法鑽進屁眼兒裡㉕，竟然讓他、玫瑰園裡的朗斯基伯爵的私生子待在她的屁眼兒裡親嘴……

我喜歡米拉達，因爲我們常愛在一起玩一種這樣的遊戲，即先說出一個捷克語詞，然後找出其相對的布爾諾方言。比如說：午飯、卷心白菜、錢包、財迷、心、說謊、面板、星星、風箏……等等的布爾諾語都有另外一種說法。又比如：我們到布林納河去游泳的河，也不叫河。還有姐妹、花束、員警、王國、禿頂……等等的布爾諾方言都有另外一種說法。我丈夫一來，我們便可以這樣說一個捷克語詞，對上一個布爾諾方言地玩

㉕「在……裡面」和「鑽進……裡面」的捷語中只是一個前置詞之差，此類粗魯罵語，大概相當於漢語中的「滾你媽的蛋」，「見你媽的鬼去吧」。常常由於對對方的言行極不耐煩和不能忍受而說出這類罵語來。

上好幾個鐘點。我丈夫和米拉達會的一樣多。我丈夫總是提著罐子到巴特里去打啤酒，有時走得更遠，一直到海員酒店或者哈英卡酒店，他說那裡的酒最好。那時候我丈夫大聲說著他的夢想，說他的未來是僅出版他終日夢想的一本書，等有朝一日這本書一問世，他就要穿上他那套婚禮服，跟我一塊兒走到布拉格的民族大街㉖上去，傍晚去瓦茨拉夫大街㉗，那裡的櫥窗裡將會陳列著他的書，上面還印著他的名字，我們則假裝只是在漫步布拉格，每個書店櫥窗裡將會陳列出那爲我丈夫帶來榮耀的第一本書，因爲這本書將是最棒的。結婚後那段時間，我常見我丈夫作深思狀一本正經地練簽字，就像人們在報紙邊沿、節目單上，在吃飯喝酒的帳單最後一頁上故意寫著橫七豎八、十分潦草、讓人看不懂的那種簽名，我丈夫就在這種毫不掩飾的時刻裡練習著簽字。半年之後他把他的姓練得定型了，然後拖出一長道與他的名字的第一個字母連接起來。於是在所有報

㉖布拉格的一條傳統文化大街，國家劇院、作協、作家出版社、科學院等重要文化單位都在這條街上。不過如今作協、作家出版社等都已搬家。

㉗布拉格最繁華的一條街，其中有瓦茨拉夫形象群和瓦茨拉夫廣場、自然博物館和許多書店櫥窗。

紙、甚至在雜誌的邊邊角角上我老能看到他最後確定下來的簽字，嫺熟的簽字。我不得不承認這是那種只在銀行支票上才有的簽字……

連緊鄰著我們小房間的那間研究所也不像我家那台貝爾克牌打字機那樣叫人心煩。它像一架錄音器，有兩個滾筒，一個個像齜著牙齒的按鍵，只有德文字母，因爲是一台德國牌子打字機。我丈夫已經能十分熟練地用它打字，即使天黑了，他也能用他那有點肥大但又皺曲不平的指頭敲打它，彷彿要敲掉它那些齜牙。可是那台打字機能承受一切對它的狠命敲打。我丈夫打字的時候有點怪怪的：他捲上紙，眼睛彷彿望著窗外，好像在彈鋼琴，十個指頭都在動。他打字快得叫我沒法相信，於是過去看他一眼，他果然在打字，而且有內容，只是錯誤百出，不過只是因爲這台打字機既沒有長音符號也沒有鉤形符號㉘。他簡直不是在打字，而是在演奏，這打字機彷彿一個人工腎臟和心律監測器跟他長在一起。他常對我說，當他琢磨一篇文稿時，便在腦子裡書寫著這篇作品，在他

㉘捷文字母中除普通的A、B、C、D……之外，還有上面帶長音符號á、é、í……及帶鉤形符號的č、ď、ť、ě……德文字母上沒有這些符號，故這台德國打字機上也沒有。

的眼睛裡便有著這台打字機，而這雙眼睛又在他的腦子裡，而且這台腦子裡的打字機又同他的手指頭聯繫在一起。當他在想著一篇未來的文稿時，他竟能看見打字鍵如何將字母打到紙上，而這些鍵又如何像音符一樣地散在那裡，由某些個打字鍵來敲成一個字。他看到這些字一方面已經寫出來，另一部分散在鍵盤上。他對我說，他有時簡直害怕往下想，這玩意兒是怎麼從一種狀況轉到另一種狀況的。這些思想先是流出來，他則用下列方式將它抄寫出來：先用十個指頭將它們打到鍵盤上，經過鍵盤一個個字母串成，一行一行字再串成一頁一頁，這些打滿字的頁一直疊到他累了，到他這些思想已經全寫到紙上或者已經消失爲止。我丈夫說艾戈恩・博烏迪把這台打字機叫做原子打字機。我丈夫去克拉德諾時曾經給他讀過自己的打字稿。我丈夫總是選在我上班的時候、我去米拉達那兒游泳的時候、我在莉莎家織手套或者用彩線繡圖畫的時候寫作。我要是提前回來了，他只接著寫一會兒，示意我別跟他說話，我便得自個兒坐上一會兒。我恨這台打字機，因爲它整個與我丈夫合爲一體了。要是沒了這打字機他恐怕就傻了眼！因爲他已經完全不會用手寫字，就像那些騎兵一樣，一下馬，走起路來便跌跌撞撞，跟踩著棉花似地腿沒有力氣。我丈夫有時給我在一小片紙上寫點什麼時，就像胡納切克，還有以前的多萊伊什這些小孩寫的字一樣，東倒西歪，而且寫出來的句子也結結巴巴，從來也沒有用手寫出過一句像模像樣的話來，只能寫個簡短的消息或通知什麼的。可是只要他往打字機前一坐，一幅幅畫面便滾滾而來。他就這麼一個勁兒地寫呀寫呀，有時我站在窗子外面聽著他拚命地趕著寫，以便在我進來時放慢速度。只要我向他提出第一個問題，他的思路就斷了，氣惱地瞪我一眼，再敲上那麼三兩下按鍵，彷彿打上幾個點，便放棄寫作，揉揉眼睛，又回到了我們房間這人間地面。那些往空中一個勁兒地流瀉出的句子、那些曾經在他的天上某個地方閃亮的字行熄滅了。他聳聳肩膀，便提著罐子去打啤酒，把他的寫作再挪到其他時候。可有時候他又能接著玩命似地往上寫，我可以對他說話，可以有人來串門子，他繼續寫他的，對著這些他看得見的句子微笑著，誰也打擾不了他。他一個勁兒地寫呀寫呀，必須一口氣寫完。因為，他後來說，當時要不寫以後就永遠也寫不出來了，畫面就會一股腦永遠地從他眼前消失掉。我在結婚後的第二年幫我丈夫買了一部打字機，也是德國牌子，叫托爾貝多牌，是韋特羅產的。我把它擺在桌子上，他那台貝克爾牌老打字機的旁邊。奇怪的是那台老機子還顯得新式、簡單一些。托爾貝多牌的打字機有個套子，貝克爾牌的打字機也有個箱子，不過博士把那箱子扔掉了，只用兩根帶子捆著搬來搬去的，就像小學生常捆著學校的課本一樣。那台貝克爾牌打字機彷彿永遠也損壞不了，他到河邊去也常常帶著它，將它往那兒一放便打起字來。有時難免會歪倒，有一次在堤壩上它甚至掉到伏爾塔瓦河裡去了，但是撈起來它還能用。就像那羅斯科普牌的奧地利鬧鐘一樣，萬尼什達先生將它扔到了裝滿水的洗碗池裡，它在水裡也一樣叮鈴叮鈴地響，而且還繼續滴答滴答一秒一秒地走。就像貝克爾牌打字機，把它裡面灌進的水倒出來，打起字來甚至比原先還順暢。等我丈夫一來，當我告訴他買了一部托爾貝多牌打字機時，他看了看這兩部打字機，然後坐下來，試了試那部新打字機，鍵盤好像不靈，它比較大，比較寬，還多出一行來，正好是那些長音符號、鉤形符號以及帶長音、帶鉤的字母。他得先練習，爲了能在這部新機子上打字，他得先把那台老機子放到櫃子裡去，將它擱到被子底下，生怕它吃醋，覺得我丈夫喜新厭舊對它不忠，它可能會把在利本尼堤壩巷我們住房裡出現的這部新打字機看做情敵。我丈夫第一次用新機子打他的手稿時，先在那台可愛的老機子上打了幾下，然後像對待一隻小動物一樣地撫摸它，從來也沒有像現在這樣清掃過它，它裡面全是灰塵，從它黑色的打字帶上剝落出好多呢絨灰塵塊來。按鍵字模上的顏色把字母裡的縫隙都塡滿了，因此這些字母打到紙上也是黑乎乎的，只能看出個輪廓來。但我丈夫不在乎，因爲他實際上是個很愛把屋子裡弄得亂七八糟的人，他也愛整潔，但只打掃那最必要的地方。他愛把床底下掃得乾乾淨淨，可是卻把一塊桌布蓋在他的寫作用品和稿紙上，就像往桌子上鋪塊賽釆賽風格的紅毯子，往床上蓋塊床罩一樣。最要命的是他什麼都離不開抹布，他洗完手用抹布，擦皮鞋用抹布，他甚至往抹布裡擤鼻涕，還用這油乎乎的抹布來擦汗。當我沒注意管他，他這塊抹布太髒時，我便乾脆把它塞進爐子裡燒了。儘管我們在院子裡有個廁所，可我丈夫鬼使神差晚上總愛在院子裡那棵爬山虎底下的土堆旁撒尿。那棵爬山虎倒是長得枝繁葉茂，沿著牆壁橫貫整個院子。夜裡在院子裡撒尿是他的拿手好戲，撒尿時跟所有正在撒尿的男人一樣眼睛傻呆呆的難看得要命。有一條不成章的規矩：只要我丈夫以爲我不在家，就連白天他也到院子裡的一個角落去撒尿。我有好多次突然出現，我丈夫嚇得連褲子都弄溼了。我氣鼓鼓地從他身邊經過，讓他別以爲我不知道。我裝作在看他，裝作爲他這舉動而要嘔吐，而且我還眞的做出一副嘔吐的樣子。他也想了一個報復我的辦法：當我在屋裡擦洗身子，當我假期在盆裡洗下身時，我丈夫便無緣無故闖進來，讓我嚇一大跳，我因爲被丈夫看見而對著他吼一頓。他卻藉此回敬我：他也故意裝作噁心，裝作要嘔吐的樣子，說他看到的事使他要瘋了。於是立刻跑出去，故意大聲說得讓我能聽見：「這一天可要倒楣了！一大清早就這麼不幸，看到女人坐尿盆！」儘管我從來沒在家裡坐過尿盆，儘管我們房子裡根本沒有尿盆，因爲我討厭尿盆，即使下大雪，我也寧可走過院子，到結了冰凌的廁所去解手。總之，我丈夫是個很不愛收拾的人，對他這台貝克爾牌的打字機也是如此，我若遇上我丈夫在打字，就跟我碰上他在院子裡撒尿一樣，立即手忙腳亂，從這一刻起，若是撒尿便弄溼褲子、尿溼鞋子；如正在打字，便連貝克爾牌打字機的好幾個按鍵也嚇得卡在一起，而且還卡在色帶走動的地方。可是我丈夫硬是用兩根指頭把它們掰開。這打字機眞是結實極了，其他任何打字機遇到這種情況那按鍵恐怕都要斷掉，可是這部機子居然承受得了我丈夫的生掰硬扯，他把整台機器舉起來，按鍵好像嵌進了他的指頭，他氣惱地站起來，將機子倒吊到懸空，還是鬆不開，我丈夫便用力一摔，打字機掉到地板上，這才解決了問題。我丈夫再把它端起來，撫摸著它。幾個指頭被那些一直卡著難以分開的按鍵弄得烏黑。我丈夫打字的時候要是用手摸一下臉，那臉也準保弄得黑不溜丟的；要是機器摔到地上，我丈夫便把它扶起來，放到桌子上，接著打字，跟沒事似的。這部打字機就像艾戈恩・博恩迪說的是部原子打字機，眞的好像是用原子驅動的。不過我丈夫還是決定讓這台貝克爾牌打字機退役。說要拿它當擺設。他這兒還有一根劈成兩半的大松樹幹，這兩半樹幹中間夾著一個野蜂窩。這樹幹，我丈夫說還是從俄國兵那裡討來的。那些俄國兵曾經在啤酒廠住過。我丈夫不管搬到哪裡，就把這樹幹帶到哪裡。他最先住在老城廣場那座屋角上有個羅馬鈴鐺的樓裡，還有那家肖恩巴赫殯儀館也在樓裡；後來他搬到雅希莫瓦街猶太學校對面的那條街上；再後來又帶著這樹幹來到克拉德諾的義務勞動者們的集體宿舍；最後帶到利本尼，如今豎在這兒，老樹幹裡面已經破碎、腐爛，樹幹旁邊是一個沒穿衣服的洋娃娃，攤著兩隻粉紅色的手，總是光著腦袋驚訝地站在這老松樹幹下面，望著那嵌在松樹幹上快要破碎的野蜂窩。如今這兒又添一架滾筒縮在裡面，像一個咬緊牙關沈默不語者的貝克爾牌打字機，它靠著這光身子沒頭髮的洋娃娃站在方凳上。誰來我們家，最吸引他的就是這台打字機，每個人都要摸摸它，像抱小動物一樣抱在膝蓋上，打開它，不知道這種型號的人都爲這台打字機的小巧玲瓏而驚訝不已，說它很漂亮，而且造型也很現代，因爲它比一般打字機少一行字母。那時候，有個叫弗朗達的住在我們這座樓靠大門口那兒，他已經退休了。因爲他有一顆非常大的心臟，解剖專家都有點等不及要解剖他的屍體，因爲就像弗朗達驕傲地說的，他就是爲這顆肥大的心臟而退休的，因爲這是中歐最大的一顆心臟。這個弗朗達曾經是一名修理烤麵包爐的工人，是修理爐口和爐門的能手，他往爐膛裡鋪上石英，澆上混凝土，還有點別的東西。在弗朗達原先住的那個曾經開過小鋪的地方有一座特別棒的爐子，我丈夫去看過好幾次，弗朗達就是按照這種爐子給我們家修的爐灶，爐口貼滿小石塊，澆上混合耐火黏土和水玻璃。那個弗朗達簡直要了我的命，因爲他老想談那種事，老說他是幹那事的行家，老說那種事一天可以幹上兩次，因爲他有個大心臟。他只要一看見我，就談那種事，這成了他的看家本領。我千方百計不讓他張口，先是假裝作嘔，後來弄假成眞，眞的吐了他一褲子。於是，他又去找我丈夫談那種事，我丈夫不愛談這個，不過並沒反對聽他談。那個弗朗達還打定主意，要把他所知道的、他所注意到的有關他心臟的一切寫出來，主要是要給大夫們寫他的那種事兒，說他每天可以幹兩次，一點兒也沒覺得有什麼不舒服。我丈夫便將那台打字機、那架原子貝克爾牌打字機借給了他。我下班回來、或者去上班的時候，都聽得見弗朗達像啄木鳥一樣在那裡敲打，練習打字。三個月以後他已經會打了，但讓他傷腦筋的是錯誤百出。他說他寫得倒是沒錯，可就是缺鉤少撇。後來他便開始寫有關他的歐洲最大的心臟這部作品，連沃德拉切克教授本人都在盼著他這部作品哩！可是，就像他所描述的，那種事他每天可以幹兩次，結果他什麼毛病也沒有，後來又提高了一步，那種事他有時一天幹三次，結果出事了！這一天三次把他的心臟累壞了。於是他不再敲打打字機，而是躺著，不是躺在床上，而是躺在椅子上，躺在一把仰臥著的椅子上，也就是椅子扶手碰著地板，總之，他躺在一張翻倒的椅子上，這是他最好的姿勢。我丈夫說，弗朗達這麼躺在翻倒的椅子上，活像山羊在交配。他常去看望弗朗達，跟他開玩笑，用那把黃色的折疊尺測量著弗朗達的個頭，然後四下裡瞧瞧，看怎麼在這裡安排他的喪事及擺放他的棺材。弗朗達笑得都發出了尖叫聲。我丈夫總是這樣跟他開玩笑，弗朗達把這看做是我丈夫對他表示的最大好感。他們拿這棺材的事兒開了好長時間的玩笑。我丈夫還拿弗朗達開心說，如今當他靠這椅子這麼掛著，是不是一天能幹一次或者三次那種事。到有天早上弗朗達的神經官能出了問題，大喊大叫起來，而且越喊越厲害。等我丈夫去看他時使盡了最後的力氣對我丈夫喊道：「博士，把那台打字機搬走吧！搬走吧快搬走！」可我丈夫將手搭在弗朗達的背上，他還一直躺在這把翻倒的椅子上，勸他說：「只管把它放在這裡吧，弗朗吉舍克㉙，加緊練習吧！你還練嗎？還練？弗朗吉舍克，只有這樣你才能學會用這機器打字呀！你還得把有你這顆歐洲最大的心臟的事寫出來哩！你得提供這方面的信息。弗朗吉舍克，你不是胸有成竹嗎？那你就快點開始吧！你將成爲一位頂尖的打字員！你將成爲頂尖人物，弗朗吉舍克！你要明白，你生活在布拉格，布拉格是歐洲的心臟，你是唯一能寫出關於自己這顆中歐最大心臟的文章的人，只有你握著這扇門的鑰匙，你有的是關於這一切的檔案和你心臟的圖表和透視圖，爲了這顆心臟，你退休了。上帝保佑你，弗朗吉舍克，別尖叫了，開始寫吧！現在正好是開始從另一方面看到一切的時候，你現在不寫還等何時再寫呢？留下這台貝克爾牌打字機吧！我用它已經寫下了我最厚重的書稿。弗朗吉舍克，你來在這座樓房裡繼續寫下去吧！多想一想你那顆心臟。練吧！弗朗吉舍克，練吧！可是得練寫作了，在寫作的同時又練了打字。」弗朗吉舍克說，只等他稍微和緩一點他便要開始練習寫作，寫他修爐工的一生，寫他如何去醫學院、教授們如何給大學生們講課，通過聲音和圖片向他們講解屬於弗朗達的這顆中歐最大的心臟。作爲這一報告的證明材料，也就是與大學的一份合約上規定，弗朗達

㉙弗朗達的暱稱。

不許游泳、不許坐飛機甚至不許坐快車，因爲弗朗達在還活著的時候就已經把自己的心臟賣給了大學，沃德拉切克教授已經迫不及待地在等著開始解剖弗朗達，以親自直接看到這顆極大的心臟。這都是弗朗達說的。他接著又大聲嚷嚷著，他心臟上的脈管一根根地爆裂。他爬到他修好的那座爐門口貼著一塊塊小石磚，並澆上摻有水玻璃耐火黏土的漂亮爐子跟前……早上他的同居者來到時，他已經死了。死之前，他吼叫過，可是誰也沒聽見。樓上雖然有人聽到，但卻以爲是貝朗諾娃太太，也就是那位每天都提水澆過道、往下水道裡清掃的愛乾淨的太太在說夢話，她躺在她那間黑暗的房間裡，睡夢中常常打呵欠，響得成了呼叫聲。也許樓上的莉莎夫婦、也許我們這邊的斯拉維切克先生以爲是住在那位愛乾淨的太太對門的太太在嚎叫哩！那是一個寡婦，當她想起她已經是個寡婦、想起她的丈夫眞的已經死了、永遠地離去了時，她便坐在爐子旁邊的小板凳上，就像一條到死都被捆在窩旁的狗一樣久久地嚎叫，爲自己永遠也無法到村中心的廣場上去遛一遛，永遠也不能同別的母狗到後院去逛逛而傷心。出殯之後，我丈夫等到他本來住在日什科夫的同居女人來到他的住處時，便請求她將那台他曾借給弗朗達、讓他學會用它來打字、成爲作家的貝克爾牌打字機還給他。可是那同居女人說，她壓根就不知道有台什麼打字機。我丈夫一再求她，還拿出錢來，可她說，她一點兒也不知道這台機器的事，她甚至說她根本就沒見過這台機器。我丈夫很難過，都傷心流淚了。還爲這事喝醉過兩次，因爲他實在想念這台爲他打出了成百上千頁關於他的生活的稿子的貝克爾牌打字機啊！當他一看到那分成兩半、被野蜂咬得壞得更厲害的松樹幹時，當他一看那原來擺在貝克爾牌打字機前面的光頭洋娃娃時，忍不住將那洋娃娃扔進了垃圾桶，又拿起一把斧頭將他從蘇軍士兵那裡要來的禮物劈成的松樹幹砍了個稀爛，連同原來在上面擺放著的那超現實主義靜物的方凳也砍個稀巴爛。當他經常在睡覺時抽泣、哭訴時，我安慰他說：「好啦好啦！別再去想那台貝克爾牌打字機啦！……已經這樣了，再別想啦，別想啦！」

我們每個星期有一次會到克爾科諾謝山脈吃飯，住在伊萊姆尼克小旅舍，這地方屬於上米賽支基山區。因爲我丈夫在念大學的時候常來下米賽支基住。就像他指給我看的那樣，住在夏爾夫先生家的「三房舍」裡，在夏爾夫先生的家的下方一家住著多恩斯先生，再下面一家是貝拉烏爾先生，他們都在森林裡工作，有很多小孩。我丈夫說，當他每年放期末假到這兒來時，夏爾夫先生這所房子裡總要多出一個孩子來，原因是夏爾夫在森林裡幹活時，多恩斯先生便來他這裡取斧頭或鋸子，多恩斯一頭金黃色頭髮，而夏爾夫先生的兩個孩子也是一頭金黃色頭髮。我丈夫然後將那家裝有綠色櫟柱的瓦爾泰因飯店指給我看，每當他滑雪回來，總是在這家飯店吃晚飯。那裡通常只有一兩個顧客，大家都喝瓶裝啤酒。我丈夫除了喝啤酒之外還吃奶油抹麵包夾香腸。這裡總是很熱，一個特大的瓷磚鋪台的爐子裡燒著旺火……不過這都是以前的情景。一九四五年以後在克爾科諾謝山脈這兒已經連一個德國人也沒有了，有的在戰爭中死去，有的被鋤頭打死，其餘的被遷走。除了被遷走和死去的德國人之外，連牛也差不多滅絕了。我丈夫對我說，原先這些山上有六百頭牛，如今只在貝茨上方的賽維爾卡還殘存著四頭牛。那裡有個德國女人在經營管理，她要是擠了牛奶，在她的飯鋪裡還能喝到新鮮熱奶和蘭姆酒。如今幾乎所有的小木屋都歸了國營企業，以作爲員工們休假之用。可是我丈夫的思緒卻停滯在這裡還住著德國人的那個時期。那時幾乎所有小木屋的德國人都能供應抹了奶油的麵包和一種德國人常吃的「拼板」，也就是在這麼一塊小木板上放一小塊燻鹹肥肉、一小截香腸、一小段豬血腸、一小塊燻肉，配上一瓶好啤酒。在這些小木屋裡冬天很熱，因爲燒著木柴。我丈夫最感遺憾的是那六百頭牛沒了。那些粗脖子的德國胖婦沒了，那些骨瘦如柴的德國婦人連同她們的方言也沒了。當然我丈夫也補充了一句：「這些德國人幾乎全部都是納粹，他們都曾爲捷克人打敗仗而歡呼，所以世界上沒法爲這『一隻眼睛要以一雙眼睛、一顆牙齒要以一口牙齒來償還』的法則而吃驚。因爲播種風就得收穫暴風雨。勝利者是不會向任何人詢問什麼可做、什麼不可做，倒楣的總是失敗者。」當我們漫步在白雪覆蓋但作了標記的路上，當我們已結束滑雪但還穿著滑雪服，背上背著背包、拄著滑雪棍在散步時，我丈夫就這麼自言自語著，而且講著講著便開始對所有在捷克和莫拉維亞的德國人生起氣來。說實際上是蘇台德問題引起了第二次世界大戰。因爲德國人出賣了我們的共和國，提出了「建立帝國之家」的口號，結果自己造成提前遷出的局面，確定了自己的命運，從而也確定了捷克人的命運。因爲通過打敗了的戰爭把勝利者請進了中歐，從而開始了新時代。在這個時期一切都與過去不一樣。我們就這樣走在標明記號的雪道上。我們最高興下坡走到什賓德賴爾磨坊，我丈夫像在夢幻中一般地察看著這裡的一切，因爲這裡所有旅館、旅遊者的小客棧的名稱都跟過去不一樣了。當我丈夫看到這些，看到旅館、客棧後面堆著一大堆垃圾、燒暖氣的爐灰渣，尤其當我們走進他以前住過的旅館，當今這些只爲他們自己的職員做飯的國營企業的休假屋，卻得不到吃的時，我丈夫又將他內心的獨白說出了聲，他又罵德國人，說他們本來可以在這兒待著，我丈夫還可以繼續與他們聊天，繼續住到這些爐子生得暖暖和和的小木屋裡來，喝他的啤酒的，可是克爾科諾謝山區的德國人卻想要什麼「建立帝國之家」，使我丈夫感到這些山都變醜了。他們活該！結果下場這麼慘，因爲是他們首先破壞了在這第一共和國的社會品行的準則，實際上他們爲自己的罪責得到的懲罰還算是小的，他們最大的罪責是連同這些蘇台德人一道，不僅走掉了這六百頭牛，而且失去了這山區的方言、這整個的美。由於這一背叛，不僅是布拉格的美麗的德語，而且連布爾諾、奧巴瓦以及伊赫拉瓦的美麗德語、方言都走掉了，斯畢什盆地的德國人以及赫普的德國人方言也走掉了。

我丈夫爲連同這六百頭牛，用木柴燒得暖暖的小木屋和旅店消失了、兩種語言意識消失了而抱怨。可又有什麼辦法？他們不會做人行事。他們帶著他們的「卐字旗」、集中營和他們的純人種走到哪裡就替哪裡帶來毀滅、死亡和不幸，他們活該有這樣的下場，論他們給歐洲帶來的災難，實際上他們得到的報應還太輕了。主要讓他們受到點教訓。想當初我丈夫曾非常喜歡他們，當他還是一個學生的時候常去米賽支基度期末假，一個星期花四十克朗便夠了，花五克朗住在夏爾夫先生的「三房舍」裡，那時他做夢也沒想到、壓根兒就沒法想到會發生這種情況。一九三七年那時候這些德國人便變了個樣，在他們的頂層房屋的窗口便在黑板上畫了個納粹徽號。對我丈夫也變冷淡了，有的甚至不再跟他說話。那些森林工人突然變得傲慢起來，嗓門也提高了，眼睛掃向布拉格，大家都開始穿白長襪，那些粗脖子太太們便穿著德國民族衣裙，在飯館裡高唱戰鬥的德國歌，主要是〈萊茵河上的衛士〉。這些對我來說是一種恥辱，我爲那些德國人而感到丟臉，爲他們堅信的那些社會問題、爲他們中間的一切壞主意壞行爲而感到羞恥，等到他們能實現他們的〈萊茵河上的衛士〉的偉大夢想，恐怕一切都會改變，所有捷克人、整個布拉格都會蒙受恥辱……我們沿著一條閃亮的斜坡登上了金峰。我丈夫停下腳步，透過被天氣磨煉出來的雲杉眺望四周的景致。這是一個晴朗的日子，我們決定午飯後到易北河小旅舍去。於是我們重又走在雲杉中間的滑雪斜道上，我們已經離開了茂密的森林，如今路上橫七豎八躺著倒下的雲杉，上面覆蓋著厚雪，從雪裡冒出的枝椏也就不足一米高。我丈夫停下來，用滑雪棍指著前面說：「我們曾經在那邊找到一名來自赫拉德茨的凍死的女教師，在離她五米遠的地方躺著她的凍死了的丈夫。兩人手裡還拿著個凍橙子。那是在一九三四年，我寒假來到這裡，接連兩天的暴風雪，在這四十八小時裡，只要出得去，這地區便會派人出去尋找那些沒有回來的人。就在離易北河旅舍三十米的地方發現兩名軍官，他們在暴風雪中繞著這小旅舍轉了好久，直到倒在地上。在這金峰底下，我和其他人找到了縮成一團的女教師，手裡還緊緊抓著個凍橙子，我們將她運到列納爾，還有她的丈夫，兩人僵凍得像一把椅子、一把沙發，像坐著的基督雕像，凍成了這個樣子。因爲在克爾科諾謝山區，遇上暴風雪，情況比塔達里山區還要壞。可是塔達里也有它壞的一面，好幾十名遊客在那裡喪命，掉進深淵或撞死在峻峭的懸崖稜角上。人們說，非自然死亡中數淹死最舒服。這些曾經很善良的德國人在戰爭中讓兩千多萬人死在戰場上，讓六百萬人在集中營折磨致死。等到他們打了敗仗，人們以一口牙還一顆牙的辦法對付他們，他們能感到有什麼可驚奇的呢？對讓那些在村子裡幹了這些罪惡勾當的人自己挖坑、遭槍斃後被埋掉能感到有什麼可驚奇的呢？對把他們收羅進俘虜營、勞改營，在其過程中把他們遷到他們願意去的地方還能感到有什麼可驚奇的呢？對他們在戰後仍有許多人被處決還能有什麼可驚奇的呢！我曾不得已殺死過還沒睜眼的小貓，那是出於必要，我在家裡還宰過兔子，那是出於必要，出於必要，不得已我也可能殺人。我對德國人曾把有些人最親的親人謀殺於集中營或監獄，從而遭到以一整口牙還一顆牙的回報一點兒也不感到驚奇。有人對我說過這麼一件事：在克魯什勒山區一個什麼地方，戰爭結束之後，人們把兩名黨衛軍擱在平板大車上，強迫一個德國人將另一個德國人的四肢逐個砍下來，總是互相砍，先扎眼睛，然後砍手，砍腿，再一條腿，等到他們在那輛村民們用拖拉機拉的平板拖車上把所有東西都砍了之後，只剩下了兩個身軀和一隻手，只有其中的一個還有一隻手，因爲另一個已沒有手去砍對方這隻手了，可他們兩人都還高呼「希特勒萬歲！」我丈夫又歇了一下腳，不是因爲講這故事的緣故，而是因爲我們已經離開了樹林，我們已在沿著一個光禿的斜坡走。我感到頭暈，不是因爲我丈夫講這個故事，而是比這更糟糕，我還從來沒有過這種感覺，我看這峽谷便感到要嘔吐，當我一看那山谷，我的眼睛還能看見樹幹和松枝，那我還能在這山頂上找到個依靠，可我如今在頂峰上，樹林和灌木叢都在離我們老遠的底下，我不只是感覺而是實實在在地認爲我站著的地方在旋轉，我看到金峰和科特爾在旋轉，往深淵裡墜。大地像個大磨盤繞著一根巨大的軸在旋轉。在我對面下方的那些小旅舍、松樹、雲杉都在往上轉，原來在我下面的現在都漸漸升到了上面。我看見它們在山頂上遊走，捆在一個看不見的巨大圓軸上從我身邊經過，這種幻夢和極大的焦慮感使我的膝蓋一軟，倒在地上，我的指甲緊緊扣住地上的雪。現在連我自己也在旋轉，我不禁喊叫了一聲，因爲我準確而實在地感覺到，我被一種什麼魔力抓著頭髮甩到了空中，我那頂帽子只因我在旋轉才掉下的。我又喊叫一聲，我因爲覺得自己在破碎散落，將要徐徐落到山谷裡的某個地方，從這座因雪和陽光交相輝映閃閃發光的山上滑進這山谷。我丈夫站在離我不到三米遠的前面，他將手伸給我，我卻四肢著地，彷彿頂著大暴風雪慢慢地朝我丈夫爬去。我用四肢爬行著，我想讓我丈夫伸出來的手抓著我，卻又害怕抬起一隻手來。他先是嘲笑我，像喊一匹受驚的馬一樣喊著我；可是當他看到我如何用膝蓋向他爬去，聽到我那恐懼的叫聲，彷彿我們是見最後一次面，即將永別的樣子時，便立即朝我跪下來，摟著我。我便緊緊地摟住他，我的眼睛裡布滿了恐懼，我閉上眼睛，心都跳到喉嚨了。我丈夫幫我站起來，可我又一次不得不摔倒在雪地裡，我哼著哭著，我丈夫不得不走到我的面前，在他的手指能搆得著我的地方，領著我斜著往回走。當我一睜開眼睛，大地還是在旋轉，地面上的一切都在散落，我又一次體驗到我和我周圍的一切東西都捆在一個看不見的大磨盤上……直到我能摸到第一根棍子，然後扶著第一枝倒下的樹幹，直到我抱住了又一棵雲杉，這時我才睜開眼睛，看到沿坡而下的灌木和樹林，看到穿著五顏六色的衣服的滑雪者們沿著斜道往山頂上爬，看到黑森林中露出帶煙囪的屋頂、從伊萊姆尼克小旅舍冒出的滾滾炊煙。這一切仍沒使我平靜下來，不過那種頭朝下，不久前我還眞的覺得在繞著一根大軸的旋轉停止了。我大哭了一場，傷心地抽泣。由於這一惱怒使我的脖子鼓脹起來，甲狀腺也大了。我丈夫也認真起來，他小心翼翼地牽著我下山，摟著我的腰，拉著我的手，我們的滑雪棍這時就讓它們插在既沒有山松也沒有雲杉、通向山頂的那條路上。這條路晶晶閃閃地與藍天連在一起，我看了一眼金峰的白雪只由一道細線與藍天分開的地方，重又有了那種感覺，當我又想俯視下面的山谷時，又一次摔倒在地，我用手扶著他，因爲地又在旋轉，金峰轉動得消失不見了，所有小木屋、所有小汽車、所有停車場上的大轎車都從下面繞著一個圓盤轉起來，先是頭朝上往下掉，然後一個大滾翻，所有滑雪者和他們身後的小汽車，彷彿一桌婚宴酒席都在傾斜，一切都朝著它們傾斜的方向飄落，我看到連我丈夫也倒下了，他的兩隻腳彷彿在結冰的溜滑的路上移動，被一種不知名的力量硬拉著從我身邊離去，我覺得自己是在木屋裡，突然，地基在往高處飛，屋頂下的樑柱彷彿在往地窖裡掉，我打了一下滑，在最後一刹那我的眼睛從天地分開的那條線上又一次地看到了我丈夫的眼睛，我就這麼緊緊地盯著他的眼睛，同他小心翼翼地往下走。我像喝得爛醉地走著，一步步地一直走到在我四周、前前後後都有我信賴的松樹的地方。我四下裡一張望，那裡只有一條由白雪、滑雪板印和滑雪鞋印裝飾著的道路……

第二天我們想到灑滿陽光的雪地裡去走一走，於是便朝著什賓德賴爾磨坊和糖廠走去。可是剛走到列納爾那個滑雪道縱橫的樹里山坡，我丈夫便停下了腳步，他發現那兒有大隊滑雪人馬，還有流動速食攤販，小桌子、小凳子。上面豎著一塊標著「起點」二字的橫幅，另一頭則掛了一塊「終點」的橫幅。所有滑雪者都像參加世界盃比賽的正式參賽者一樣身上別上了號碼，有些人在熱身練習，轉圈圈、活動肩膀、向前彎身，明顯地是在準備比賽。工作人員非常嚴肅地核對參賽者的名字。原來這是分成兩個組的老年人㉚滑雪比賽，六十歲以下為一個組，六十歲以上為另一個組。參加比賽的都是些上了年紀的老人，可恰恰這些孩子氣的老頭兒還相當認眞地準備了這場比賽。有位工作人員對我丈夫說，這種比賽每年舉行一次。那些曾經參加過正式比賽的、所有每年參加州級滑雪比賽的朋友們都聚集到這裡來，有的爲參加這項比賽甚至每天都騎自行車和跑步鍛鍊，有些早已退休的人甚至進行兩個階段年齡的訓練。因爲參加這一老年人比賽要給予特別的幾乎是生命攸關的考核，看看是不是還有能力不僅參賽，而且從這十項獎中獲得其中一項獎。……比賽之前彼此還能笑臉相迎，互相拍拍肩膀；在比賽之前大家彼此之

㉚原文爲英文「old boy」可作「老同學」、「老朋友」、「孩子氣的老頭」解。

間還是朋友，互相開開玩笑，互相詢問一些日常情況：現在一天喝多少礦泉水等等。跟這些參賽者一道來的還有他們的妻子、親朋好友，有的參賽者在賽前甚至還喝上一點兒燕麥粥，其他人或者吃了香腸沾芥末，這一整群老年人的參賽團表現得像一幫小男孩。我從來都沒見過這麼快活的老人，從有些人的臉上馬上能看出來，曾幾何時他一定拿過共和國冠軍賽的某些獎項，不僅從他們臉上，而且從他們那套滑雪行頭也可看出來。幾乎所有的人都有奧地利和義大利牌子的滑雪板。在工作人員根據名單分發號碼給參賽者之後，他們的妻子和朋友便幫他們別到背上。從他們背上別了這個號碼的這一瞬間起，彼此之間的交談便驟然停止，玩笑也沒有了；從這一瞬間起，這些參賽者好像已經互不相識，甚至彼此看對方的眼神也帶有敵意。然後工作人員按著碼錶將參賽者一個接一個地放上跑道，沿著榭里山坡滑去。我丈夫牽著我的手，沿著旁邊的一條小路一直跑到滑雪道轉彎的地方，這條滑雪道，一轉彎又回到了「起點」，然後是「終點」……這條滑雪道旁邊站著不少觀眾，主要是參賽者們的親屬。參賽者們如今一個接一個地想盡最大努力滑快些。我從他們的臉上看出來，他們對待這場比賽認眞得要命。有的參賽者摔倒了，他們艱難地爬起來，覺得很丟人，這些人肯定是些工程師、或者博士之類，是滑雪俱樂部的成員，他們在派他們來參加這個比賽的城市裡一定被稱爲滑雪專家。電視裡在轉播這次了不起的、簡直跟世界盃賽差不多的比賽時，肯定大家都會看見他們，並內行地評論他們。如今那些摔倒的人把這看做極大的恥辱，他們飛快地爬起來，努力去追那些滑到前面去了的人。我丈夫從他們垂落著滿是汗水的臉上和他們的行動中讀到了這一切。在這以後，我們曾見證了這麼一件事：一個參賽者想超越另一個參賽者，可是那個滑在前面的人拚死拚活就是不肯讓路，甚至故意擋著他後面追趕者的路，於是彼此嚷了起來：「讓我過去！」那個不想讓他的朋友超越的人卻回答道：「門都沒有！」這場老年人滑雪比賽於是成了你死我活的競爭。有些參賽者已經滑到了我們下方的那一段路上，轉彎的時候他們已經累得不行了。他們汗如雨下，臉上流露出恐懼的表情，他們已經精疲力竭了，大概無法完成這場比賽……可是這裡站著他們的妻子，還有他們的朋友，他們跟著這些精疲力竭、在勉強掙扎的參賽者跑了一小段，對著他們大聲喊加油，遞給他們一塑膠杯飲料讓他們恢復精神。他們的妻子乃至朋友都已經不把這場比賽看做是老年朋友的一種友好會見，而把它看做影響到個人威望的問題。特別是當哪位參賽者滑到了另一位的前面時，只聽見他們用嘶啞的嗓子彼此喊著、罵著、碰撞著……於是發生了一件事：一位參賽者正要超越另一位滑在前面的人，結果互相絆倒在一起，滾到雲杉林中，柔軟的雪花落在他們身上，儘管在「起點」處他們曾互相搭著肩膀、彼此友好地談笑過，可如今雙雙躺在這裡，兩人的滑雪板、兩雙手、滑雪棍都攪在一起，甚至連兩張臉都貼在一起，可他們互相氣惱地吼著，那個被絆倒的無辜的受害者氣憤至極竟然咬了一口他這位朋友的耳朵，頓時鮮血直冒。後來他們兩人總算各自滾到一邊去了。其中一位繼續去追趕前面的人，另一位，即被咬了一下耳朵的那一位仍然按原樣躺在那裡，大聲嚷嚷著：「你這混蛋！我要告你去！必須取消你的參賽資格！」他就穿著那身漂亮行頭跟個小嬰兒一樣仰躺在那裡，後來翻過身來，靠滑雪板稍微活動了一下，可是誰也幫不上他的忙，因爲他拒絕人家幫他這種忙。他一直想滑下去，至少滑到終點好立即去告那個人。我丈夫看了我一眼，我已經知道，我瞭解我的丈夫，沒等他開口，我已經明白他想要說什麼……我從他的眼睛裡已經看到他對那次孩子們在什羅斯貝克山下的雙輪踏板車比賽的回憶。那次比賽對於這些孩子、尤其是他們的媽媽來說也是一次性命攸關的比賽。我們沿小路蜿蜒而上回到終點。參賽者們這時正在終點線那兒開始最後的衝刺，的確使盡了最後一點氣力，所有的人都快要得心肌梗塞了……兩個老頭的距離挨得很近，他們的妻子和朋友們都在衝著他們喊叫，爲他們加油，跟著他們一塊兒跑，實際上成了這些妻子和朋友們的比賽，他們根本不考慮，他們的參賽者也許會倒在終點，因虛脫而一命嗚呼。最後反正只能由其中一位老者得第一名。那第二位到達終點的彎下身來對著躺在地上的優勝者不友好地說：「你這廢物，當時你要是放我滑到你前面去，我的成績一定會比你現在的成績要好！」他也側身倒下，急促地喘氣作深呼吸，用雪涼一涼自己的臉。晶瑩的白雪和燦爛的陽光普照著大地。參賽者們一個個到達終點，工作人員將他們到達的時間一一記錄在紙上。前六名到達者的妻子和朋友們已經給他們披上了毯子。奇怪的是這些幾乎要斷氣的優勝者如今他們那張難看的臉又舒展開來，而且有了笑容，他們的笑臉簡直像洋溢著幸福的孩子們看到聖誕樹上的禮物時那樣可愛。……連第十名也跑到了終點，他倚著滑雪板向前傾斜，汗滴從他垂著的頭上掉下來，即使只得了第十名，看他抬起頭來那樣子也顯得很高興，仍舊是老年人滑雪賽的一名驕傲的優勝者。他接受了人們的祝賀。前十名參賽優勝者彼此握手道賀，他們微笑著、搭著肩膀，感覺非常幸福。後來那些已經得不到任何獎項的老人也滑到了終點，他們面帶愧色，其實很可能他們使出的力氣比那前十名還大哩！可是這群人到達終點時沒有人對他們表示歡迎，沒有人爲他們鼓掌，沒有人對著他們喊加油，也沒有人陪著他們衝刺。他們的妻子沒有好臉色、也沒有好氣地將毯子扔給他們，這些妻子一抬眼睛，從她們的眼神中就可看到，實際上是她們輸了這場比賽。於是出現了兩組人群：一組是那歡天喜地的前十名，另一組是那些參加了比賽，只是滑到了終點的人，所有這一群人都不高興，像犯了什麼過錯似的不好意思。有一個人甚至將小汽車停在林子邊，當他作爲第二十名滑到終點之後，便立即脫下滑雪板，跑向自己的小汽車，實際上是艱難地走到小汽車那兒，將滑雪板綁在車頂上，跳上汽車、關上門……工作人員跑過去喊他：「博士，我的上帝，您這是幹什麼呀！」那位博士幾乎是哭著對他嚷道：「您再也不會在這裡見到我了！拜拜。」一踩油門，車輪立即在平坦的雪道滑動起來，然後開走了。工作人員從汽車兩旁敲著車窗，可那位不幸的參賽者毅然開上公路朝下往伊萊姆尼朵方向駛去。這時工作人員從吉普車上拿出那些獎盃擺在陽光下，把這十個獎盃放在一張鋪著白桌布的桌子上，一尊尊光芒四射。然後這十位老年優勝者站成一排，又一次接受祝賀、老年滑雪比賽主席的官方祝賀。那些只是參加了比賽而未得勝的人垂著腦袋站在旁邊，他們因沒有得到任何一座獎盃而至今沒轉過頭來。我丈夫小聲對我說：「你要是看到那些詩人、作家是怎樣嫉妒，相比之下這才算不了什麼哩！小姑娘，他們罵得可兇狠哪，簡直可以就此提出起訴。他們彼此嫉妒得不管走到利本尼的哪座樓，到處造謠中傷對方。當然你在這裡看到的情景只能算是剛學走路的娃娃們的小爭吵，只能算是小玩意。你沒看到那些畫家，要是有誰得了國家獎而另一個人沒有得，他們是怎樣互相吼叫或者彼此一輩子不講話的嗎？可是小姑娘，你注意！你在這裡看到的，不僅是我們社會，而且是整個人類的一個象徵性的畫面。可根據黑格爾的學說，這就是歷史的動力，是世界發展的動力。只有這個人，只有這個群體，一個善於變得年輕和取勝的群體才有權曬太陽。」我丈夫又在高談闊論，我只是隨便聽著。我因看到這些而感到身體不舒服，便說：「我不想去糖廠了。我想回家。」「回家？」到我們住的伊萊姆尼朵小木屋得步行一個鐘頭。在頒獎前那一瞬間就像魔杖顯靈似的，那群失敗者突然變得開朗起來，他們突然互相看了一眼，那張哭喪的臉漸漸變得和氣了，一個個對他們剛才的表現顯得有些不好意思。他們昂起頭，然後表現出他們已經克服了剛才那股喪氣，走進優勝者中間，向他們表示祝賀，而且很誠懇，連他們的妻子也搖晃了一下腦袋，彷彿要甩掉那無謂的煩惱和痛苦，紛紛跟優勝者們的妻子握手道賀。大家又都開始了歡聲笑語，開始痛飲冰凍香檳和起著泡沫的葡萄酒，用捷克斯洛伐克旅行社的流動小吃店的杯子斟了一杯又一杯，連那個耳朵被咬了的人也過來向咬他耳朵的那位選手道賀，手裡端著香檳酒杯發誓說下次定要在比賽開始之前就咬破他的耳朵以作回報，讓老天爺平息怒氣。我丈夫又在說教、又在低聲給我講解說：「小姑娘，等我哪一天帶你到柏林、到東柏林去，我一定帶你去參觀帕加馬㉛博物館，那裡有一塊希臘人戰勝高盧人的浮雕，這種浮雕實際上是部電影，在那裡有著希臘人戰勝高盧人的漫長過程連環圖，其中浮雕裡最美的一段是當時有一個年輕的高盧人看到他們打了敗仗時，先是用劍殺死自己的妻子，然後將自己刺殺了。雕塑家們對被打敗的敵人的這一同情是對希臘人打敗高盧人的最大裝飾。那個老年滑雪比賽獎盃該由那個被咬壞耳朵的人來獲得……明白嗎？」

㉛帕加馬（Pergamum），密細亞的古代希臘城市。

第二天我留在家裡。我丈夫卻愛出去逛，他樂意獨自走進冬天的童話，一個人到糖廠去解解饞，到什賓德賴爾磨坊去轉一轉。我卻躺在家裡，兩眼望著天花板，老是看到那個因爲打了敗仗先是殺死妻子然後自殺的高盧人，而且我還看到那位雕塑家如何滿懷同情和勇氣，想到要將這一組悲傷的群像放進這塊本該只是歌頌勝利者的浮雕裡去。我仰面躺著，望著天花板，得出這麼一個結論：實際上那時候的民族雖然可能更殘暴些，但同時也更高尚一些，他們竟能對他們的手下敗將寄予如此多的同情。我這麼仰面躺著，從天花板上我也看到了自己的命運：儘管我根本沒參加戰爭，可是我也屬於被打敗了的德國人中的一員，我曾經在勞教營中待過，可是誰也不同情我，儘管我不得不在地裡幹活，吃茶點時我又不得不跟德國人坐在一起。離我們這些擔驚受怕的人不遠的地方坐著些女工。有一天我餓得要命，女工們吃著抹了奶油的麵包，她們其中一個看到我的眼睛時，便伸出那隻拿著奶油麵包的手，可是當我站起來，將手伸過去接那塊抹了奶油的麵包時，那女工卻把手縮了回去繼續吃。我當時很難堪地站在那裡，德國女人們皺著眉頭看我，女工們打著哈哈嘲笑我，沒有一個人同情我。就像我丈夫說的，一報還一報，我這無辜者只得承受。但是那次有關奶油麵包的情景直到今天還留在我的心裡。後來我丈夫回來了，一股子啤酒味，他坐在床沿對我說：「小姑娘，那場老年滑雪比賽昨晚有個令人難受的結局：所有參賽者和他們的親友們同時慶祝勝利與失敗，一個勁兒地喝酒。

快到半夜時分那些得勝者都去洗桑拿浴了。而那比賽的第一名，在大家都已離去之時還留在那裡。早上人們沒法在旅館裡找到他，於是跑到桑拿浴澡堂去看，發現他一半已被燙傷，暈倒在一塊滾燙的高溫石英板上。將他抬起來時，從他身上掉下來一塊肉……小姑娘，活在這世界上並不那麼簡單啊……」大家都以爲我丈夫是個有福氣的人，說我能得到這麼一個丈夫，哪個女人都得忌妒我，以爲跟我丈夫過日子一定是非常愉快和幸福的事。但實際上完全是另一回事。我丈夫是一個無法安靜的人，總在遊移，想待在別的地方。他不管做什麼事，總是快手快腳的，爲的只是儘快結束，好到其他地方去。到了另一個地方他又不滿意，一心想著回到原來的地方。我丈夫一直處在一種像在趕火車或趕著去看什麼演出的狀況中。穿衣服的時候也一樣，我丈夫早就穿好了衣服，其實他從來沒穿好過衣服，連他媽媽也說，我丈夫穿衣服的時候總是缺這少那的，總是邊走邊穿，經常得小心，免得磕著碰著或扎著眼睛，還得小心別把大衣連衣架一起穿到身上。他甚至連吃飯也站著，老是看著窗外，老是不看他正在做的事情而看著別處。一段時間之後我發現他爲了不用看我，便望著別處。當他偶然看我一眼，當我們倆的目光相遇時，我便看到他會因此而很彆扭，一心希望我趕快離開或者讓他待在一個我不在的別處。儘管他有那麼多的時間那麼多的閒工夫，因爲我總是整天不在家，而他下班回來有足夠的時間，幾乎一直到半夜，可以寫點他需要的東西，可他還是那老毛病，只要我一上班，他便又在利本尼逛，一會兒回家，一會兒出去，一會兒坐下，一會兒站起來，在院子裡閒晃，心裡生悶氣，覺得不會利用只屬於他自己的時間。總而言之我丈夫根本什麼都不會，做任何事只會開個頭而不能做到最後。他喜歡培植花草，也喜歡種菜，可是我經常去寧城，看到他的菜園裡長滿了雜草，實際上他的種植活動只是除草而已。然而每當我們坐火車，他便在車廂裡大談特談他如何種花種菜，聽得大家都驚訝不已，有的婦女們還拿他給她們的丈夫做榜樣，說我丈夫多麼會種出漂亮的圓白菜、生菜，多麼多麼會栽種矮蘋果樹和萊茵克洛德李子樹。這只是因爲我丈夫雖然什麼都種，但他最樂意讀那本《橋頭空地種植手冊》，所以總是能把荒蕪得長滿的雜草除掉，僅此而已。連我們的房事也是這個樣子，我總是請他在做愛時把注意力集中在這事上頭，只要想著做愛不要想別的，別去想明天的事。可是我丈夫很不耐煩待在床上，完事之後從來也聽不到他發出點什麼聲音來，他從來不說點關於這事好聽的話，或者講述點什麼，就只是這樣躺著，兩眼望著天花板、望著由爐灶上裂縫的滑石反射到天花板上的活動亮斑。在要幹這檔子事之前，他倒是很積極，野得像頭公牛，那是一點情面也不講的，扯開我的睡衣，就得馬上幹、立即就幹，彷彿他有多麼多麼愛我，我必須現在就成爲他的，就是此時此刻而不能拖到任何其他時候。可是後來，等他那股激情一過去，當他彷彿從神志不清中甦醒過來，當他從一種不僅在腦子裡而且在四肢裡那種閃電般的衝動中回來，從這種急速劇烈的房事中甦醒過來，當他重又回到堤壩巷24號這個房間的床上時，他便立即爬起來，用毛巾、小手帕和有洞眼的窗簾擦乾淨他那玩意兒，背對著我躺著，望著其他任何地方，就是不看我。我知道他在這一瞬間感到更加孤獨、更加不幸。這一瞬間他也許希望能夠穿好衣服到什羅斯堡小酒店或者別的什麼地方去，就像他在上班的時候那樣。我不管什麼時候去到焦街，他總是在其他某個地方，總是從胡森斯基提著一罐啤酒回來，總是在別處吃烤肉卷，以便回來有力氣再打那些廢紙包。過一個小時又得上別處去而不待在他現在正待著的地方。我丈夫也愛燒菜，但他的烹調手藝絕不像他吹噓的那樣好。他在朋友面前大講這個菜如何燒那個菜如何炒，那都是從烹調手冊上看來或從他媽媽那裡聽來的。大家都把我丈夫看做高明的廚師。我知道，他什麼都煮不出來，總是把菜燒焦了，因爲他在燒菜的同時不是看書就是到某家小酒館去看貝比切克在不在。我雖然在家裡，可是我也在看書，等他回來菜就有點兒焦了。而且總是缺少點了什麼，於是他便靠莫名其妙地放很多調料來彌補，把一道普普通通的紅燜牛肉燒成了一種中國味兒的菜。如果那紅燜牛肉一燒焦了，我丈夫便自己打圓場說正經的紅燜牛肉就得燒焦一點，於是他的朋友們、有些廚師便用泥瓦匠的鏟子將紅燜牛肉的焦鍋巴從平底鍋上刮下來吃，不過必須往上面加點醋。這就是我丈夫做的好事。廚師們常常在一起談到怎麼燒紅燜牛肉時，他聽著，點點頭，閉上眼睛，到最後問一句：「最後該怎麼辦？」誰也答不上，我丈夫便擺出一副內行的樣子笑著說：「最後得噴一丁點醋，這麼一丁點，就像往內衣上灑香水、用手指頭彈聖水那樣。」我丈夫於是大家公認的最棒的廚師，可我常笑他。不過當他在家裡這麼多次把紅燜牛肉燒壞時，我已經沒法笑了。有什麼辦法呢，我有的彷彿不是丈夫而是一個傻小孩，或者有一個從下貝什科維采精神病院憑保證書借來過星期六的丈夫。總而言之，我丈夫總是忙著往別處趕，總是心不在焉，總覺得別的什麼地方突然會發生什麼事，甚至會爲他顯現什麼，一個句子會降臨到他身上，而他則因此得救，會因爲這個獨一無二的句子而成爲頂尖人物。我跟他結婚一年後發現，他吃飯也是這個德性，從來都不跟別人一樣，睡覺也不跟別人一樣。他上班的時候，總是在上午就吃完了午飯，要不就一直到下班才吃。他從來不在家吃早飯，即使不得不跟我一塊兒吃早飯，便只喝一口咖啡，同時抽三枝美國香煙。然後總是臉色蒼白，身體不舒服。可是又總愛拿塊抹了油的麵包在床上吃，狼呑虎嚥地嚼，也可能半夜醒來便抹上一塊麵包，嚼著呑著，咬麵包咬得那麼用力，就像跟我做愛那樣狠猛，然後深深地吸上一口氣。我躺在他旁邊，睡著睡著就覺得床單上淨是麵包屑，可我丈夫還在舔嘴咋舌，他和我的枕套都被他的嘴抹得油乎乎的。莉莎和斯拉維切克太太都對我說過：我不在家的時候，我丈夫一回家便鋪床躺下，脫了衣服睡得跟條泥鰍一樣，喜孜孜的。他們說我若不在家，他就可以上床睡覺，有時他在下午就想睡覺，因此一回家就上床睡覺，而且睡得很香。莉莎和斯拉維切克太太安慰我說，我丈夫以前在中午就上床睡覺，然後到晚上、夜裡便把這樓裡的住戶都吵醒，因爲他和他的朋友在舉行家庭聚會。我丈夫就像他做愛一樣，就像他燒菜一樣，就像他在焦街幹活一樣，就像他種花種菜一樣，他寫作也是這樣，趕得厲害。不靠別的，就靠他那粗糙僵硬的指頭敲打那台貝克爾牌打字機，那台既沒有長音符號也沒有鉤形符號的德文打字機，跟沃拉吉米爾的那部印版畫的機器一樣小。我看見沃拉吉米爾印出的版畫不算是漂亮，但卻迷人又可愛，跟沃拉吉米爾本人一樣。而我丈夫總是將他的打字稿藏起來。當我在某個地方把他打的字找出來一看，我簡直從來沒有見過這麼糟糕的打字稿，因爲我丈夫打字快得跑到了他的思想前頭，每一行的錯誤多得讓人看不懂。我丈夫打起字來就像電車上剪票一樣喀嚓一響，把紙都按了下去，總是匆匆忙忙趕得很急。扯下一張打字紙，常常慌張得撕去一個角，他簡直等不及接著往下打。我想我在巴黎飯店上班的時候他也許就這麼打上整個下午的字。可是住在我們樓上的斯拉維切克太太和莉莎，聽到我那位未來的大名鼎鼎的作家、未來的天字第一號在打字進行寫作時，都感到驚奇，不知我這位丈夫寫作時匆匆忙忙要趕著去哪兒。我丈夫寫作時，這兩個婦人便放下手中的活，細聽這一奇怪的寫作法。她們總是透過牆壁和敞著的窗戶聽得到這種作家是怎麼工作的。她們還聽到我丈夫如何在罵髒話，大聲吼叫，自己給自己打氣說：「努力做！」彷彿在吆喝套在一塊的幾頭牲口。我丈夫罵起髒話來也像啤酒廠的馬車夫一樣。

他總是做得滿頭大汗，累得一塌糊塗，於是便帶著一身臭汗，提著罐子走出家門去打啤酒。他用手摸著溼淋淋的額頭，又將滿手汗水甩在院子裡的石板地上。我丈夫只有在屋頂上才能安安靜靜地寫作。如果遇到好天氣，有太陽，他便帶著那兩把鋸短了腿的椅子和他的打字機爬上板棚的斜屋頂。那架打字機的確很小，正好能擺在一張椅子面上，就像放在一張小桌上一樣。斯拉維切克太太和莉莎對我說，她們從窗口正好能看到我那位未來的作家，簡直沒有比太陽照著更舒服的人了。當太陽還沒下山，我丈夫便爬到這小屋頂上，一直寫作到夕陽西下。我丈夫在這裡寫作的唯一目的是在寫作的同時能曬太陽，因爲我丈夫有個根深蒂固的觀念，認爲只有曬黑了的男人才是健美的。要是他從上午十點鐘起就有空，哪兒太陽大，他便拿著椅子、搬著他的打字機坐到哪兒去打字。總之，追著太陽換地方。他也不在乎我坐在他旁邊編織或者看書，只要能在太陽底下寫作，在這會兒曬到太陽，他便什麼也不在意。我丈夫這時根本就不注意我，他全神貫注在寫作上。我丈夫在太陽底下寫作的時刻，我覺得他在這熱得像太陽底下的炮筒、在這匆忙中總有一天能寫出點什麼來。因爲他的心思已不在這裡，別看他跟我一起在這院子裡。就像他媽媽說的，他從小就心不在焉。當他在太陽底下寫作，我就看出他的心只在這瘋狂的寫作之中，這寫作如同一種含有宗教色彩的忍耐，一種崇拜太陽的教派。而且我丈夫只善於在太陽下寫作，他也用不著看他已經寫好了的稿子，只是爲了在這強烈陽光下面寫作而寫作。等到太陽已經落到烏雲後面，我丈夫才會清醒過來，將打字機搬回家，將打好的稿子收拾好，提著啤酒罐，又到某個地方打啤酒去了，而且打一次換一個地方，這一次到銀狐酒家，下一次到啤酒廠，有時他還提著這啤酒罐一直走到多烏迪，或者到麥古爾，有時上瓦尼什達那兒或者去老郵局酒店。總之每次換一個地方，每次都提著啤酒罐，只因爲太陽已經下山，他已經沒有那寫作環境了。我丈夫在太陽底下寫作時，讓我有這麼一種印象，彷彿他在彈鋼琴，可是卻一直踩著鋼琴踏板，因此我從來沒有勇氣去看他一眼他寫的是什麼，我害怕看，而他也從來沒主動將他的打字稿拿給我看過，於是我也學會了從來沒有興趣去看一眼他踩著鋼琴踏板寫出來的即興創作。只是有一次，我看到，不，應該說我知道，他在太陽底下一口氣寫完了他幾乎所有要寫的，叮鈴哐噹一股腦兒全倒了出來時，這時候他才有勇氣凝視著我，久久地出神地觀看我，我也敢直望著他的眼睛。在這一瞬間，我感到嫁給了這個男人很幸福。而我丈夫，就像我看他那樣，乃至他母親看他那樣，像斯拉維切克太太還有莉莎看他那樣，他自己也已經會這樣看他自己了。他瞭解自己所有的缺陷、惡習，他爲之而感到精神負擔，可是同時他又發現，他的所有這些毛病實際上就是他的風格，他沒法與它們拆開，於是他略有預感：他像踩鋼琴踏板似地一踩踩到地板上的這一速度與節奏，要是能堅持他幾年，準能抓住點什麼，抓住點就像他關於自己的寫作所說能擊中要害的、僅僅屬於他的東西。我丈夫還善於觀察他的周圍，從他看到的東西裡發現自己與其相近的類似之處。當我們一道沿著羅基特卡河散步時，我丈夫從人們扔到河裡的一切亂七八糟的東西看到這就像他寫的東西；當我們看到維索昌尼和利本尼那些工廠院子裡堆著的廢物，在我丈夫眼裡，這些扔得七零八落的破銅爛鐵機器工具跟他的寫作沒什麼兩樣；當我們透過籬笆看到拉．巴羅馬小酒鋪旁邊，就是我丈夫常常開玩笑說當兵的常到那裡去玩妞兒的地方，那扔得橫七豎八的木板和變了形的橫樑木條時，他也拿它們來跟自己相比較，說他內心裡與這些木板木條一樣也是亂糟糟的。不管我們走到哪個院子裡都看到這些扔得亂七八糟的東西，活像打翻的垃圾桶。對這一切，我丈夫都用手指著、驚訝地發現說，這不僅僅是他的寫作而且是他思維的準確畫面，說他屬於這個時代，實際上是這個時代的孩子。當我們從什羅斯堡散步回來順便看看商店時，我丈夫便最愛去逛半成品商店。他在那裡看到的一切使他高興地說，實際上他不管做什麼，也都是半成品。讀者將這些半成品買了去，回到家裡嘗嘗，然後才將它完成。所有這些半成品不僅僅是現代藝術的象徵而且也是它的代號，不過最重要的是，他想寫的、他渴望寫出來的東西永遠不會是別的，而只不過是這家半成品商店的貨色而已⋯⋯

我怎麼也想像不出來，當我丈夫還是個年輕小伙子住在寧城的時候，到集體散步廣場去溜達前的那股勁兒。他媽說他每次去那裡之前自己熨褲子，在褲腿上熨出筆直的挺縫線來，自己擦皮鞋、油光閃亮，還得穿上從卡貝利買來的最好的鞋、一雙黑色帶孔眼的鞋，還有一雙鹿皮鞋，也是帶孔眼的。那時他有好些條領帶和好多件襯衫，都是跟外衣的顏色配套的。當他準備星期天到散步廣場時，要花很長時間挑選襯衫和短襪，等把衣服穿好，便在頭上套個髮網，因爲那時他的頭髮濃密得必須往上面淋髮油才梳得通順，然後戴上髮網，之後再對著鏡子小心地取下它。當他已經按當時流行的款式和顏色穿好了衣服，又得考慮到領帶與襯衫、皮鞋的協調，還對著鏡子裡的自己做做笑臉，再花很長時間將白色小手絹折疊得好好的插在胸前口袋裡，也得合乎當時的時髦擺法，然後挑選帽子，還總是從捷康店買來的名牌貨，最後還少不了一副手背帶小孔的鹿皮手套，天熱時便將手套折一下拿在手上，這才走出啤酒廠，進城到散步廣場去，然後又穿著這身行頭從散步廣場回來。下午他喜歡與漂亮姑娘去划船或是到迪爾士公園散步，晚上則到公爵旅館或者格朗特或者夏弗朗基去玩撲克，而且總是穿得漂漂亮亮。只有當夏天中午太熱時，婆婆說他回家的時候才將上衣搭在手腕上。喏，他曾經是這個模樣。我還看見過一張照片，一位年輕的先生手裡拿著手套，那穿著打扮講究得簡直難以置信。而現在，最後一次穿得那麼漂亮是在結婚那天。即使那一次他在婚禮上穿著那身漂亮衣服和戴著禮帽就已經顯得不自在了……而從前那個時候，各個工廠的大院小院裡也跟現在不一樣，在我們家那個木材廠也是如此：每到星期六，實際上從星期五開始，實際上人們每到晚上都講究穿戴，一到星期六，那些工人，不管是城裡的還是農村的，所有的人都穿得漂漂亮亮到廣場上、大飯店、小酒館去。那時候，不管院子裡或房舍裡到處乾乾淨淨。誰要是像我丈夫現在這麼穿戴，事實上如今我碰到的幾乎每一個人都這樣，那就可能被人看做流浪漢，因爲那時像我丈夫一樣的年輕人在星期六、星期天都不會不打領帶不戴禮帽不擦乾淨皮鞋就出門的……我不得不承認，我丈夫說得對，他實際上只不過是自己這個時代的孩子，他說他跟他生活在其中、我也生活在其中的這個環境十分相似……

「我的兒子，」我婆婆說，「當他在查理大學讀書的時候，讀了四年就對他的法律專業不感興趣了。德國人像有誰請他們似的來到這裡，占領了捷克、布拉格，關閉了大學。我兒子可高興哪，學校關門，他就有理由說沒法把法律讀完了，因爲那些德國鬼子占領了大學，不讓他把大學讀完，因此沒能在畢業之後到哪裡去當個法律學家什麼的，而開始在公證員先生那裡當個抄抄寫寫的文書，然後又到鐵路合作社當個文書，同其他會計一起做帳表，工作完成之後便只是坐在那裡，兩眼望著窗外，手裡拿著一枝鉛筆，學會了整整一個小時都作好準備，只要合作社主任突然一跑進來，只等他一轉動門把手，我兒子便開始寫數字，因此他們對他很滿意，因爲他裝成很勤快的樣子；他甚至還善於拿著鉛筆，對著桌子上的文件睡一覺，下午打個盹兒，但是只要有人轉動門把手，他便立即裝作在寫數字，但他還是沒興趣。後來便跟鐵軌打交道去了，專門搗鼓從波希昌尼到寧城這一段鐵軌枕木的道碴，去一趟，回來一趟。這是他的黃金時代。待在外面他覺得很舒服，在大自然裡很舒服，跟工人在一起談天說地也很舒服，成天搬枕木換枕木、用石塊搗鼓枕木下的道碴，把十字接頭處弄平，痛痛快快地瞭望這田野，這松林，這草場上的森林，一直可以看到薩紮瓦河邊的小山崗或上面閃爍著洛烏切尼塔尖的小山，朝西可看到賽米茨卡・胡爾卡以及白色的普舍洛夫斯卡・胡爾卡。我兒子爲他這份工作感到驕傲，也不再彈鋼琴了，他甚至還爲此感到高興呢。一方面是德國人關閉了大學，另一方面是這把鎬、這份重活使他的手長了老繭，指頭磨得很粗糙而沒法彈鋼琴了。於是他說，都是這些德國人的罪過，使得他不得不去搗鼓枕木的道碴。可是實際上啊！他才巴不得這樣哩。因爲他想彈的又彈不了，正在彈的他又沒興趣，於是就成了納粹主義的可憐蟲和犧牲品。可我兒子自認爲是最了不起的，因爲他每隔兩個星期可以坐一次腳踏軌道車到附近的火車站去。他和另一名工人坐在兩部連在一起的腳踏車上踩蹬著，在他們前面那把椅子上手腿伸直地躺著那位足足有一百公斤重的養護鐵路線的領班，他專心注意，還用身體細聽鐵軌的狀況。過了一個星期我兒子簡直等不及想交叉著雙手、坐著這腳踏軌道車到波希昌尼然後又回到寧城當地火車站了。不管晴天和下雨，我兒子都浪漫地沿著鐵軌享受這易北河畔的秀麗風光，直到戰爭結束，他又不得不回到布拉格的法學院去念書……如今他正興高采烈地踩著那腳踏軌道車的踏板，跟另一名工人胳膊碰胳膊地坐著，他們前面的領班在邊打瞌睡邊用整個身體細聽著鐵軌的狀況。這位領班晚上在當地火車站的飯館裡喝啤酒時曾痛苦地講述，說因爲來了德國人，我們的知識份子在法西斯的鐵蹄下受苦受難而不能爲自己的民族去學習。……於是在這一天，當我兒子坐在領班那部腳踏軌道車上的時候，人們紛紛來看他，對他表示惋惜，而我那位寶貝兒子卻容光煥發，沿著從波希昌尼到寧城這條線路，用他曬黑的手友好地向人們揮手致意。我兒子還有件特別高興的事，每個星期要巡查這條鐵路線一遍，他肩上扛著扳手，邁著輕盈的步子，注意檢查鐵軌上是否有哪個螺絲釘已經鬆動、磨損，他步行到波希昌尼，回來則坐火車，之後，可以休息一天。因爲是傍晚出發，要到後半夜才回得來。然後我兒子便在橋下酒館洋洋得意地描述鐵路沿線的風光有多麼美麗。我兒子給所有的小森林、松樹群、草場旁的樹林，所有的水溝、所有的小村莊，以及那些穿著鐵路制服的漂亮小姑娘、爲鐵路過道放開欄木杆的所有鐵路崗亭都取了名字。我兒子邁步享受這一切，人家還得給他報酬。晚上在這些鐵路崗亭裡生著暖洋洋的爐子，那些穿著鐵路制服的漂亮小姐還沏茶給我兒子喝，而他只需要在崗哨日誌上簽個字。他一高興就這樣肩上扛著扳手和報警雷管的盒子上路漫遊。只有一次，他出於好奇把這玩意兒擱在一條水渠上方的通道下面，又從山上推下一塊石頭壓在這報警盒上，結果像打雷似的轟隆一聲巨響。火車站站長不得不寫個報告，從此我兒子便不能再坐腳踏軌道車，也不准再做搗鼓枕木下道碴之類的工作了，而是在寧城的總車站信號員那裡當了個錄事員。我兒子得到這份工作比原先還要神氣，他對這些別人並不覺得有啥了不起的事卻總是感到很驕傲，於是他有了一個引以爲榮的工作證，可以跟著信號員們和所有機車上的鉗工們乘車跑遍整個寧城地區。因爲，女孩啊，從火車頭上可以看清楚鐵路沿線所有的信號機，將需要維修的信號機登記下來。最主要的是我兒子可以乘坐他小時候就渴望坐的火車頭啦。他小時候，總愛看火車繞過啤酒廠或從沿著廠裡的鐵路專線開進啤酒廠，將空桶送回來，又將滿車廂的大麥芽運走。一遇上這種情形，他簡直睡不著覺，這把他的魂都勾走了。趕上有快車經過寧城總車站，站上停著那些大火車頭時，我兒子便站在月台上，別的男孩也跟他一起站在那裡，因爲寧城的男孩們都迷著那火車頭。有個男孩，他爸爸是火車司機，他在孩子們眼裡就跟今天的足球明星或者總統一樣。我兒子站在那裡盯著快車火車頭開進來，火車司機下車，檢查機車和聯接器械部位有沒有什麼毛病。有些赫拉台茨・卡拉洛維來的火車司機穿著白襯衫，打個蝴蝶領結，戴頂司機帽，配上件西服背心，懷錶上還有根小鏈條；而司爐工則從小梯上下來，到車站飯館打啤酒。這時司機便給孩子們示範一遍，等著司爐工提著一直冒著泡沫的啤酒回來。然後車站值班員，一舉手，快車火車頭又徐徐開動，放出一股股蒸汽，男孩們和我兒子站在那裡驚訝得一刻鐘後還說不出話來。因爲對寧城的男孩們來說，這樣龐大的火車頭簡直跟幽靈幻影一樣的不可思議。後來讓我兒子遇上了好運，讓他到赫拉台茨・卡拉洛維的培訓班去學習，回來之後可以當調度員。他一聽到從培訓班出來將來可以穿上不帶級別標誌的鐵路員工制服，高興得都要暈過去了。可是，女孩啊，他們差點開除他哩，因爲他跑到赫拉台茨・卡拉洛維車站主樓的三層樓上去撒尿，那是只有車站的重要人物才能去的地方。我兒子正在那裡撒尿，技術員跑進來，嚷道：『你在這裡幹什麼！？』我兒子說：『撒尿。』那技術員抓住我兒子的肩膀，這麼抓住又問了一句：『你說你在幹什麼？』我兒子稍稍碰了一下技術員擦得發亮的皮鞋尖，重複說：『您不是看見了嗎？撒尿啊！』技術員吼起來：『我得去告發你！』我兒子對他說：『您對著老柳樹哭去吧！』後來那站長親自寫了一篇關於我兒子的報告，可是一點用都沒有，因爲所有上過那個培訓班的人都分派到科爾利斯至布萊斯勞那一段鐵路上的各個火車站當調度去了。在三樓上出的這一檔子事倒給我兒子添了名聲。後來他通過考試已經可以穿制服了。外套上有級別標號和中學生制服上那種扣子，跟實習生有的那種金扣子。我兒子穿上這套制服走在赫拉台茨・卡拉洛維的馬納斯街上，穿上那套帥極了的制服去散步廣場，可卻光著腳。我從寧城車站的站長那兒一聽到這事，說我兒子竟然有膽量穿著制服赤腳在街上逛，我便斷定，我這兒子將來能有出息。你等著瞧吧，姑娘，我這個兒子會成器的，因爲在他的名字裡有『r』這個字母，這個字母就保證他將來不是當總統就是被關起來㉜。可是我倒覺得他一天到晚心不在焉，他將來會成爲一個作家？他在中學因爲幾門功課不及格，前前後後留了兩次級，而且還總是捷克語這門課不及格。……我兒子後來到站上當報務員，然後再由報務員轉爲調度員。我跟你說過？還是沒有說過？就是關於我兒子是怎樣在科斯托馬拉迪站上通過考試。只有通過這次考試才能在站上獨立工作。……從赫拉台茨來了幾位先生，這是站長和車站值班員見了都有幾分畏懼的人。交通視察官赫麥列茨問我那被一群官員圍著的兒子，假如交通信號燈不起作用了，怎樣去確定火車已離車站很近了？我兒子說：『用眼睛！』『對！可要是有霧呢？』我兒子於是從制服裡掏出一塊白手絹鋪在鐵軌旁邊，然後將膝蓋跪在手絹上面，趴在地上，將耳朵貼在鐵軌上聽了一會兒，等他站起來，便對視察官赫麥列茨說：『840號列車正從卡門勒・茲博希過！』視察官赫麥列茨怔了一下說：『您在哪個規章裡讀到這個的？』我兒子說：『從庫珀主演的一部美國西部片裡看來的。庫珀在裡面扮演主角、一個追捕者，他就是用這個辦法向一名童子軍判斷出，騎著馬匹的印第安人是不是已經離得很近，或者判斷出哪裡有水牛群……』赫麥列茨誇獎了他，

㉜大概是因爲捷文裡的「總統」（prezident）和「賣國賊」（zradce vlasti）詞中都有「r」這個字母。

對考試委員會的人說我的兒子能成爲一個優秀的列車調度員，因爲他愛惜他的制服，『諸位，他居然在膝蓋下面鋪上一塊白手絹，免得弄髒他漂亮的制服。』於是我兒子便當了列車調度員。誰也沒像我兒子那樣爲他那身制服感到如此驕傲。可是我兒子越是希望將這身制服一直穿到他退休，蘇軍又偏偏毫不留情地將德國人攆回了他們的老家。我兒子爲穿不成這套制服而感到很難過，可他同時又非常高興，因爲他是站在離捷克越來越近的蘇軍一邊替他們加油的。我兒子知道，勝利之後大學又得開學，他將脫下這套帥氣的制服，這套制服對他來說的確很合適。姑娘啊，他穿著這套制服的時候差點被槍斃、喪了命哩！一次是游擊隊員們在他的小車站附近將裝著彈藥的火車炸毀了，另一次是在戰爭結束前夕，游擊隊員們拆掉了鐵軌，後來德國黨衛軍的一個軍官便讓我兒子待在火車頭上不讓他走，一直到奧斯特拉那個地方，那個軍官才讓放了我兒子。可我兒子還是很難過，因爲他擔心等到最後一批德國兵當了俘虜，等到最後一個德國人倒下，布拉格歡呼慶祝蘇軍的勝利，結束這場可怕的戰爭時，他還得去學院完成他的學業，他還得去領那張法學博士證書，再也穿不上那套帥氣的鐵路制服，而且再也成不了英雄，成不了納粹主義的犧牲品了。他得重新開始自己的生活，另一種生活，你知道吧，姑娘，他對那套制服情有獨鍾，喜歡到在戰爭結束之後他還穿著它在鐵路上做了兩個月。再沒有別的衣服能像這套列車調度員制服穿到他身上那麼帥了。他穿著便裝就只是一個普普通通的人，所以他有時還喜歡回憶保護國㉝，不是像有些在保護國時期被關押、或親人死於集中營的人那樣，而是想起他在這段時期穿的這套鐵路員工制服。一想起穿這套制服的樣子他便總是心花怒放。有人問他什麼時候最感幸福，如果他再出生一次，他希望成爲什麼人，我兒子總會毫不猶豫地回答說：『當個列車調度員！』」

我丈夫總是容易回想起以往，好像在延續他的過去。在談著一件別的什麼事情時，他會無緣無故地突然興奮地叫喊起來：「涼亭，涼亭！小姑娘，如今我想起了日德尼采的那座涼亭。那座爬滿了爬山虎的涼亭。涼亭後面就是我外婆家的花園，園裡開著各種鮮花，這些花我在紮布多維采教堂那兒也經常看到。每個禮拜天我都跟外婆上那教堂去做彌撒。放假時的每個禮拜天我外婆都要到涼亭那裡去送午飯。因爲，小姑娘，我在外婆那裡一直住到四歲。後來，即使我上大學了，也每個假期整整兩個月都住在外婆那裡。這個涼亭簡直是我的小禮拜堂、小小禮拜堂。我在那裡看書，我在那裡跟外婆一起吃午飯、吃晚飯。在假期這裡總擺著那個洋鐵碟，裡面裝飾著紅豔豔的草莓，還有草莓葉。

㉝一九三四—一九四五年納粹德國統治下的捷克和莫拉維亞曾經稱之爲保護國。

緊鄰著我們的花園便是杜列支基家的花園，也是開滿了鮮花，在我們下方那塊鄰近的空地上便是莫希爾先生家的花園，也是鮮花滿園。如今我想起來了！涼亭那把條椅上方掛著的那張照片是誰，是華格納跟他的弟弟，華格納照片的側面像……」我丈夫大聲喊叫著，吃完了那塊抹油的麵包。後來在電車上，我們一道乘車過河到他表妹米拉達那裡去，他又心血來潮，無緣無故地接著談他的日德尼采！「這一下我才想起來，這麼多年之後又想起來了！小姑娘，我們那座涼亭的後牆緊挨著那條一直延伸到波傑布拉特街，然後又從那裡拐出來兩邊長著樹的小路，斯丹諾夫斯基石匠們每天四趟從這兒往上走。一家人都叫斯丹諾夫斯基。」我丈夫就這樣在電車上大喊大叫。我都覺得很不好意思，便裝作好像他不是我丈夫，我跟這個在電車上大喊大叫的人一點兒關係也沒有。可是我丈夫還在興致勃勃地大聲喊叫著：「我到現在才想起那個畫面來！如今這幅畫面就浮現在眼前，清晰得就跟昨天發生的事一樣。斯丹諾夫斯基一家當石匠的每天四趟從這條小道往上走，到墳場旁的工廠去，然後又下到山坡腳下。他們在那兒有所小房子。我聽見過他們沉重的腳步聲，聽見過他們的談話聲，可是從來沒有見過他們本人，因爲我總坐在涼亭後牆的這一面。只聽到他們笨重的石匠們的腳步聲和他們談話的聲音。有一次，當他們的腳步聲在我們附近先是加強、後又減弱時，我外婆對我說斯丹諾夫斯基哥兒幾個中最小的一個患了癆病，是長時間鑿這些大塊石頭累出來的。他跟他的父親和哥哥們用這些石頭鑿成墓碑。於是有一次我便到墓地門口去看他們的工廠。工廠的門敞開著，正對著墓地的門，好讓每個要替死者買碑的人都能看到他們的墓碑樣品，有好幾塊沒刻名字的豎在那兒擺著。小姑娘，我在那裡看到那些石匠幹活，他們的嘴上都蒙著一塊布，石碑擺在用架子支著的木板上，石匠們都圍著圍裙，戴了頂帽子，一隻手拿著錘子，另一隻手拿著鑿刀。第一個人粗粗地修砍著石頭，第二個人往墓碑平面上刻字，第三個人磨光石面。工廠裡塵土飛揚，這工廠像個小馬廄，就在轉向麥地去的小路旁。不管是工廠還是那些墓碑都網在一個鳥籠似的網子裡。大概是怕人家偷走那沒刻字的墓碑？可是直到後來我才斷定裝上那個密密的鐵絲網是爲了不讓碎石飛濺到人家身上，爲了不傷著人。斯丹諾夫斯基父子每天從早上到中午在這裡鑿石頭，然後下山吃午飯，午飯後三人再一起上山，一直做到晚上。在我們花園裡都能聽到他們鑿石頭的聲響。外婆要是敞著廚房的窗子，甚至在廚房裡也能聽到他們的鑿子、鐵錘敲打的聲音。小姑娘，我直到現在才想起這幅畫面，想起那個最年輕的斯丹諾夫斯基來。我還專程去看過他。因爲他的一隻眼睛上有塊藍色的斑痕，外婆說他是在工作時傷了這隻眼睛。我去看他的另一個原因是他總在咳嗽，不僅是工作的時候咳，跟他哥哥和父親沿著我們涼亭後面的小路上山下山的時候也咳。那個最年輕的斯丹諾夫斯基有個對象，他們正準備結婚。他那位未婚妻常常坐在工廠門口的一把椅子上，她的未婚夫在不停地工作、咳嗽。我還看見他倆默默地走進涼亭，兩人都很憂傷。我向他們打招呼時，那位斯丹諾夫斯基看了我一眼，我發現那只壞眼睛的顏色像勿忘草或長春花。我現在只知道斯丹諾夫斯基從來不笑，他們父子仨都很憂傷，不是因為他們是石匠，而是由於他們做的是石碑，賣給每一個死人，將他們的名字刻到碑上，於是分擔著死者家屬的一份憂傷。這些年來連他們的談話都是憂傷的、輕聲的，像在教堂裡的那種談話聲。有一年冬天，外婆寫信到啤酒廠來說，那個最小的斯丹諾夫斯基結婚不到一年便因癆病不治死去。」我丈夫這一番講述不僅是對我一人而是對全電車上的乘客而來的。有兩位早就該下車的老人只因為想聽完這個關於斯丹諾夫斯基的故事而多坐了一站車……

我們準備增加一間房子，從房東那裡拿到隔壁那個空房間鑰匙的那一天，連那位整天沉溺於幻想、總是笑瞇瞇的貝比切克・斯瓦特克也來了。他戴著那頂比他的頭大好幾號的禮帽坐在墊著一張報紙的椅子上吸煙，輕輕晃動著身子，隨身帶來一把榔頭和一把斧頭。我丈夫只顧走進那間新房間，那是沃拉吉米爾搬進現在的房子前曾經住過的地方。我丈夫打開窗子，因為裡面的空氣太壞了，光線比我們現在住著的這間房子暗得多，原因是窗子上方就是那座通向斯拉維切克家外廊的旋轉型樓梯。我丈夫立即將爐灶及壁爐生上火。我知道，要是我們再有一個房間，他也會生上火的。因為生火是他最樂意做的一件事。然後貝比切克・斯瓦特克便爬上了我借來的人字梯，開始用榔頭來鬆動這薄牆上門框裡的磚頭，很快就敲掉了第一塊磚頭。我丈夫負責將磚頭搬到外面。站在人字梯上的貝比切克在一片塵土和灰泥塊的包圍中，身上落了好幾層牆粉。我則坐在我們那間廚房的椅子上，兩眼望著院子裡板棚斜屋頂上方那塊扇形天空，賭著氣。因爲我曾白費勁地求我丈夫換件舊衣服，至少別穿那套最新的服裝，脫掉那件白襯衫，可我丈夫就是不理會，在塵土中熱情滿懷地搬運磚頭，然後又回到掉土掉渣、灰霧茫茫的房間中。貝比切克・斯瓦特克也跟我丈夫一樣，從廚房裡就可看到他在塵霧中半截身子的光輝形象，跟我丈夫在那間未來的房間配合默契，做得歡天喜地。我丈夫還興奮不已地在那裡大聲叫喊著：「我剛剛才想起來，實際上我對出殯特感興趣。我外婆在日德尼采那所小屋的窗子是朝巴爾賓街開的，每天有兩三起甚至四起送葬的從那裡經過，還有音樂伴送。涼亭後面稍遠一點兒在陡直朝上的小路上走著送葬的隊伍，那些出殯的馬突然拉不動裝著四角掛著花圈的棺材車子，於是在中途休息兩次。第一次歇息總是在我們窗子底下。我便趴在窗口上，看著那些送葬的如何將棺材擺放到石頭上，我還特別愛觀察那些哭成一團的送葬親屬和賓客們，我怎麼也弄不明白爲什麼有些人要爲那些死者哭得死去活來。我整個童年加上假期在這窗口前看到幾十次這些場面。我看到那些黑馬又如何拉著靈車往上爬，一直到第一個拐彎處。送葬的又一次將磚頭卡住車輪，整個隊伍在那裡再歇一次腳，然後一直走到墓地門口石匠們的工廠那裡。斯丹諾夫斯基父子三人都站在那裡脫帽向死者致意，一直目送送葬的隊伍消失在墓地大門裡。可我現在又想起來了，他們站在那裡也是作爲這石碑工廠的一則廣告，讓死者的後人注意到他們，知道在墳地大門旁邊，只需走很短的路就能給他們爲之哭得痛不欲生的死者買到墓碑。過來吧，小姑娘，幫我們一把！過來用小桶將這些灰泥塊提走！」我丈夫在叫我，我朝他轉過身去，只見他站在我們未來的房間門口，只差幾塊磚這門就完全打通了，我丈夫將手伸給我，白乎乎的沾滿灰塵。他對我微笑著，可我還在生他的氣，我又轉過臉去，氣鼓鼓地望著外面那一小塊天空。沃拉吉米爾突然走進院子，像是故意穿了一套節日盛裝，就是他在五一遊行扛大旗穿的那套衣服。我丈夫在繼續央求我，仍然站在那已經挖空的新門口。我突然想起沃拉吉米爾如何愛上那個糟糕的斯洛伐克女人，像是有點兒把我晾在一邊了，因爲他原來總裝成有點兒愛我的樣子，如今竟然愛上了這個像死於癆病的斯丹諾夫斯基一樣眼睛裡有塊藍色斑痕的黛卡娜。我現在對在伊爾卡地下室受的那股氣還沒消，於是我故意用這種方式對他表示歡迎：正好我丈夫還站在那裡向我伸出雙手，我連忙站起來，等沃拉吉米爾走進來時，我便故意將手伸給我丈夫，跳過幾塊磚頭，我們便站在新開鬪的滿是灰塵的房間裡了，而讓沃拉吉米爾自個兒待在廚房裡。我立即拿起小桶，裝滿一桶灰泥塊。貝比切克・斯瓦特克將梯子搬出去，將最後幾塊磚丟掉。盤腿坐在壁爐旁，觀賞著這個剛鑿開的新門洞。接著沃拉吉米爾便來了，四下裡打量一番，驚訝不已。我丈夫圍著圍裙，提來一桶水，沖洗著門框。我回來伸給沃拉吉米爾的不是手，而是手臂。我丈夫還在興高采烈地回憶著：「此刻我又想起一個畫面，剛剛才想起來。我那時覺得很不幸，因爲我們家沒有人死，我曾因爲在日德尼采墓地上沒有我們的一塊墓碑而哭過多少回啊！於是整個假期我每天得到一克朗的報酬，去給墓地的花草澆水，我多麼高興給那些墳墓澆水啊！然後用耙子耙平墳堆四周的沙子。然後跟那些來掃墓的婦女坐在墳頭聊天，聆聽她們對死者的美好回憶。守墓人每月付給我三十克朗作爲澆水的酬勞。」我丈夫一邊沖洗門框一邊這麼大聲喊著。沃拉吉米爾站在那裡四下張望，當我提著空桶回來時，沃拉吉米爾對我說：「您知道，您先生可以去做什麼嗎？年輕的太太，我現在知道了，您先生該去開個殯儀館。他對這行業情有獨鍾，幹這行對他最合適……您知道，博士，這對您可能很合適嗎？您要是來主辦殯儀活動，您知道怎麼出售棺材嗎？可以用上您的那些引文呀！您可以用一些名詩人的詩句來裝飾您的悼詞。肯定財源滾滾。您還可以多租一間房子住是吧？喏，我們一定會驚歎不已。這裡擺上作家先生的寫字台，這兒擺上書架，跟依爾卡・什梅卡爾一樣！先把住房和畫室布置好，然後暖暖和和地生上壁爐，翻翻專題論文，出去串串門子，在這裡談談孟克、在那裡談談畢卡索，主要是談畢卡索，如今到處都在談他，可是談得最多的是梵谷。儘管每個飯館裡都掛著他作品的複製品，誰也不去注意它們，但主要還是帶著思考地談論他。可是注意！這裡還有高更先生！」沃拉吉米爾說話很挖苦。我丈夫咪咪笑著，還興奮地說：「啊！我又想起來了，沃拉吉米爾，您說我該去當殯儀館的老闆，這主意不錯嘛！我雖然站在我們在日德尼采那所小屋的窗口看著每一次送葬活動，可您知道爲什麼我外婆也看著這些送葬活動嗎？誰也猜不著，過了好些年我直到今天才猜出來。因爲送葬的馬匹一路上拉屎，拉在誰家窗前就屬於這家的主婦。一等送葬的隊伍走進墳場，我外婆發現我家窗子底下有馬糞就立即將它掃進鐵鏟運到院子裡，省著省著分給那些最美麗的花兒當肥料，讓它開得茂盛、開得更香。」貝比切克坐在腳跟上微笑著，搖晃著身子抽著煙，滿身是從上面掉下來的灰塵。我丈夫裝腔作勢地拿來一把掃帚，纏上一塊溼抹布，開始打掃屋角的蜘蛛網。沃拉吉米爾站在房中央，我起身的時候，他將我那裝滿泥灰塊兒的小桶接過去，笑著對我說：「我來幫您一把吧，年輕的太太。」又等著提下一桶，然後兩手分開提著兩桶髒土出去，就像提了兩桶灰塵似的。我從窗口瞧著他，我看到沃拉吉米爾的兩條腿很直，只是膝蓋那兒有點兒彎，大概是因爲他長得太高，幾乎有兩米。然後他便下了樓梯，過一會兒就聽得哐噹兩下倒土的聲響。然後又出現了沃拉吉米爾那一頭鬈髮，繼而沿著樓梯露出他整個身子，彷彿是從游泳池裡鑽出來的。我丈夫往壁爐裡添了些柴塊，然後接著打掃屋角落、窗子，做事情的時候還繼續嚷著他那些不斷流淌出來的回憶：「我外公、也就是我姥爺的上衣胸袋上總插著一束花，他每晚出門都要換個地方，第一個晚上去唱歌，第二個晚上去玩撲克，第三個晚上到消防隊員協會去，星期六星期天去打獵，總要去個什麼地方。星期天我們也跟他一道去，獵人們在玩撲克，我那位帶著我到寧城上一年級的外公，不僅自己前胸前口袋裡插一束花，也給我的上衣口袋裡插了一束花。我外公在擦皮鞋和刷衣服的時候總愛吹口哨，他總是很快活。我媽媽說，她爸爸有點兒瘋瘋癲癲的……一年中有那麼一回，因得了感冒晚上不得不待在家裡，折騰得全家不得安寧。只有等外公又能去上班了，大家才能鬆一口氣。他在布拉迪斯拉夫街上的海里・比斯科公司根據顧客的訂貨裁剪布料。」我丈夫說著，沃拉吉米爾聽著，貝比切克・斯瓦特克也聽著。我丈夫還邊講邊用纏著溼抹布的掃帚打掃屋子，當他第二次邊講邊打掃、邊擦蜘蛛網和掉下來的泥灰時，沃拉吉米爾啪的一聲拍打著腦門子說：「對了，博士，如今我想起來了，我母親從前的男友把一件便袍丟在我們家，怎麼樣，我去給你拿來？等您把這間房子收拾好了，您就可以穿上這件便袍。可惜您沒有孩子，要不您肯定是位標準的爸爸，您對孩子準能照顧得比誰都好。我看得出來，您一定可以做個模範爸爸，您說呢，年輕的太太？」我立即看出，沃拉吉米爾還在拿我丈夫開心，可我同時也發現，我丈夫大概可以當一個好爸爸，因爲他像教訓沃拉吉米爾一樣也常常愛教訓我。我常爲此而氣惱，因爲我丈夫跟我在一起時從早到晚地教訓我或替我講解一些物事，替我講解簡直成了他永久的培訓內容，讓我實在受不了，因為對他所講授的東西我從來都插不上嘴，回答他一言半語。如今他又停不住嘴，也許壓根就沒聽見沃拉吉米爾怎麼拿他開心。實際上沃拉吉米爾已在損他。我丈夫裝作什麼也不知道，接著講他的那一套：「我那外公有一次躺下了，從此就沒再起來。因為得了癌症不能進食餓死了。一封電報發到寧城，已是炎熱的五月天，我媽媽和外婆在日德尼采，電報說我外公死了，於是我和爸爸坐車去那裡，夜裡才到。我們敲開了隔壁鄰居杜列切克家的門，他們給了我們小屋的鑰匙，說我外婆和媽媽在奧布尚尼我舅舅波普家。於是我打開門，我的已咽氣的外公正躺在我從前出生的那張床上。他臉色蠟黃、乾瘦，氣味倒很好。我爸爸躺在臥椅上，我躺在離外公不遠的地方，我沒睡覺，隔一會兒就走去看一下遺體。後來我越來越明白，這已不是我的外公，而是一具屍體……然後便開始出殯了。上午，就像我常在窗口看見的，那些殯儀館的人將外公放進棺材裡。親戚們也來了，一大夥人，他們一進到外公躺著的房間裡，便舉起雙手，哭喊著撲向躺在棺材裡的外公，還吻他。我站在那裡，手指頭扶在棺材上。後來毫無辦法，殯儀館的人抬來了棺材蓋，將棺材蓋上搬走了，他們抬著棺材在過道上沒法轉彎，結果一不小心將外公從棺材裡倒了出來。然後又將他像翻倒的木偶一樣放進去。接著我們便出門到了太陽底下，將我排到送葬行列裡，然後開始奏樂。大家都穿著黑色喪服，往巴爾賓山坡上爬，出殯隊伍和載著外公棺材的車子歇了一下，一方面因爲馬走不動，另一方面樂隊演奏了外公平日最喜歡的一支曲子〈摩拉瓦、摩拉瓦……〉，就在外公生前住過的屋子前面。我站在那裡望著我家房子那兩扇窗戶，這時我突然哭了起來。當我看著別的送葬人，特別是其他男孩站在那裡時，我突然明白，這是我的不幸，這不幸恰恰發生在我的身上。連那些大黑馬的大屁股拉出的屎也和站在那裡的外婆一樣紋絲不動。外婆哭得很傷心，不像以往那樣連忙跑去將馬糞收進鐵鏟。當出殯隊伍在墳場門口停下來，我看到墓碑工廠前站著光禿著腦袋的老斯丹諾夫斯基和他的大兒子，可是我似乎還看見那個已經死去的小兒子也站在那裡。他低著頭站在那裡，帽子拿在手上向我們表示哀悼。後來，連外婆也來到斯丹諾夫斯基這裡，訂了一塊墓碑，由老斯丹諾夫斯基往上刻湯瑪斯·基里安幾個大字。我脾氣暴躁的外公湯瑪斯·基里安曾經是個獵戶。那一回，我媽回到家，在吃中飯前告訴父母說她懷孕了，於是我這位暴躁的外公便把我媽拖到院裡端起槍嚷嚷道：『跪下！我要斃了你！』我外婆，這位聰明的外婆卡德辛娜走出來說：『快來吃午飯吧，要不涼了！』於是便都進屋吃午飯去了。多虧外婆我才沒跟我媽一塊兒被槍斃掉。……喂，沃拉吉米爾，您說有人把便袍丟在你們家了，說我穿上可能合適，說穿上它在這房子裡準會舒服？那麼沃拉吉米爾，什麼時候幫我把這件便袍送來啊？」沃拉吉米爾支支吾吾結巴了起來，他直抱歉，說快要下雨了，覺得老天一變臉，便像有顆大釘子在他腦殼上打洞，說由於大氣壓干擾，他明顯地感覺到這釘子從他的軟顎穿進他的嘴裡。說最好是「博士，我們大家都去喝幾口乾乾杯。」，而且要我和貝比切克·斯瓦特克也去，到萬尼什達的酒店去，他請客，慶祝我們現在又將多一個房間……我丈夫正在用溼抹布擦地板，更確切地說他是在自言自語：「沃拉吉米爾呀！乾杯乾杯，可是我得對您說，您總是這麼乾杯，我甚至都害怕說，沃拉吉米爾，您這是酗酒啊！我不是說您連少量幾杯都不能喝。好，您有理由高興一下，那您就喝他十杯啤酒，幾乎您每天都有高興的事，好了，您每天都喝他十杯，跟諾海伊爾家的老頭那樣；然後呢，比如說你們工廠有人過生日，好了，您又喝他十五杯，趕上個什麼節日，您又喝上十杯。可我跪下來求您，別這麼酗酒了，別像那年那樣又是白酒又是燒酒的。我說，沃拉吉米爾，我們有什麼就說什麼，布拉克㉞寫過一句話說，抑制衝動是一種高尚的行爲。您以爲我在教訓您，可是您要想一想您的老母親，您爲什麼要酗酒，而且酗得這麼厲害，給她帶來這麼大的痛苦呢？您克制一下您的衝動，也稍微高尚風雅一點吧！連您的朋友們也向我來告狀說您總是酗酒，說他們都向您伸出手來想幫您一把，他們還

㉞布拉克（Georges Brague, 1882-1963），法國畫家，與畢卡索共同發起立體主義繪畫運動。

擔心有一天會把您送到斯卡爾大夫那裡去，那些最愛您的人說他們擔心連斯卡爾、連阿波里耐什㉟也幫不了您的忙。說等著您的只有波赫尼采㊱了。而您現在在這裡不是給我們做個好榜樣，而是引誘我們去喝酒去酗酒，沃拉吉米爾，這眞教人傷心，您難道就一點也不打算從這該死的酗酒嗜好中掙脫出來？您看看我，我曾經已經站在萬丈深淵的邊緣，我的意志力戰勝了，我現在已經是另外一個人了，成了您的眼中釘了，沃拉吉米爾，我求求您別拉著我往這泥淖裡跳吧！醒醒吧，趁現在還來得及！」我丈夫說著話，同時很努力地用捆在掃帚上的溼抹布擦拭著地板上的灰塵。他現在將溼抹布取下來，放進水裡泡一泡，然後拿出來擰乾，從抹布裡滴出來的儘是石灰水。我丈夫又跪下去仔細擦拭地板。沃拉吉米爾站在那裡，臉色刷白，他望了一眼空蕩蕩的房間，我丈夫跑到那裡繼續幹活兒……「您知道我只是憐憫誰？您臉皮已經厚了，什麼都不放在眼裡了，可是我再一次求求您，爲了您的老母親，別再酗酒啦！別酗酒啦！我現在跪著求您。」沃拉吉

㉟收容醉漢的地方。
㊱布拉格一地名。此處指該地的一個墳場。

米爾一仰頭對著天花板嚇人地大喊一聲，幾步便躥到爐盤那兒，撞倒了坐在椅子上的貝比切克，還沒等我們轉過向來，他端起那還在生著火的爐子，以極大的力氣將它端起來，使勁一拉，將插在煙囪裡的煙管也拉了出來，像端著五公斤容量的罐子一樣端著這爐子，煙筒管把貝比切克的帽子打到地上。我連忙從門旁閃開，沃拉吉米爾將這燙人的火爐端到院子裡，擺在院子正中央，揮一下手便跑下了台階。只聽得啪地一下撞門聲，然後又聽得通向街道那扇門的碰撞聲。我丈夫像什麼事也沒發生過似的繼續擦他的地板，還哼著歌。我和貝比切克・斯瓦特克走到院子裡，又拿來了防燙手套和抹布。我和貝比切克試著抬起這爐子，可一點也沒法挪動它。後來我丈夫來了，穿著那身完全被他毀了的最後一套漂亮衣服，連膝蓋也是溼的，連一星期前買來的便鞋也完蛋了，可他還在哼著歌。於是我和貝比切克在這頭，我丈夫在爐子的另一頭，我們大概歇了十來次才把爐子抬回原來的地方。沃拉吉米爾早已走掉，可他彷彿還一直在我們這裡。因爲連貝比切克・斯瓦特克也弄不明白，沃拉吉米爾怎麼能搬著爐子穿過這扇門到過道上，又怎麼能穿過這道門到院子裡，而且這麼輕而易舉，因爲當我們抬著爐子穿過門時，兩次卡在門上硬是弄不動它，直到我們將爐灶擱在門檻上，連推帶拉才把它折騰進來……

每逢我上下午班時，我便提前在上午出門，穿戴好，像往常一樣帶著那把雨傘到焦街廢紙回收站去看望我丈夫。每當我一進門口，就像有人在我背脊上貼了一張冷敷膏一樣有股穿堂風吹得我很冷。我丈夫就在一個很亮的電燈泡底下幹活。他對他這份廢紙、書籍打包工的工作總是感到很驕傲，靠牆疊著他那些已經打好的包。如今正彎腰對著一個大木箱，將沒有封面的書一層層平鋪到木箱裡。車庫裡也堆滿了書，院子裡是一大堆一大堆亂七八糟的紙。跟我丈夫一起待在這裡的還有兩隻貓。我丈夫從早上起就喝皮爾森啤酒，否則暖和不了身子，喝茶根本解決不了問題，他總是用個鐵杯喝，一喝就是一公升，他這裡還有個石罐。有時我還看見卡車開進來取打好的廢紙包，我丈夫幫著搬運工將紙包裝到車上，司機也幫著搬。我丈夫同搬運工跟玩耍似地將紙包舉起，往卡車的洋鐵皮板上一扔。他還總是打發我拿著罐子到胡森斯基酒館去打啤酒。女招待第一次看見我來打啤酒時，陌生地對我說：「這是博士的啤酒罐嘛！」我說我是他太太。從此她們和灌酒的都對我笑臉相迎，稱呼我「親愛的……」然後我端著啤酒罐小心翼翼地過街走到迪阿蒙特宮，生怕被汽車軋著，再走到聖三位一體教堂旁的達登阿舍克聖人雕塑像附近。這裡的教區牧師住宅的牆上貼滿了感謝狀，牆角落裡有達登阿舍克聖人的雕像，雕像前有一張下跪用的矮凳。有一次，我在這裡碰上我丈夫和漢嘉，他們兩人都喝醉了，跪在這兒祈禱。我丈夫和漢嘉的帽子上、工作褲肩帶上都別著紅五星，正在那裡祈禱，行人圍著他們看熱鬧。我停下步來，聽見兩位老人望著這兩個跪著的人滿意地說，「這倒好，連布爾什維克也到這十字架跟前來祈禱了！」我穿著那身新套裝拄著雨傘繼續往前走，沒跟我丈夫打招呼。直到回了家我才說：「你們在那裡出什麼洋相啊？」我丈夫笑了，說有人錯將一袋從黨衛軍制服上扯下來的五角星當做廢紙送到我們廢紙回收站，他和漢嘉便拿了些別在帽子上和工作服的肩上及袖子上，就這麼打扮起來去喝了啤酒，還到舊書店去賣掉那幾本又是陰差陽錯扔進了他的車庫的珍本書……我丈夫邊笑邊說著，「小姑娘，你要是看到那一幕就好了。當漢嘉將一把五星扔到卡爾拉克廁所的小便池裡時，有幾個小子解開褲子的前襠走了進來，又顧不得扣上它，便跑了出去。他們寧可到哪個灌木叢去撒尿，竟然被小便池裡的這些黨衛軍五星嚇成了這個樣子。」我不管什麼時候到回收站去找他，每次都得拿著罐子到胡森斯基酒館去打啤酒，女服務員們叫我「親愛的，請替我們問候博士，我們等他來吃午飯！」我有時也跟我丈夫到那裡去吃頓午飯。從來不上雅間，總是坐在由許多小桌子拼成的一長串桌子前。每張小桌只有兩把椅子。這裡的菜燒得不錯，在這裡我愛吃野雞或山雞肉配紫皮圓白菜。我丈夫在這裡不停地出洋相、開玩笑，在哪兒也沒像在這裡這麼快活，女招待們動不動就用手碰碰我丈夫的肩膀，這酒館裡的顧客們也在喊著我丈夫的名字，尤其是有個駝背的女人，她總是戴一頂上面裝飾著櫻桃的禮帽，我丈夫和她演對手戲，彷彿他愛上了她。我丈夫只要認爲自己說的是句特殊的話，便扯著嗓子喊，那個駝背女人便笑得直不起腰來。她也很會配合，彷彿在對他的愛情表示回應。有時她丈夫也來這裡，是個高個子男人，留一撮小鬍子，是龐克拉采監獄的一名警衛，他也參加胡森斯基酒館的這場鬧劇，裝作吃他那駝背老婆的醋。幾乎每天中午都要表演這同一個題材，可我丈夫每次都演得不一樣。我只好垂下眼瞼、聳聳肩膀。女招待員們叫我「親愛的」，爲這些小丑的表演笑得眼淚直流。要是漢嘉一進來，再喝上幾杯酒，這表演就會達到登峰造極的程度。……我丈夫在焦街的院子裡有一隻馴服的貓，牠愛極了我丈夫：我丈夫工作時圍著一塊粗布大圍裙，只要他一蹲下、一攤開圍裙，這貓便飛跑過來躲進他的圍裙裡。我丈夫吻這隻貓，牠則閉上眼睛，緊緊依偎著他。我丈夫實際上大概很喜歡在這裡工作，因爲工作的時候，那隻貓總伴著他守在他身邊一動也不動，他到胡森斯基酒館去時，貓兒便站在那裡兩眼盯著門口，只要我丈夫一來，牠便跑過去，我丈夫將圍裙一掀起來，牠便朝裡面一跳……簡直像是馬戲團裡的節目。

跟漢嘉先生在一起總是笑鬧喧天，可他這些玩笑我受不了。午前有一次我去替我丈夫打啤酒，漢嘉正坐在胡森斯基酒館一張椅子上，就像在理髮鋪坐著的那樣子，我簡直害怕看到整個酒館的人怎樣拿他尋開心。有一個顧客將一小罐芥末反扣在他的禿頂上，買了熱香腸的顧客便拿著腸子沾著漢嘉頭上往耳根流下的芥末吃，一個接一個地去沾著芥末吃，彷彿那芥末就盛在漢嘉腦殼裡，而他兩手攤開放在膝蓋上，還面帶微笑地坐著不動。整個酒館一片笑聲，女招待員們笑得直擦眼淚。漢嘉特別會招惹那些愛開玩笑的人。有一回我丈夫告訴我說，漢嘉沒去上班，因爲他在搞什麼家庭聚會，半夜裡送兩名女工上電車，他只是想到樓外哪個地方去方便一下，身上只圍了塊圍裙。從碼頭辦公室刮來一陣風，把他的圍裙吹跑了。漢嘉見離車站不遠，便朝那裡走去，光著屁股，只用一串鑰匙擋著他那玩意兒。黨衛軍巡邏隊來了，他們的大籠子裡裝著酒鬼、茨岡女人、流浪漢，於是將帶鑰匙的漢嘉也扔進裡面，他們的車一直開到日什科夫收羅下一批醉漢。漢嘉到第二天上午才能上班。一談起這次奇遇他還容光煥發、驚喜不已！這個誰都愛跟他開玩笑的漢嘉，我每次去那裡一遇上他，他總要給我講些讓我不得不老去想的事情。最近他又無緣無故給我講了一件事，邊講邊打嗝兒，用手撐著牆壁免得倒下：「太太，您是個有教養的人，肯定讀過關於德意志種族的純潔性的紐倫堡種族法。您知道我現在這麼看著您時，我想的是什麼嗎？紐倫堡！我在想那個該死的小子，想那個皇帝兼國王瓦茨拉夫四世，太太，這可是個風流漢子啊！在赫普和洛克特的家裡喝酒喝掉了好幾個封地莊園，他跟誰在一起呢？跟一個浴場老闆娘蘇札娜！可他還不過癮，在跟他的女伴去法國的途中又在紐倫堡停了一下，吃了一頓小點心。這頓點心一吃就是好幾天，風光極了！這個捷克國王兼羅馬皇帝在紐倫堡除了錢財之外連皇冠也給喝掉了，不得不將它抵押掉。誰借給他錢好讓他贖回皇冠、能戴著皇冠進法國呢？納桑夫的銀行家們，他們有的是錢！在紐倫堡……我今天爲了向他表示敬意，也要把存的錢都喝掉，因爲太太，瓦茨拉夫四世這可是王中之王啊，這在世界上也是數一數二的，他是個世界之冠，了不起的運動員，就像您的丈夫和我一樣……所有總統和國王以及全世界的主席、首腦和部落酋長都該以他爲榜樣……因爲您若是把所有的錢財都喝掉了，誰還會去發動戰爭，弄得一團糟？恐怕就僅僅只有和平了，因爲所有國家銀行、寶庫，所有動章、獎賞和所有王冠，一切的一切都已經喝掉或抵押掉了，今天還有誰借給您錢呢？還找誰去討債呢？既不存在紐倫堡的納桑夫銀行家，也沒有奧格斯堡的富豪格爾們，也沒有維也納和柏林的羅特希爾特們。爲了向這個該死的小子瓦茨拉夫四世表示敬意，我還得繼續去，對不起，喝掉我的存款，跟女招待員蘇札娜一塊兒……」我站起身來把臉轉過去，因爲漢嘉先生嘴裡呼出來的酒氣太難聞。我雖然站起來，可卻沒法離開這地方，因爲漢嘉先生酒醉中說的話那麼精彩，使我驚訝得沒法挪步。只聽得他如何用手摸著牆壁、看著他的身影從門口走出去，朝著陽光照耀的焦街，然後向左急拐彎向達登阿舍克聖人雕像那兒走去，過了街，便進胡森斯基酒館了……我站在涼颼颼的通道裡，端著裝著皮爾森啤酒的罐子，由於這個漢嘉先生的這番奇談怪論讓我莫名其妙地感到口渴，於是我猛喝一通、又喝一通，然後再喝……這啤酒的味道可眞地道！我別無他法，只好重新打一罐啤酒。看來這位捷克國王兼羅馬皇帝瓦茨拉夫四世是對的……有時我來找我丈夫時，他已經交了班、洗了澡。回收站主任斯萊札克對我彬彬有禮，遞給我一把椅子。然後我便跟我乾乾淨淨的丈夫走過焦街，我們通常是到平卡希酒家去。我丈夫先在那裡的走廊上要兩杯啤酒，喝完之後他才帶我進到裡面餐廳裡，這裡又給我們端來了啤酒，我丈夫四杯啤酒下肚之後，就像通常說的便已餓得前胸貼後背了。我們不點別的，總是點烤豬肉和撒上洋蔥的馬鈴薯饅頭片，裡面的調味汁總是金黃閃亮。每週我和我丈夫來這裡一次，總是點這一道飯菜：馬鈴薯饅頭片和烤肥豬肉，我眞的從來沒有吃過這麼可口的烤肉。我丈夫對我說，在平卡希酒家這烤肉已由一位女廚師做了二十年，不做別的，專做平卡希酒家這一道特色菜。烤肉配饅頭片，加點兒圓白菜和撒了油炸洋蔥的馬鈴薯饅頭片。他生怕那位廚師老太太會死掉。

要是還有時間，我便和我丈夫去看場電影。頭兩年我們總去看《美好的陶醉》，到後來，我只喜歡這部《美好的陶醉》。這部電影我至少看了二十遍。每次當查理一出現在銀幕上，我丈夫便開始流淚，隨著情節的發展，查理出現，他便流淚，到後來連擦都不擦，還哭出聲來。觀眾都轉過臉來看我丈夫，後來還遺憾地看看我。我丈夫喜歡卓別林，只因爲他演的總是一些可憐人、窮苦人，像我丈夫經常與其坐在利本尼和維索昌尼區的小飯館裡的那些窮光蛋。到後來，我丈夫認爲自己也是像卓別林一樣的那種可憐人。這卓別林特別善於用這種手法來嘲笑自己，也嘲笑了他的對手。在每部電影的結尾總是卓別林取勝，這讓我丈夫大大受到鼓舞！因爲他自己也認爲有朝一日他也能成爲最棒的人。我和我丈夫也到利本尼的恰賽克一個迷你的電影院去，在人們稱之爲古利克的小洋鐵鋪的旁邊，我和我丈夫在那裡也爲卓別林演的一組滑稽電影而哭過好多次……

我丈夫的假期從來不是一口氣用完，而是一天一天地用。好好地享受一整個上午、中午和下午是他最愜意的事了。花上這一天，足夠他給寧城的花園鬆土，在這一天裡足夠他繞一圈所有他喜歡的小飯館和小小酒家。這可不是隨隨便便的一天，在布拉格的這一天，他總是穿得漂漂亮亮，而且他每次總是選有太陽的日子休假，因爲不管在布拉格還是在花園裡，一出太陽完全是另一番景象。假如收音機在兩天前預報那幾天天氣會好，他便從中選一天來度假。我丈夫於是便有了那平常日子中的海明威式的《流動的饗宴》。我丈夫對那些小飯館小酒店瞭若指掌。他知道哪個飯店在上午有太陽照進窗子裡來，他知道下午哪兒有太陽，有些飯店上午下午的太陽一樣大，像霍爾克這樣的小飯館從早晨八點就有早上的陽光照著，這裡從一大早就滿座，還因爲這裡不只啤酒好，早上的湯和紅燜牛肉、甚至整個上午的茶點都很好吃。到了中午，霍爾克飯館的太陽就像我丈夫說的足球運動員進球一樣，慢慢地越過屋頂從另一邊照進來。下午一點以後，霍爾克飯館的太陽便曬到院子裡和男廁所那兒，從兩點起還是那個太陽透過院子的窗口照耀著飯館裡暗黑的房間。不過我丈夫沒耐心老待在一家飯館裡，他總是要一杯啤酒便又去另一個有太陽的小飯館小酒店。在科烏支基小酒店通常上午有太陽，我丈夫喜歡待在陽光燦爛的小酒館裡，為在陽光下閃閃發光的酒桶甚至整個吧台而興奮不已。他坐在酒店的陽光下，穿著新衣服，覺得彷彿是在教堂裡做彌撒，而每一個賣酒的人在太陽底下就像穿著節日聖袍的牧師。我丈夫覺得天主教的天國、他們天國的教會貴族階層大概就是這個模樣：每一個服務員就是一位天使，每一位灌酒師就是大天使加百列。小天使們四處分送著啤酒，可這不是啤酒而是聖餐，穿著白袍的經理就該是聖彼得了，他老是關注著飯菜的質量和啤酒的濃度。我丈夫和其他喝啤酒的顧客甚至所有的顧客便是信徒。他們絕不只是來參加上午和下午的彌撒，所有這些在此沐浴著陽光喝著啤酒的人是死後能升天堂的一個群體，他們已經不必下地獄和進煉獄了，所有端著金燦燦啤酒杯坐在這裡的人已經進入了最後階段，大家都是已被選中的上帝的羔羊，大家都在接受用鮮濃的啤酒和絲絨般柔軟的泡沫代替的上帝的血和肉。我丈夫之所以每次只用一天做假期，因為這一天他通常是在天國：上午，他喜歡上萬尼什達的酒館裡去，那裡一大早就有陽光，萬尼什達先生穿著白袍給顧客灌著他那天國的斯米霍夫的10度啤酒，他的太太泊仁卡經過走廊，從那個也是陽光燦爛的廚房端來盛著熱氣騰騰的紅燜牛肉和辣椒肚絲的天國盤子以及盛有酸魚的盤子。於是我丈夫便把這平常的一天過得跟節日一樣。他善於選中陽光明媚的一天，坐在小飯館裡，總也看不夠這個只有他一人知道、灑滿陽光的小飯館小酒店是利本尼天國的良辰美景。他坐在那裡，一口口地喝著啤酒，他必須小口小口地啜著這銷魂的天國瓊液，免得不到中午就喝光了，他得想法拖到下午，當太陽從萬尼什達先生的酒館滑到巴爾莫夫卡某個地方，越過住宅和猶太教堂在下午晚一些時候出現在哪個酒館裡時，我丈夫便樂意換到狐狸酒家去，坐在那裡看太陽，從窗口觀賞羅基特卡小河；等到狐狸酒家也沒有太陽、天堂離去了，他便上老郵局酒家去待一會兒，喝上一小杯啤酒。這家酒館夾在兩座高樓中間，從窗口照進來的陽光只有兩個小時之久，就像在克洛烏切克酒館一樣，然後便越過屋頂照到別處去了。我丈夫在這一天之內拜訪了他部分的天國，但他並不著急，他知道，並盼著廣播裡又會預報某一個美好的大晴天，他又可以在另一天假日裡接著去拜訪上次沒跑完的飯館。在他選定的另一天這樣的假日裡，他又從上面的費克爾飯館開始。那裡上午便陽光充足，從幾乎像咖啡館常有的那種大窗子射進來，照得吧台閃閃發亮。我丈夫在這裡要上一小杯啤酒，他不僅總是盡情享受與坐在光芒四射的聖壇前相似的感覺，而且欣賞僅有一隻假手的費克爾先生卻像兩隻手都健全的人一樣能做酒桶旁的一切事情。這裡還有一個花園，遇上晴天，費克爾先生還將啤酒送到花園中鋪著條紋桌布的餐桌上。這裡還有一個布拉格最小的電影院，從花園走過去便是。這個電影院小得就跟國際列車的餐車一樣，在這裡你可以看到這一年裡的暢銷電影，還可以邊看邊走到酒館裡去喝杯啤酒，不光在休息的時候，在放電影的過程中也可以。有時我丈夫在假日裡只去那些僅擺了幾張桌子的小花園飯店，比如什特拉斯堡前面那個花園飯店。不過他最樂意去的還是那個老啤酒箱飯館，這個飯館則以它的幾棵大樹底下的花園餐廳把我丈夫鎮住了，這個餐廳就像一艘遊輪的船頭，沿著帶鐵欄杆的平台，有路電車上至布洛夫卡下到電氣公司。離老啤酒箱不遠的地方是兩條公路交叉的十字路口，對面是叫花子酒家，那個大飯店我丈夫從來沒去過。不是他把叫花子酒家忘了，而是剛開始住到利本尼的那幾年，壓根兒就沒法上叫花子酒家去。於是這間飯店對我丈夫來說一直是個神秘的地方，他多次想去，做夢都說到要去，多次打算只去叫花子酒家，只去從它窗口眺望一下老啤酒箱飯館的樣子，可是從來沒找到勇氣去，他已經好幾次，腳都邁上第一級台階了，可還是沒有足夠的力量走進去，儘管他說只去一會兒，一小會兒，只去看一眼，站著喝一小杯啤酒，只從另一個方向的窗口看一眼老啤酒箱飯館的樣子。如今我驚訝不已的丈夫坐在老啤酒箱飯館緊挨著欄杆第一張桌子旁的轉椅上，反坐著，手放在椅子背上托著下巴，像個孩子似地望著下面從莉布舍和綠樹飯館那兒朝上開往十字街的電車，然後又探出身子望著由上從查理四世街開往車站再慢慢朝下開走的電車。綠樹飯館那漆成綠色的牆壁在那轉彎處閃爍著光芒，我丈夫眞希望幾年前發生過的一次車禍再來一次：一輛電車煞不住車開到了這飯館的吧台前面。我丈夫坐在太陽底下，聽著女服務員的鞋跟吧嗒吧嗒的響聲，她從裡面將啤酒端到太陽下面來。我丈夫從來不坐到老啤酒箱飯館的裡面去，只是坐在這花園餐廳裡，就像從來沒去過叫花子酒家裡面一樣。他也從來沒進到老啤酒箱那灌酒的地方。沒有道理去那裡面，因爲他在外面這兩個小時能看到美麗的電車、汽車、行人、商店和簡易樓的正面牆、查理四世的正面像、他頭頂上的老樹幹、沙沙作響的樹葉……我丈夫把所有這一切當成一幅印象派的繪畫，就像他所說的主要是喻特里洛㊲的畫。這位畫家，就像我丈夫說的，他善於把蒙帕納斯城的一面牆畫成這樣，乃至誰看了他畫的蒙帕納斯牆都想掏出那玩意兒帶著深深的沉思、懷著對喻特里洛的敬意朝那牆上撒泡尿。我丈夫就這麼坐著、聽著女招待的鞋跟吧嗒吧嗒的聲音，椅背朝前反坐著，以便兩手放在椅子背上，再將下巴壓在手上，好更清楚地欣賞這城郊的美。等他飽享眼福之後，便不慌不忙地朝下走，有時在窗子朝南的莉布舍小飯館停一下。可我丈夫不喜歡正規飯店，他更迷戀小飯館，於是又在陽光普照的莉布舍飯館叫上一杯啤酒。在這裡他喜歡站著看那木頭架子上桶裡的水怎樣從水龍頭稀溜溜稀溜溜流到一個錫面洗滌盆裡，盆裡插著的一枝鍍鎳的小管子，再將盆裡的水逐漸放

㊲喻特里洛（Maurice Utrillo, 1883–1955），法國畫家，以畫巴黎市區的房屋街道著名。

出去。酒店老闆不停地在這盆裡沖洗服務員送來的酒杯。爲保潔淨，他每次都拿著玻璃杯對著陽光，瞇著一隻眼睛左看右看，直到認爲這杯子絕對乾淨了，才滿意地往杯裡灌上酒。我丈夫總愛在莉布舍飯館喝完這一小杯啤酒之前等著酒店老闆在盆裡叮鈴哐啷洗杯子的那一片刻，他將只能裝三分之一公升啤酒的薄玻璃杯擱在盆裡沖洗，洗乾淨後灌上啤酒，每次都將杯子舉到陽光下面，用兩隻眼睛審視啤酒的質量、顏色和光澤，看看是否有什麼不到家的地方，他這麼站著，爲整間飯館賜福。我丈夫說，要是有足夠勇氣的話他眞想下跪，因爲此時此刻那酒店老闆跟位牧師一樣嚴肅認眞，牧師就是這樣舉起杯裡的聖餐，爲信徒們賜福。然後，這些信徒便跪下接受這代表主的血和肉的聖餅。可是誰也沒有看到這一點，我丈夫環顧一下四周，顧客已在等著吃午飯，他們在繼續讀報紙、看菜單，或者專心致志地在抽煙。煙霧在灑滿陽光的飯館裡嫋嫋上升，每一枝香煙淸晰地閃著火光，在莉布舍飯館的朝陽中活像做彌撒時插在香爐中的神香冒出來的青煙。我丈夫總愛等著盡情觀賞老闆如何用手舉著那杯啤酒，就像端著的聖餐盤一樣，然後將小杯啤酒放到嘴邊慢悠悠地喝上一口，將自己嘴裡和喉嚨裡的味覺器官全調動起來，喝完之後他還要琢磨一番，等到他一點頭，那就是說這天國已經應允了，啤酒算是不錯的。老闆則接著在盆裡涮洗薄玻璃杯，按照顧客的要求，或小杯或帶把兒的大盅，給顧客往容器裡灌酒。有一天假日，我丈夫來到葉夏貝克酒家，這是一家大飯店，是一座賽采賽風格的樓房，在圍牆與這座樓房之間有一道飾以枝葉與花朵的鑄鐵門，還有鑄鐵彎曲成的「花園飯館」幾個鏤空的字。我丈夫在這裡先要一小杯啤酒，這是他不僅喜歡而且是唯一愛著的一家大飯店，因爲這裡的一切都保持得跟它剛建成的時候一模一樣。比如說花園飯店那塊賽采賽式的招牌，又比如這座房子的牆壁滿是石膏的裝飾和棕櫚樹葉，還有兩位修長的裸女雕塑，她們中間嵌著紫色的瓷磚。吧台這兒也是一樣，有個賽采賽式的高櫥窗，一個鑲飾以蔓藤和熱帶花草的蝕刻玻璃的酒具櫃，裡面陳列著從前老常客用過的舊玻璃杯，杯子上面是個老式杯蓋，杯身上是一簇簇手繪的紫羅蘭和驢蹄草。陳列品中還有上面畫著盜獵者正在朝獵物開槍的玻璃杯，有的玻璃杯上是戴著蒂羅爾帽、穿著德國民族服裝，一隻手叉在腰際的姑娘。在這裡替顧客灌啤酒和收午餐訂單的是一位穿著古式服裝的老太太，頭上梳個特大的髻，不得不用夾子往上別住它。這就是老闆娘葉夏貝克太太，她跟她丈夫就住在這座樓的二樓上。這棟樓房、這個飯館、這些老古董椅子及圓桌子都屬於他們二老的。我丈夫打量一番那玻璃櫥窗，在他坐在那老古董椅子上之前，先將它端起來，仔細察看一番。葉夏貝克太太望著他，注意到我丈夫爲這椅子被人摸得這麼光溜而感到驚訝的神情。他舉起酒杯，看了一眼老太太的眼睛，葉夏貝克太太則報以微笑，聳了聳肩膀，深深地歎一口氣。意思是說，毫無辦法，這些椅子都老掉牙了。我丈夫然後端著杯子走到花園裡去，不過他從來不在這裡坐下來，只是從這古色古香的花園飯店穿過而已。它舊得跟它裡面的那個小亭子一樣，亭子的頂蓋都舊得變了形，歪得像醉漢頭上斜戴著的禮帽。在這個小亭子裡想當初曾經有個小樂隊演奏過四重奏，如今將那些舊椅子都疊在一起，原來的桌子也都破舊不堪，它們都已經受不起天氣和時間的磨練，如今正如我丈夫說的，它們就像躺在一座共同的墳墓裡壽終正寢，大概在夢想些什麼呢？想著誰在這些椅子上坐過？哪位姑娘的玉腕曾經放在這些用桌布蓋著的桌上？誰常來這裡跳過舞？誰在這裡演奏過？這花園裡的盛會曾經是怎樣一番景象？有過什麼賽事？這裡的星期六晚上和星期天下午曾經是個何等模樣？……我丈夫就像憑弔柯拉巴㊳一樣地站在這裡。他常愛到柯拉巴去瞻仰哈夫利切克㊴先生的墳墓和他復仇的曲調，或者再往前走走到牆角那兒，這裡安息著曲棍球運動員米尤賴爾，他是我國跑得最快的曲棍球手。戰後在去德國的巡迴比賽中不幸逝世，如今他安息在這裡，他的墓碑上還刻了一根斷的曲棍球棍。我丈夫就像站在哈夫利切克和米尤賴爾的墓

㊳墳地名。

㊴哈夫利切克（Karel Havlîĉek Borovsky, 1821-1856），捷克政治家、新聞記者、詩人。反對奧匈帝國政府和天主教會的英勇戰士。

前一樣憂傷地站在這家花園店裡。在這裡就像我丈夫說的，只剩下一點點留在牆上和玻璃櫃裡的賽采賽風韻和一點點猶太風格。葉夏貝克老太太在她年輕時期，也就是她還是一個滿腦子幻想的小姑娘時就已經住在這裡。

當我丈夫又用上一天假日，這一天對他來說的的確確像陽光明媚的節日那樣，當他想在花園飯店度過他的一天休閒時間時，便沿著羅基特卡小河走進維索昌尼區去到斯拉夫菩提飯店，想在九點之後去到那裡，總是直接穿過走廊奔向栗子樹下的花園，在緊挨著庭院的第一張桌旁坐下。桌上鋪著一張白得耀眼的桌布，印有「斯拉夫菩提飯店」幾個字的桌布光彩奪目簡直讓你眼睛發疼。當我丈夫要了一杯皮爾森啤酒，女服務生將啤酒擺在他面前劇烈的陽光下時，他便打量了一下院子的那一邊，那鑲有外廊的二層樓上便住著這飯店從前的主人布拉貝茨先生，如今他是這裡的注酒師，半天工作。這位已步入老年的先生，從九點半起，趕上好天氣，便在這外廊上走來走去，慢慢地穿好衣服，準備十點上班。緊靠著牆壁是一直頂到天花板的聖人楊・納波姆茨基大木雕像，布拉貝茨先生就在這雕像下面來回忙碌，在雕像對面是一塊大鏡子，布拉貝茨用梳子梳理他那打了髮蠟的頭髮。他身著黑色長褲、白襯衫，打著跟他的鬍子形狀大小相似的黑蝴蝶領結。布拉貝茨先生的個子又小又圓，還有一個他引以爲驕傲的小肚子……最後，布拉貝茨先生套上一件法式的凸紋布罩衣，又走到鏡子前照了照，審視一下自己是否一切妥妥貼貼。快到十點的時候，布拉貝茨先生扭動一下肩膀，讓他法式凸紋布罩衣更平整貼身，然後又最後一次地慢慢邁步到鏡子跟前端詳自己，轉一下身，再朝另一個方向轉一下身，用指頭沾點兒口水理理眉毛，又理理鬍子，對著鏡子笑了笑，又退到離鏡子較遠的地方照了照。這全過程我丈夫都看見了。因爲他來這裡就爲了當一個見證人，親眼目睹布拉貝茨先生這位老警衛隊員是如何準備服務的。布拉貝茨先生十點整才到灌啤酒的櫃檯那裡去。他給顧客打酒時，他的彌撒不像別人主持的彌撒那樣。因爲斯拉夫菩提飯店的吧台總是在強光照射下，當布拉貝茨先生穿著法式凸紋布罩袍在此活動、主持這場彌撒時，表情極其莊嚴而隆重，彷彿他主持的是半夜彌撒，又彷彿他在主持耶誕節彌撒或者復活節彌撒……後來，布拉貝茨被調到布拉茲迪飯店去了，我丈夫沒有跟著上那家飯店去，而繼續上這個斯拉夫菩提飯店來。在喝完一杯啤酒之前，繼續看著楊・納波姆茨基聖人雕像和那塊無人過問的鏡子，可是，就像我丈夫說的，這塊鏡子並非無人過問，他仍然看到布拉貝茨先生在對鏡穿上那件法式罩袍，最後還往鏡子裡照照自己，然後下樓梯去了……我這位丈夫不僅能吸引一些特別的人到身邊來，而且總能碰上一些特殊的事情。他繼續到這來不僅爲了看到那已經不在外廊上而又似乎仍然在這地方的布拉貝茨先生，而且在我丈夫身旁還坐了一位喝啤酒的人，既不老邁也不年輕，只比我丈夫年輕一點兒，那人穿著一件襯衫，一件耀眼的白襯衫。我丈夫覺得、甚至堅信，這個男人的襯衫裡面藏著一隻小狗崽子……然而那不是小狗，原來是那人有個鼓起來的肚子，肚子裡長了個大瘤，可又沒法動手術。那人只喝皮爾森啤酒和吃角形麵包。談到後事時，那人說最好是在這個斯拉夫菩提飯館了結一生，因爲他整天都在這裡，連信件都給他送到這裡來，甚至……他幽默地說，最好給他在這裡添一張臨時床位，那他就可以在這裡過夜，直到第二天八點飯館開門營業。我丈夫休他的一日之假時，便喜歡上午來這家飯館，而每次來這個斯拉夫菩提飯館，都好奇地想看看那人夏天穿著那件白襯衫是個什麼樣子。那人坐在花園裡太陽底下的一把椅子上，喝著啤酒，肚子裡仍然長著那個跟小狗崽子一樣大的瘤。我丈夫每次從那裡回來都要對我說一聲：「斯拉夫菩提飯館裡的那個男人還活在人世間。」直到有一次我丈夫晚上回家說：「他跟我告別，對我說他明天會死去。穿著一件乾淨的潔白襯衫，襯衫的其他部分都垂著，只有那個大瘤撐著它。」……

我丈夫在布拉格度他那一日假時，不吃飯，只吃酸魚，提著魚尾，伸著脖子，像雜耍藝人呑劍一樣慢慢地將小酸魚放進嘴裡。他說，既然有喝的，就應該一點東西也不吃。我丈夫還吃一樣東西：在葉夏普飯店上面有唯一一家利本尼馬肉鋪，他在那裡買上一百五十克馬肉香腸片，從葉夏普飯店出來，慢慢地朝上走到普利馬托爾酒館去不加麵包地直接吃掉。可是我丈夫在每次度完這一天假回來，總要去一下熱爾特維酒館和納魯什古酒館，這裡整天都有陽光，這是一個街角落裡奇怪的小酒館，它不是一所方方正正的房屋，而是一座從門口一直延伸到街道拐角的扁房子。老闆一邊灌啤酒一邊望著周圍長滿小紅果灌木叢的鐵路。那位酒館老闆跟我丈夫一樣喜歡等著貨車或者客車從維索昌尼經過這裡開往利本尼火車站的一剎那。這時對酒店老闆和我丈夫來說眞是很了不起的一剎那。沉重的貨車徐徐開近時，震得這家小酒館直搖動，但是這種搖晃對我丈夫來說並不怎麼美妙，因爲這些老機車是燒煤的，煙大極了，碰上火車從這兒經過或是往上爬坡，到了小山坡上就得放蒸汽。從利本尼來的貨車開往維索昌尼去時，到處濃煙滾滾、霧氣騰騰，行人必須停下腳步，等到蒸汽和煙霧威嚴地落下消散才能再起步。這煙霧從敞開的大門鑽進小酒館裡，可是這個酒館的顧客誰也沒有感到有任何異樣，因爲這裡本來就煙霧騰騰的，酒鬼們醉得迷迷糊糊、昏昏沉沉，誰也感覺不出來從敞開的門進來的機車蒸汽和煙霧比原來增加了多少分量，因爲這裡反正已被紙煙熏得夠厲害的。有人走進裡面，見到的儘是吸煙人放出的煙霧，都得蹲下一點、彎著膝蓋才能在天花板下的煙霧中找到他要找的人。煙霧一來，什麼灌木叢、街道一概不見蹤影。當濃煙蒸汽從街上滾進這小酒館時，我丈夫連酒店老闆都看不見。他覺得彷彿是坐在德爾夫的神諭宣示所裡，聽著被毒品迷糊著的女占卜者的胡喊亂叫，這些女占卜者是專門向國王預言帝國之命運的。一刻鐘過去之後，空氣變得清晰，陽光重新射進小酒館，酒館老闆和我丈夫又在等著下一輛貨車從這裡經過……

當我丈夫結束了他這一天休假之後，便疲憊不堪地走回家來。不過我已經習以爲常了，他走在堤壩巷裡，拉著拖在他身後地面上的衣袖，回到家時已累得不成樣了，但他還是顯得頗興奮、驚訝的樣子。他坐在椅子上，閉著眼睛微笑著，重又評估他這一天所經歷的一切，這僅僅一天假期所經歷過的一切：「丫頭，寫什麼呢？我這一天所經歷的就是一部小說，眞的是一部小說。這種最普通的生活對我來說足夠了！因爲我不要戰爭，我也不想戰勝誰，我只想像我這種僅只一天的休假能使每個人都能感到滿足，從中推敲出本質的東西來。因爲，丫頭，我已經不想參加那些美麗的悲劇，我只要那些從外面向我湧來的一切就足夠了。就像古希臘羅馬時代的命運那樣。我想要世界至少保持它現在的樣子。因爲，丫頭啊，我害怕那偉大的光輝奪目的未來。我只希望春天永不結束，就像馬勒寫的。我熱切地嚮往這世界原地不動，因爲這一切都已經夠多的了。我希望，就像馬勒所寫的，讓世界成爲永遠的現在。現今時代……」我丈夫在一個勁兒地喃喃著。他剛才還被啤酒弄得迷迷糊糊地走在堤壩巷裡，就像他往常習慣的那樣走著。彷彿有枝粉筆在馬路中間畫了一道線，他便順著這一粉筆道走。小轎車在他後面按著喇叭，而我丈夫，誰要是走到他的道上，都得被他碰倒。於是人們都讓路給他，他卻像我們樓前那盞被人點燃而忘了關掉的路燈一樣在光天化日之下這麼邁著步……

我連做夢都沒有想到，我的過去是如此地鮮活並傷痕累累。的確，我沒想到。而現在我就站在別什江尼我們被查封的住宅面前。我曾經和我的父母、姐姐和兄弟住在這裡。後來，我爸爸簽了字，聲明將所有原來屬於他的財產統統交給國家，並遷居德國。於是只有我和弟弟海尼留在這裡。過了一年，國際紅十字會又將海尼接走，我獨自一人在這裡住了一小段時間。後來我談起戀愛，於是便跟我的戀人伊爾卡住在這裡。這位吉他樂手使我神魂顚倒，就因爲我從小就喜歡吉他的演奏。誰若會彈吉他，我便把他視爲神。於是伊爾卡便和我一起住在這裡了。我們彼此相愛，都快要登記結婚了。我們常去水壩游泳，到我們的熟人家裡做客，大家都把伊爾卡當成我的未婚夫。儘管伊爾卡相當風流，不過我們還是很相配。風流是他職業的一個組成部分，因爲凡是像伊爾卡在這種樂隊演奏的人，總是人們崇拜的偶像，特別是那些女孩們。這些女歌迷總是坐在緊鄰著樂隊的那張桌子旁，不斷地瞄著伊爾卡，伊爾卡也回看她們幾眼。他還是專業的鋼琴演奏者，不過主要是吉他演奏者……於是我跟我丈夫決定和他弟弟布熱佳一塊到別什江尼來。我們十點鐘就到了這裡。可是因爲他們查封了我這間住宅，沒時間在我丈夫到來之前先一步到這裡來消除伊爾卡留下的所有痕跡。於是我們三人同時站在二樓上。民族委員會的一個工作人員啓了封條，我打開門、拉開窗簾，又敞開窗戶，讓穿堂風清掃一下房子裡的氣味，因爲我已經兩年多不住在這裡了。那辦事員請我把東西搬走後將鑰匙送去給他，他說完便走了，他也高興走掉。我沒料到，這裡的情景變了樣，彷彿曾被搜查過，或者有小偷和強盜到這裡來找過錢財，到處翻得亂七八糟。我丈夫和布熱佳比我早一天動身，以便順路到斯洛伐茨科看望舊識。兩人都喝醉了，我丈夫的樣子很難看。我已看出他醉得已經不會說話，樣子像漢嘉，臉也沒刮，跟所有醉漢一樣嘴邊像吃了水煮雞蛋一樣一圈黃色，特別是從他嘴裡呼出一股難聞的李子酒氣味，他跟布熱佳一樣沒有睡夠。兩人都穿著工作服。他們此刻最想到旁邊坐下來，縮成一團歇一下，閉上眼睛，而且兩人都在打嗝。我倒高興我丈夫喝醉了，因為我開始往內衣櫃裡擺放從牆上取下來的帶框的十張照片，大多數照片是我和伊爾卡出去旅行、郊遊時照的。有我穿著泳衣和伊爾卡躺著的，有伊爾卡穿著藍色晚禮服胸前握著吉他的，漂亮極了。伊爾卡這樣子特別帥，我暗自傷心，沒想到我們的關係會是那樣的結果。連我那張穿著泳衣、閉著眼睛、伸直身子躺在水壩那兒灑滿陽光的沙子上的照片也照得很好，我幾乎無法相信自己的眼睛，我曾經如此漂亮，身材如此苗條，胸部、臀部都那麼勻稱；特別是，我在每張跟伊爾卡的合照中都顯得那麼幸福，從我身上散發出沉醉於愛河中的幸福光芒，從我臉上就能立即看出我在熱戀之中。那兩個醉鬼已經站起身來，開始按照我的吩咐搬東西。布熱佳雖然腿瘸，但走起路來比我丈夫還穩當點兒。我丈夫如今看上去老了二十歲，甚至更多。因為我在照片上所看到的，他也看到了。我丈夫的眼裡充滿嫉妒，我看得出來，實際上我這些幸福年華的照片比那李子酒使他更加踉蹌。於是我將裝著這些照片的內衣筐放在一面大鏡子下面。這塊占一整面牆的鏡子裡映出了這整間可怕的房間，彷彿這裡剛發生過謀殺案，從鏡子裡看去就是這幅圖像。我都想把它留在這裡不要了，可我丈夫堅持說他剛好想要把這面鏡子帶走，說他認爲只有這面鏡子還算是一件像樣的結婚禮物。我朝這面鏡子凝視了一番。他們兩人抬著櫃子、椅子，艱難地下樓去，然後又艱難地跌跌撞撞走了回來。外面很熱，我丈夫每次回到我這房間，總要朝鏡子裡瞧一瞧。我看出來，他正看到了我現在看到的東西。在我吞下那些藥片，倒在這張沙發床上之前，正是朝這面鏡子看了最後一眼。這沙發床是我爸爸按照自己的個頭請人訂做的，這張沙發床能承受我那體重一百三十多公斤的爸爸。我曾最後一次地朝這面用螺釘鎖在牆上、把整個牆面都擋住了的鏡子裡看了一眼。我在別什江尼的朋友們就是在這裡找到的我。不久前，他們又來到這裡幫我搬家，還讓我們去他們家去一趟，說我爸爸放了一個原裝的拿破崙一世第一帝國時代造型風格的五斗櫃在他們那裡。這些朋友跑來時，第一眼便看了看曾經在那上面找到我的那張沙發床，我曾經倒在上面的那張沙發床，他們也看了一眼那鏡子，那面他們把我抬起來時也朝裡面望過一眼的鏡子。當我向他們介紹我丈夫時，他們兩個都嚇了一大跳，看了我一眼，彷彿在說要找個這樣的男人，我完全用不著那麼著急。我丈夫在出汗，那些櫃子椅子等傢俱上的灰塵弄得他滿臉都是，於是我丈夫的樣子更難看了。而我卻穿得跟我從前在別什江尼那樣：紅高跟鞋、我那件最漂亮的上衣，還去理了髮，我跟我丈夫的穿戴完全相反，這間我從前住的房子尤其給他添了幾分憂傷。他用肩頭扛著那些破爛往樓下走，我用下巴指到哪裡，他和布熱佳就到哪裡去搬東西。我們一進這個門，布熱佳也立即知道，這是我忘了及時銷毀的過去，他因此還有些責怪我。連我的那兩位朋友，他們實際上因為能幫我搬家，從此見不到我的面而感到高興。到中午幾乎所有傢俱，主要是那兩個大沙發，還有那套松木廚房傢俱統統裝上汽車。最後，房間裡只剩下那面大鏡子以及擺在鏡子下面、裝著我和伊爾卡的照片和我內衣的筐子，我丈夫用條床單蓋在它上面。我的朋友們取來工具，這三個男人便輪流上陣，花了整整一個小時才把那三米長的鏡子取下來。我丈夫沒力氣動不了，他伸出那被廢紙回收站的工作磨得僵硬的指頭給大家看，於是只好由他來拿那裝著我過去的照片和內衣的筐子下樓。他在那裡掀開床單，坐在台階上，一張接一張地觀看著照片，然後再看一遍，又看一遍。我跑下樓，不得不爬到車上把東西擺好。我和布熱佳一道把沙發放平了，以便在上面擺放那面大鏡子；又將另一個沙發扣在鏡子上面，就像兩塊抹了奶油的麵包夾起來那樣。當朋友們將鏡子抬下來，按照布熱佳的意見擺好之後，我丈夫站起來，兩手端著裝有照片和內衣的筐子，表情顯得冷靜了些，也不在意看到我這些照片了。他重新有了笑臉，並在尋找我的眼睛。在他看了我一眼的同時，我也看到他已平復下來，他經過了內心的折磨，墜到他嫉妒的最底層。如今他原諒了我，甚至還顯出他因為我讓這間房子保持了我離開它時的原樣而感到高興，並感謝我讓他看到我過去的秘密。現在這裡站著的是把我看透的丈夫。猶如在一座玻璃房子裡的沃拉吉米爾一樣，他在這所玻璃房子裡能看到誰來訪問他。我也猶如躺在一張玻璃床上，蓋的玻璃絲透明被單，在這上面遲早會出現「我是誰」幾個大字，這是我丈夫說的。我丈夫就此曾用他美妙的醉醺醺的啞嗓子對我的朋友大發宏論，將那已經不用床單蓋著的筐子遞給布熱佳，布熱佳將它塞在沙發下面。接著他又讓我們將繩索甩到車子的另一邊，捆緊、打結，我丈夫在打好結拴牢之後，又將繩索甩回到車子上面。我的朋友們站在遠處揮手，示意我們還得再將車子開過去一點兒，開到他們住的地方。他們就消失在那裡，一會兒抬出一個拿破崙一世時期風格的黑色五斗櫃。我將空房子的門鎖上，當我走到窗前來關窗戶時，我的腳步聲在這空房子裡啪嗒響著，我最後一次在這裡張望一番，眞恨不得按照我剛打開門時的一個念頭去做：澆上煤油，點把火，直到把我的過去燒個一乾二淨！……後來我們在我的朋友那裡將那漂亮的五斗櫃拴在後面拖車上。我看到，到最後一剎那我那兩位朋友，那一對夫婦都以爲我會把這個五斗櫃留在他們這裡。搬出來的時候，他們還在說那食具櫃已經乾裂了，說實際上我們應該付給他們儲存費，因爲擺在那裡曾經很礙事。可是我卻堅持說這是爸爸遺留下來唯一一件證明我們曾經住在這裡的珍貴傢俱……布熱佳便將它牢牢地拴在拖車上，就像當時俄國人來到這裡時，車上拴著兔子籠一樣，那籠子裡面還裝著從德國村子裡弄來的活兔子。我向我的兩位朋友表示感謝，可是他們從我要搬走這五斗櫃的時候起便不再有笑臉了，全然像個陌生人，還彼此大聲嚷嚷說該回家吃午飯了，只跟我隨便揮了一下手。於是我們上了車，開著它往回家的路上趕。我坐在中間，我丈夫坐得離我很遠，他又陷入憂傷與苦惱之中。他時不時用手掌在整個臉上搓揉一番，又往離我更遠的地方挪一下，他在繼續與自己的內心爭鬥。我很清楚，連我也毫無辦法，因爲一切都無法回到原來的狀況和時間，我只好兩眼望著公路。後來開始掉雨點，我丈夫問：「車篷在哪？」布熱佳在半個小時之後才回答說：「車篷在最底下，壓在這所有東西的下面。」他用手指一下身後。雨刷有節奏地清除著雨水，這雨好像越下越大了。我甚至希望它轉爲暴雨，變成傾盆大雨，讓我們運回家去的一切變成一堆溼透的破碎殘骸，我尤其希望那雨水滲到鏡框裡面去，把那些照片弄髒、沖走，希望這雨水沖掉傢俱上的塵埃，雖然我們的汽車上會留下許多汙泥濁水，但等我們回到利本尼，回到堤壩巷時，就會跟一整套臥室和廚房裡的傢俱以及我的過去一起被沖洗得乾乾淨淨。也許是這場雨和這沉悶空氣的變化給卡車駕駛室帶來了些輕鬆，布熱佳打開車窗，呼吸著新鮮空氣。我們駛過田野，到處是水汽和柔和的霧，卡車駛進了森林，然後又沿著公路朝下駛去，穿過村莊和城市，先後在加油站加了兩次油。有一次我下車跑進一家肉店，它門口掛著一塊黑板，上面用粉筆寫著：「今天有熱肉卷。」我便買了一公斤肉卷和十個辮子麵包，然後我們便一聲不響地站著狼吞虎嚥地吃起來。外邊一直下著小雨，田野上、森林裡就像我們的肉卷一樣冒著熱氣。我們吃得津津有味，喀嚓喀嚓地咬著烤肉卷和麵包，我們只顧吃，高興地吃，也用不著說話，因爲連布熱佳也因我的過去和他在這房子裡看到的一切嚇壞了。他也不時地用手掌在臉上摩擦一通。他很高興他不必去想他哥哥所想的東西，只需全心全意地關注行車，因爲正在下雨，這就使他不得不更加注意路上的安全，更加集中精力依照交通規則行車，因爲他不能讓自己違規、讓員警逮住，而必須往一個球形玻璃瓶裡呵氣。我丈夫咳嗽了幾聲，然後開始講述：「我直到現在才弄懂，直到現今才明白我自己！我交的朋友都是一些比我還要糟糕的男孩，我的朋友都是些留級生或者低能兒，爲什麼呢？喏，如今我明白了！因爲這麼一來我便可在他們中間稱老大！我還經常給這些沒有食物的男孩吃的，我經常跟這些家裡沒有暖氣的男孩坐在我們家廚房裡烤火。我在這些男孩面前的表現就是一位慈善家加啤酒廠總管的寶貝兒子。我給他們煎了十個雞蛋，切麵包抹奶油，逼著他們吃飽。他們吃下這麼多東西之後，反倒嘔吐起來，比來啤酒廠找我時還要難受。我還教他們在集郵簿上貼郵票，我替這些男孩買了集郵本，可是我自己不會使用膠水和阿拉伯樹膠。我們在郵票上像罩一層玻璃似的黏一層凝固的阿拉伯樹膠。而這些已經上完五年級的小朋友眞的有點弱智，他們還欽佩我能幹，誇我非常非常會貼郵票。我便逼他們也來試著貼郵票，他們不僅把自己的兩隻手，而且讓我們的桌子、他們的衣服、頭髮全黏滿了阿拉伯膠。本來，由我來教他們這就已經夠誇張了，而他們比我還要笨、還要糟糕、還要難看，正好我又是個受不了人家比我聰明、比我漂亮的人。總而言之，我總是跟一些我在他們中間可以鶴立雞群的人交朋友。你們可以想像得出我這個從三年級開始就只得三分、四分、操行得兩分的學生穿的衣服是什麼樣子，那上面老是有洞，襪子也一樣。」我丈夫一直在滔滔不絕地說著。外面已近黃昏，小雨一直下個不停。靠我丈夫坐著那邊的雨刷已經不靈了，他隔一會兒就得用手幫著雨刷動一下。連這點毛病也是件好事，因爲它能把他對我過去的注意力引開去，可我們沒有逃離掉過去的羈絆，它一直跟著我們，我們將它裝上卡車，我們不僅沒有逃離它，而且越來越近地把它帶到了利本尼。我們又停了兩次車，繞著卡車檢查，發現雨使得那繩索勒得更緊，這一車東西如今絕對丟不了啦！我覺得這場雨、這場連綿不斷的小雨把這一卡車傢俱包括那兩張沙發沖洗得像是剛從沖洗房出來的。我們又上了一趟森林，很快又默默地走出來繼續趕路。我丈夫又接著開講：「發生過一件事，比我小一歲的法菲克·夏勒爾跟他媽媽常來啤酒廠找斯克萊納什廠長。這個法菲克常穿一身海軍服，戴一頂漂亮的海軍帽，上面還拖著兩根深藍色緞帶。這個法菲克長得像卓別林滑稽劇裡的一個美國小孩，這麼一個誰跟他親近他就送給誰東西的男孩，而且笑嘻嘻地送到人家鼻子跟前。法菲克同他爸爸媽媽住在廣場一棟房子的二層樓上，他會組裝大型的玩具機器，會點燃和發動蒸汽機，他爸爸是奧地利的一名少校軍官，已經退休了，禿頭，會煮果子，他們家有好幾百瓶煮果子。在學校的時候法菲克常稱老大，他的力氣大得不僅能打贏我們所有人，還能無緣無故將鋼筆刺在桌面上，嘴裡『喲、喲、喲……』地叫著，同時用手指著一個地方，不是教室的牆壁，而是一個什麼更遠的地方。他爸爸從他四歲起就開始教他彈鋼琴。我也去學過鋼琴，可我只在巴耶爾的低級班胡亂彈過一陣。而法菲克，我去他們家時，他穿著一身白海軍服坐在鋼琴前彈了韋伯㊵的波爾卡，我像傻瓜一樣站在那裡，不好意思得臉都紅了，我當時個子也很小。法菲克來到啤酒廠之後，樣樣都比我強，我因這個法菲克而感到沒自信了，只有跟我那些有點低能的讀完五年級的同學在一起我才能恢復鎮靜。後來法菲克隨他父母搬到布拉格去了，只在假期才到啤酒廠來看望他舅舅。我已經上中學四年級了。我不僅在中學一年級留過級，在四年級也留過級。而法菲克學習成績優秀。他坐到我們家的鋼琴前彈奏了蕭邦的小夜曲，隨後又彈了他最熟悉的那支韋伯的波爾卡。屋裡鴉雀無聲，我媽媽責備地看了我一眼。法菲克還有一副

㊵韋伯（Carl Maria Van Weber, 1786-1826），德國作曲家、鋼琴家、評論家、歌劇導演。被稱爲德國民族歌劇的先驅。

好體格，跟古希臘、羅馬的雕塑一樣。因爲法菲克和什多爾康是共和國的少年游泳冠軍。有時他們兩人一塊兒來，我們像小男孩那樣大聲喊叫著。可是法菲克和什多爾康鍛鍊時能用自由式逆水從鐵橋一直游到石橋那裡，一趟甚至兩趟。他們的泳褲相當小，兩人都戴頂紅泳帽，全身都曬得很黑，跟古銅似的。我游泳則跟紮拉比那些穿運動褲的男孩們差不多。所有紮拉比的男孩一看到法菲克和什多爾康便都垂下眼瞼，彷彿這兩位共和國游泳冠軍都是小姐似的。他們就這樣訓練一整個下午。有時我媽媽請他們到我家來，給他們拿來一個大圓麵包和一罐油。法菲克和什多爾康坐在那裡一塊接一塊慢條斯理地切著麵包、抹著油……差不多喝下整箱我們那有名的十二度寧城啤酒。他們喝著、吃著、打著飽嗝，連那飽嗝也打得好聽。我嚇壞了，我連一小塊麵包都沒動過，直愣在那兒。法菲克然後坐到鋼琴前，彈了一曲蓋希文的《藍色狂想曲》，又給媽媽彈了一支李斯特的《愛之夢》。還有另一個頂尖人物哈利・葉林涅克也常到紮拉比來，不過他什麼也不會。十七歲了，身體跟法菲克、什多爾康他們一樣棒，他也會游泳，不過沒創什麼紀錄，只是這麼游游而已。實際上他的身體比那兩位冠軍還要標準。他每逢假期便住在胡利克家。那家有座花園，在啤酒廠後面的山谷裡。這個哈利可會曬太陽哩，全身都曬成了古銅色。我愛到胡利克家去，因爲胡利克老太太很像我的外婆，她種了各式各樣的蔬菜，還推著車到廣場的市集上去賣。緊鄰著他們的園子住著一家叫維斯的人。那位維斯常常喝得醉醺醺的躺在壕溝裡，他們跟胡利克家大概合不來，因此在他們的兩個窗子前築了一道柵欄。我總也弄不明白，爲什麼不肯觀看種滿蔬菜和花卉的園子而要來看這麼一道柵欄，彷彿替兩個窗子釘上護牆板。每逢假期，胡利克家的花園就成了哈利．葉林涅克的王國。在哈利面前我總有點不好意思地垂下眼瞼，因爲每當他傍晚進城去，城裡所有的女孩都不敢抬起眼睛來，她們只要看一眼正像一位國王一樣邁步在街上的哈利，便都會神魂顛倒。哈利總是曬得跟一頭漂亮的瑞士公牛一樣，再加上他那一頭打了髮蠟的淺色鬈髮，他說話的時候，聲音隆隆的，臉上還總帶點害羞的神色……後來我上大學了，愛上了伊辛卡．格奧吉娜，星期天我和她常常一塊兒去划船。有一次我們正划著船，我划著槳，格奧吉娜打著陽傘坐在後面的位子上。當我們划近橋下時，穿著一身龍騎兵制服的哈利從那邊走過來……我忘了說哈利已經入伍了。遇上哈利，這是我碰到過最倒楣的事兒。比如說他去胡利克家、到我們鎮上來，穿著靴子和紅色騎兵褲、釘著黃邊的綠色短外套、走在散步廣場上時，不只是我，而是所有大學生所有年輕人都嫉妒得不願跟他說話……格奧吉娜一抬頭，橋上欄杆旁正趴著哈利。他抬起手來像美國電影裡一樣對著格奧吉娜喊了一聲：『哈？！』我那格奧吉娜也舉起她的手指，動了幾下，愉快而帶著幾分敬意地喊著：『哈？！哈利！』我用力一划，小船已鑽到橋洞下……我已經站起來，我臉紅了，不說話了，我在發抖，我已經病了。因爲格奧吉娜已經閉上眼睛，陶醉在龍騎兵哈利的美好問候之中。這位龍騎兵剛才正趴在橋欄杆上，曬得黑亮亮的，他的淺色鬈髮托著他那船形軍帽……那一回，我不知道爲什麼，跑到理髮店去剃了個光頭，我感到極其不幸，因爲在我的格奧吉娜眼裡，最棒的老大、天字第一號的人是哈利・葉林涅克而不是我。後來便到了保護國時期，哈利和法菲克都從寧城銷聲匿跡了。有時我多麼希望他們再來寧城度假啊，因爲後來我也穿上了一套帥氣的鐵路火車站調度員制服，我還有件漂亮的外衣，有夏天穿的閃光衣料短上裝，上面釘著金色鈕扣和用金線繡的帶翼輪子。我曾多麼想讓他們看見我呀！可是他們再也沒來過寧城。後來我得知哈利・葉林涅克學成並練成了飛行員，秘密去到英國，一年之後在運河上空被擊斃。而法菲克・夏勒爾在戰爭結束的前夕到利本尼來找他的女朋友，他軍隊裡的朋友們碰到他說：『喂，法菲克，你曾經作爲一名射擊手跟我們在軍隊裡待過，我們要去保衛特洛伊大橋……』結果法菲克沒去與女朋友約會，而和小伙子們走了。德國人從布洛夫卡用機槍掃射特洛伊大橋附近的游擊隊員時，打斷了法菲克的脊椎，害得他一年走不了路，後來被送到加拿大，那裡的軍醫院把他的神經接上了，兩個月之後法菲克已能在醫院的游泳池裡游泳。後來在加拿大學成了工程師，結了婚，買了一架普萊埃爾㊶牌鋼琴。有一次他在寧城露了面，他腿瘸了，是跟他太太一起來的。我們對他談起他的父親怎麼煮果子，談到組裝機器、發動蒸汽機的事，還談起他和什多爾康如何逆水游泳……我們一次又一次地談到他爸爸如何在寧城廣場的二樓上點著那微型蒸汽機，他聽得激動不已。法菲克的太太是威爾士人，他們已經有了一個即將實現的計畫：因爲法菲克在軍隊裡是一位工程師，五十五歲便可退休，他們兩人都希望回到英國威爾士去，法菲克太太在那裡有所房子，準備把那普萊埃爾牌鋼琴也帶過去。」我丈夫講述著，卡車走得很慢，但已狠狠地穿過了紮拉比平原。我丈夫這一番敍述使我平靜下來。對我來說，他實際上是講述了第一次在我房間牆上見到的伊爾卡。我的伊爾卡也是這樣一個花俏人物，也是像法菲克和什多爾康這樣的美男子。我丈夫肯定是爲他自己而講，好讓自己平靜下來，把我的伊爾卡也列入到他朋友們的肖像冊中。其實他們根本就不是他的朋友。過些時間再回過頭來看，實際上這位法菲克是很棒的，就像什多爾康也是很棒的一樣。那位哈利則像一位英雄犧牲在保衛英格蘭的戰鬥中。我丈夫把一切的一切都押在寫作這一寶上，想讓自己在寫作上也成爲最棒的。大概我丈夫也被這寫作嚇暈了，因爲他早已是四十五歲的人，可是老也

㊶普萊埃爾（Igance Josef Pleyel, 1757-1831），奧地利裔法國作曲家、音樂出版家和鋼琴製造家。此處即指以他的名字爲品牌的鋼琴。

成不了他該成爲的人，而他的朋友們卻如願以償。我在卡車上說過了，只等我們把這個家安頓妥當一點，就去替我丈夫買台打字機，我將努力讓他別再去幹那苦力活，只待在家裡寫作、寫作、再寫作，一直到寫出他的第一本小說、第一部手稿，雖然不出版，但是他和朋友們久久夢想的這麼一部手稿，讓他成爲最棒的，第一號的人物。後來我們便打起瞌睡來了。布熱佳接著抽他的煙，一枝接著一枝地抽。等我抬起頭來，揉揉眼睛，我丈夫倒在我的肩上睡著了。雨大概早已停了，我們的車開進了利本尼，停在路燈底下，早已過了半夜。布熱佳費勁地爬到卡車上的傢俱堆上解開繩索，我丈夫繞著卡車跑一圈，將繩索從這邊拋到那邊。布熱佳小心翼翼地將傢俱一件件搬下來，我丈夫首先搬走那面大鏡子，將它靠在敞開的大門上，等把走廊和院子裡的燈一打開，只見我們房間裡還亮著燈，耐心等在那裡的貝比切克還在，他一整天都在用石灰粉刷我們的新房子，我和我丈夫決定用它來當廚房，寢具和帝國風格的五斗櫃放到我們原來住的那間房裡。我丈夫和貝比切克小心地將鏡子搬了回家，靠在牆上，然後走回來爬上卡車去幫布熱佳取傢俱，他又小心地將裝著照片的內衣筐遞給我，我先將它搬回家，然後往床底下一塞。接著我們搬椅子，跟貝比切克一塊將小桌子、小玻璃櫃和箱子統統不聲不響地搬走了。布熱佳不想再進屋去，他也不想睡，只想將車子開回寧城去，再飽餐一頓，煮杯咖啡，然後按習慣靠著他妻子躺下。貝比切克也習慣回家去睡，他告別說：「博士，明天你請客，上拉吉酒館喝幾杯，記在您的帳上。」我丈夫後來忍不住笑著對我說：「你知道我跟著我弟弟爬上卡車時，偶然朝隔壁二樓上的第一扇窗戶一瞧，看到一個男人正躺在床上和他老婆親熱，後來……往下我就沒注意看了。咱們也上來試一試，怎麼樣？其實人們叫是叫他哈利，哈利他本名叫瓦舍克・葉林涅克・瓦茨拉夫，可是全城人都叫他哈利，因爲他長得像一個美國演員……知道不？」

一個星期之後，我丈夫和貝比切克布置出一個廚房和臥室來。我已經在期盼著：等到我們倆先到屋裡，然後我丈夫關上門，用地毯擋在門前，門把手下再堵上一張大桌子；等到能從過道門走進那貝比切克將拱形屋頂刷得漂漂亮亮的新房間；等到貝比切克和我丈夫把那塊幾乎占了整個一面牆的鏡子用螺絲釘固定到牆上，這面鏡子能把兩個窗子都照進去，院子裡的一切，每一個不僅上我家來的人，就連轉個彎上台階到外廊再進斯拉維切克家的人都能從鏡子裡映出來；等到我將新窗簾掛到我爸爸所想像的那個廚房裡，到這個時候，我待在家裡，可眞稱得上年輕的太太了。如今在廚房裡的那盞可上下拉動的賽采賽風格的吊燈下面是一張亮堂堂的桌子，上面通常擺一瓶花，我丈夫喜歡花。我從來不善於把花插到花瓶裡去，我也從來不知道去花店裡買花，我向來對擺放靜物一竅不通，因爲自從他們把我從我們的別墅帶走、從我被關起來、被押到磚廠去勞動的時候起，我就停止了對一切美好東西的興趣。那時我一切都得靠自己安排，是我的爸爸、如今則由我的丈夫來將我從沮喪消沉中喚醒過來。我丈夫他懂得將常春藤掛到窗子上，將鮮花和仙客來掛到擺在兩窗之間的鏡子上，我丈夫自從我們從別什江尼搬來這些傢俱之後，似乎有些改變，特別是是他感到十分自在，因爲他能同時生上兩個爐子，我隨便什麼時候回來，到處都很暖和。我丈夫還從舊貨店買了一個名牌爐子，用它們來生火。茨岡人常給他送幾桶煤球來。晚上他總是用報紙包上四個煤球，輕輕將它們塞到爐膛裡。這些煤球到第二天早上才熄了火，開始冒煙，然後只需打開爐門添些柴火，煤灶裡的火便又燒得劈啪直響，十分暢快。在廚房裡有個新砌好的爐灶，我們已把原來那個鐵爐子搬到院子裡去了。我丈夫只買了兩枝文竹和常春藤，用它們來裝飾擺在板棚窗前的鐵爐子。外面的爬山虎藤的枝葉，越過沃拉吉米爾住在這兒時給我丈夫做出來的眞像面具，從板棚頂上垂下來。尤其到傍晚時分，廚房裡顯得格外美麗。桌子上方的燈光由一盞碎花燈罩罩著，彷彿燈泡外面披了一塊德國民族服裝上的圍裙，活像透明的女短衫，拱形天花板爲米黃色，台桌雪白耀眼。我喜歡這麼坐著，瞧著我放在白桌布上的那雙手，旁邊總是擺一個插著仙客來的便宜花瓶，再旁邊便是一盆文竹。我丈夫眞是碰什麼什麼就壞，所有東西都被他那粗糙而僵硬的手指弄得髒兮兮的。但是我不得不承認，我丈夫對哪兒該擺花、哪兒該擺桌子椅子這一點都有著女人特有的審美觀。因爲他喜愛小花，只是些非常小巧玲瓏的花，喜歡將它插在芥末瓶裡或者那前輩們用來喝黑麥燒酒的玻璃杯裡。如今我喜歡傍晚待在家裡，盼著黃昏的降臨，有時我甚至都有些等不及地打開我那有著像民族服裝圍裙上的花紋圖案燈罩的燈，然後喜歡從新開的門走進房間裡去。我每次都要照一下鏡子，那裡面把一切都照進去了。我從鏡子裡看到我們的房間有多麼地美。房角落裡的爐子生著火。而最使我感到驚喜的是，我丈夫和貝比切克·斯瓦特克已經不像從前那樣酗酒了，已經只喝一罐啤酒，不再一瓶一瓶地喝那麼多。他們兩人都為我們的漂亮房間而感到高興，我丈夫還為如何布置了我們的臥室而感到驕傲。我不得不去買幾十米印花裝飾布來，我丈夫和貝比切克在我們原來那間房子裡量布，老在悄悄地說些什麼，又是量又是算的，然後拿著這塊印花布到對門巴爾達克的縫紉鋪裡，花一天工夫給我們做了一塊大簾子，然後我丈夫和貝比切克又將那一罐啤酒喝光，面帶微笑，跟我一塊兒坐在廚房裡的桌子旁，在明亮的燈光下，我丈夫將一個個小環縫到簾子上。有一次我下班回來，我丈夫和貝比切克坐在那裡，兩人都笑容可掬，幫我倒一杯燒酒，然後我丈夫走進我們那間房子裡，等到他一打開燈，打開桌上那盞罩著米黃大燈罩的大燈，我便看到緊靠著房門的兩米高處拉了一根鐵絲，鐵絲上掛著那塊大簾子的鐵環，如今這簾子掛在那裡正好遮住了一面牆。緊靠著這簾子擺著我們從別什江尼搬來的那張長沙發，沙發前面是那張藍面圓桌子。我丈夫把簾子一拉，我便看見房角落裡的爐子正在熊熊燃燒，與簾子相垂直擺著我那身體魁梧的爸爸曾經常睡的另一個長沙發。這個沙發上鋪著被子，擋在簾子後面。實際上我丈夫和貝比切克把一個房間分成了兩間。現在我丈夫將簾子整個地拉開到牆角。我看見了，我們將頭碰頭地睡覺……然後貝比切克朝我一鞠躬，表示他還要趕到萬尼什達的酒館去喝掉由博士付錢的三杯酒。我開始鋪床，兩床被子的確呈直角碰在一起，兩張沙發的確也呈直角頭碰頭拼在一起，我愉快地微笑。這個晚上，以後的每一天，我和我丈夫都頭挨著頭地躺著，我們的手互相觸摸，彼此都能聽見對方的呼吸。爲了與我丈夫配合協調，我晚上也喝一點兒啤酒，這麼一來我們兩人都有啤酒氣味了，從此我再也不會因聞到我丈夫的啤酒味而把臉轉開去。從我們搬來這傢俱的時候起，直到如今，當我丈夫將臥室安頓得這麼乖巧，讓我能經常遇上我丈夫在拉開的簾子後面的小窩裡睡覺。因爲我丈夫不喜歡像普通人一樣在正常時間睡覺，他喜歡一下班回來便立即躺到他的床上去，儘管外面還有太陽，我丈夫都樂意鑽到簾子後面蒙上被子舒服地睡上個把鐘頭，這都是因爲焦街的工作讓他如此疲累。但是他只要一睡醒，便精神抖擻，提著袋子出門去買他琢磨中的物品。他總是用指頭捏著提袋，走過赫拉夫尼大街，走進他的一間間小酒館、小飯店，這時我往往還沒下班。要是趕上我有空，這時間我總也看不膩我這新居室。我丈夫深愛著這兩個爐子，他不斷往裡頭添柴，往那名牌爐子裡塞那茨岡人送來的破櫃子木頭。有時往裡面添些裝飾顏料的木桶薄片，這些木片我丈夫堆滿了一棚子，因爲隔壁的建築工地上原先是一些顏料油漆商店，自從國有化後，那裡留下了成百上千的空顏料桶，我丈夫有鑰匙，用鄰居茨岡人家的小孩車將這些破了的顏料桶推了來當柴燒。這些橡木薄片在爐子裡燒得呼呼直響。每當他把這些薄木片塞進爐膛，先是那些顏料冒煙，然後爐子裡像土炮爆炸般地劈啪一聲響，接著那些木片便會燒得很旺，過不多久爐膛上的那些滑石便燒紅了。我丈夫經常只往裡面添這些顏料桶木板，他不時地跑到院子裡去，沿著台階跑到下面查看我們煙囪裡的濃煙如何直上青天。我們的煙囪抽風極棒，因爲它曾經是鑄造廠房。我丈夫常爲這煙囪而感到興奮、感到驕傲。天黑之前誰來我們家串門，我丈夫都要給他們講述一遍我們這了不起的煙囪。爲了讓大家欣賞這煙囪的抽風力，他竟然牽著他們的手，帶他們跑到院子裡去參觀那強力的抽風。要是沒有風，那冒出來的煙，就像我丈夫說的，跟白樺樹幹一樣挺拔地直沖雲霄。我也從我丈夫那裡接受了那種對我們住宅的讚賞。如今我們這裡多麼漂亮！黃昏時當所有的燈都已打開，我便走到院子的黝黑中去觀看我們亮著燈的窗戶。我左看右看，很興奮，直到現在我才注意到那懸掛在我們窗子裡的那盆常春藤有多美，它往上長得好好的悠然往下躥，到了我丈夫安在兩個窗子間的鏡子那兒又婀娜地往上彎去。我望著望著，不禁撥開窗簾，假裝我是別人，而不是我，想在這裡住下來。我解開窗簾中間的大絲結，維也納的窗簾就是這樣用兩根絲帶攔腰繫在中間，將窗簾分成兩段，鬆鬆地繫著垂向地面。有時我在院子裡看著看著，突然冒出一個念頭：我讓窗簾全垂下來，只微微拉開一點兒，誰要是朝這兒瞧一瞧，可能就想看看裡面在幹什麼，我希望能夠看見我自己。我剛一閃過我那半明半暗的廚房，便映進這長鏡子裡，這面遮住了一面牆、明亮得像一幅裡頭有我的水彩畫的長鏡裡。我爲我這住宅興奮得打開被外面簾子所遮掩著的所有的燈，一直走到巷子裡的煤氣路燈下，在那裡站了一會兒，努力讓自己忘掉是待在什麼地方，竭力假裝我從沒來過這間房子，假裝我只是來找某人的外人。我像一個陌生人走進過道，走過貝朗諾娃太太的窗子下面，然後上台階，便被這間明亮的房子吸引住了，於是我停下步，彷彿第一次走進這個小院裡。我從這個窗子看到那個窗子，然後目不轉睛地盯著這整間房子看，我讚歎這爬山虎藤延伸得如此之美，它如何從粗大的幹上長出來橫過小院，如今垂著那些柔弱的枝幹和藤，它的許多許多串捲鬚和小籽兒在小院的洗衣房門口組成一張帷幕。透過它可以看到亮著兩大兩小而又高的窗子，裡面便是那寧靜而親切的臥室……我說過我在這裡彷彿是第一次。「住在這裡一定很舒適，會是誰住在這裡呢？」此時此刻，我好像曾在夢中，突然醒來，我在過著一種新生活，所有過去的一切都彷彿發生在別人身上，我覺得我可以徹底剪斷我和伊爾卡相愛的過去的時刻來到了！於是趁著只有我一人在家的時候，便將那只裝著照片的內衣筐子拉出來，這只是伊爾卡和我貼在硬紙框裡的小照片。爐膛裡火在熊熊燃燒。我又一次察看了伊爾卡的眼睛和他的臉，我將心愛的這張臉扔進了爐子裡。我望著那火焰先是慢慢地然後又飛快地將它吞吃掉。我將這些照片從框裡取出來，等我將這臉這眼睛看夠了之後，不得不將這些照片折一下，以便於塞進爐門。藉著正如我丈夫所炫耀的煙囪的巨大抽風，這爐火在餓狼似的張著血盆大口等著吞吃這塊肉。彷彿燒的是一張張用易燃液浸透的紙，彷彿這些照片沾了煤油和汽油，這火便狼吞虎嚥地將我生命中的一段時光、我曾經以爲能夠善終、直到我生命最後一刻的時光吞吃掉了。最後我從內衣筐裡掏出伊爾卡的一張橢圓肖像，上面只有他的一張臉，當我將它的背面翻過來一看，發現那背面上貼著我的一張小照片，那時候我傻乎乎地以爲我們的生活將和這兩張貼在一起的照片一樣結合在一起。伊爾卡在這張照片裡的眼睛完全是另一種模樣，跟在我面前、在其他人面前表現的完全不一樣。霎那間，我想起伊爾卡跟我在一起慶祝聖誕節也跟別人的不一樣。聖誕之夜他總是在家裡慢悠悠地裝點著小聖誕樹，從來不往這棵小樹上掛糖人兒，也不裝飾閃光的星星，可總得是棵松樹，他對我說：捷克耶誕節總是有松樹。伊爾卡雖不往聖誕樹上掛小玩意，卻往樹枝上掛些小紅蘋果和一般的、用白線捆著的小薑糖餅。這樣的耶誕節，在伊爾卡點燃的火光下顯得有些凄涼和嚴肅，我只能一直炸魚，我們將這魚連同普通的莫拉維亞生菜一起悶聲不響地吃了。然後伊爾卡打開《聖經》，每年的耶誕節都給我讀這《聖經》裡盧卡什聖人，這羅馬帝國最強大的一位君王開頭的一段話，這位奧古斯都㊷號召他的帝國子民回到他們的出生地去參加人口統計。就像約瑟夫也必須同懷孕的妻子瑪麗亞回到伯利恒去一樣，這瑪利亞在馬廄裡生下一嬰孩……等等，在我們共同度過的這兩個耶誕節裡，伊爾卡都顯得很嚴肅，只喝了一點點葡萄酒，在房間裡踱來踱去，照這面鏡子，望著自己的那神情彷彿從來沒看見過自己。他對我說，實際上在《聖經》裡根本沒有談到過耶誕節，也沒談到過聖誕日，人們用大吃大喝、掛小玩意兒和假裝歡樂來慶祝耶穌誕生，那簡直是發瘋！瞧那些救護車從半夜開始運送病號，大夫們匆匆忙忙趕來打針，就因爲耶穌誕生了，人們才這樣把肚子撐壞，結果肝腎腫大。爐子裡的火正熊熊燃燒，我在猶豫，沒有勇氣把背面上貼著我的小照片的伊爾卡最後一張照片扔進爐子裡，於是就這麼呆呆地坐在敞開的爐門前面的小凳子上。熊熊的爐火求我將這張用阿拉伯膠貼在一起的照片扔進去，這兩張用剪刀剪成橢圓形的照片小得可以把它們藏在小手提包裡，握在手心裡。我關上了爐灶門，將這兩張照片藏起來。讓我的丈夫吃醋去吧！要是讓我丈夫在這兒碰上，他反正要吃伊爾卡的醋的，我知道。但即使這些框子和玻璃被封起來

㊷奧古斯都（Augustus，西元前六三—西元一四年），古羅馬帝國第一代皇帝。在他長久的統治時期（西元前二七—西元一四年）羅馬世界進入和平與繁榮的黃金時代。

看不見裡面的照片了，任何時候，只要我和丈夫一見到它，便知道那些照片仍然在那裡，實際上等於我沒有燒掉它們，恰恰相反，比如說我把它們扔進了火裡，這些照片會更深地埋在我的心坎裡。直到如今，當我望著那爐火在燒著伊爾卡和我之時，直到這一瞬間，我彷彿仍然看到伊爾卡站在聖誕樹旁，那麼嚴肅，像每次過除夕一樣他總是一臉嚴肅，不跟他的樂隊去演出，而坐在家裡，在房間裡來回踱步，久久地瞧著鏡子裡的自己，拿起吉他，演奏一支西班牙浪漫曲，用吉他彈出那憂傷的西班牙歌曲，吃著抹了奶油的麵包，只喝一點葡萄酒，默默不語，又走來走去，憂傷地望著我，歎著氣。我直到現在才明白，實際上我那白馬王子，我那伊爾卡，當他這樣在房間裡走來走去望著鏡子裡的自己和我時，他是在總結他這一年，在對鏡子裡的另一個我吐露心聲、作懺悔，琢磨著在新的一年確確實實要重新開始。如今在我面前出現的是他那張背面上貼著我的小照片的那個模樣。我也直到現在才想到，伊爾卡這張小照片並不是我們相識之後照的，這張照片是在他上音樂學院的時候照的，這是他有著自己的理想，決心要當個最棒的吉他樂手的時候照的。我從筐子底下掏出這張背面貼著我的小照片的伊爾卡的照片，我望著望著，終於想到我這張照片還是我在家裡、過著幸福生活時候照的，那時我們住在一所漂亮的小洋樓裡，家裡有帕卡德牌轎車，有兩個女僕，我還有位家庭教師。那張照片是我十六歲時照的。實際上我當時將我們倆的照片合在一起，只因爲我們兩人都很年輕，我當時一心只想著要當個像拉・楊娜那樣的舞蹈家哩……

當那位編輯布林達將斯洛伐克姑娘帶到依爾卡・什梅卡爾的地下室時，我一眼就看出點門道兒。我一看到沃拉吉米爾瞧那姑娘的眼神，便爲之一怔，意識到這就是典型的一見鍾情，沃拉吉米爾戀愛了！這姑娘就是他生命攸關的心目中的伯爵夫人、女伯爵！而她果眞是貴族家庭出身。我丈夫給我帶來一個令人高興的消息說，那姑娘在斯洛伐克有座三層樓的文藝復興時期的房子，建在一個廣場上。說她名叫黛卡娜，這名字她一來地下室就向我們自我介紹過了。當說到她沒有住處，她需要在依爾卡這兒暫時借住幾天時，我便馬上知道她準是離家出走，像現在流行的那樣。這我倒不覺得有什麼要緊，我只是憐憫沃拉吉米爾竟然生死不渝地愛上她。我買完東西回來時，走過依爾卡地下室附近，親眼看到了這一點。沃拉吉米爾在那間地下室，在那間依爾卡擺了一台巨型壓力機的房子裡亮著的大燈泡下面走來走去。在那角落裡，爲了讓每一個從熱爾多維酒家的地下室窗口旁走過的行人都能看到，沃拉吉米爾擺了兩張床墊子。我站在那裡看著，簡直像在夢裡一樣。那裡還有一個架子，地上攤著報紙，報紙上擺一個裝著一朵小花的玻璃杯、一瓶葡萄酒、兩隻小玻璃酒杯，還有一個小煙灰缸、兩個底兒上還有些咖啡渣的茶杯。然後黛卡娜走進來，站在沃拉吉米爾身旁，望著他；沃拉吉米爾也站著，整個地被她迷住了。他撫摸著她，凝視她的眼睛。他瞇著眼睛的那模樣很漂亮，肯定在喜孜孜地感受著他的伯爵夫人站在這裡是如何深情地凝視著他。她很一般，老穿著那套航空小姐穿的合身的藍色套裝。我知道，沃拉吉米爾已經再也不會用我們在拉德維時的那種目光看我了，那時我們輪流從小山坡頂上朝歐洲的各個城市大聲呼喊，向所有我們喜歡的、住在外國的人們致意。我知道，我雖然不算愛上他，但卻是非常喜歡他，從這一剎那起我將更加喜歡他，儘管他已被這位伯爵夫人迷住，跟她一起搬到地下室這間大房裡，這個從前的車床廠房，這個依爾卡用石灰粉刷了牆壁準備用來做畫室和畫廊的地方，可是如今沃拉吉米爾和他的意中人，他的伯爵夫人在這裡住下了。我站在人行道上，透過敞開的窗子望著下面，每一個從這裡經過的人都能看到用兩個大燈泡照著的這明亮的地下室。這兩個燈泡緊吊在天花板上，亮度很大，都是兩百燭光的，像溜冰場上的燈泡，像猛烈地照著蒙上綠布的撞球桌上方的燈泡，亮得屋裡每個角落都能看得清清楚楚，這是曾幾何時車床廠房用來照著工作的燈泡啊！這間依爾卡未來的畫室畫廊、如今沃拉吉米爾和黛卡娜的住宅，就像舊時的長工屋一般大，如今被他們占去一半。眼下那台巨型壓力機被擠在屋角落裡。我站在那裡望著下面，如今我看到了，實際上沃拉吉米爾知道有人在看他，他不僅不在乎他是不是被人看見，而且他還故意惹人注意，他希望讓人看見，有點像上台演戲……天早已黑了，我看的時間越長，就越不想離開或不再看下去。我看到沃拉吉米爾怎樣跪在那伯爵夫人面前，而她則仰面躺在鋪著一塊紅毯子的床墊上，兩手交叉放在腦後，雙腿蜷縮著。我簡直爲我所看見的情景而冒汗：沃拉吉米爾撫摸著她，微笑著沉浸在幸福之中。我看到，連這位伯爵夫人也整個人都在沃拉吉米爾眼裡溶化了，用指頭觸碰著他的嘴唇。最重要的是連那伯爵夫人也知道，那兩個一半露在人行道上的小窗子是故意敞開的。連她也跟沃拉吉米爾一樣同意讓每個過路人來觀看這兩個相愛的人，這使我感到一種虛僞的羞恥。我在那裡爲這兩個人感到害臊，因爲我無法想像自己能這樣讓人家觀看，甚至像沃拉吉米爾和黛卡娜那樣來吸引那些好奇的目光。有好幾個行人確確實實在這裡停下腳步朝下面看，對他們所見到的情景相當著迷。有的人揮一下手或吐一口痰，繼續往前走去，有的留下來觀看沃拉吉米爾和黛卡娜。我仔細看了一下，發現這些看熱鬧的人中有一個竟是我丈夫。從這一刻起，我已不再朝下看那地下室，而是望著我丈夫，他連眼睛都不眨一下，滿懷欽羨地看著他的朋友沃拉吉米爾。如今我已經猜到，實際上這個沃拉吉米爾是在那裡表演，在地下室演戲給他的朋友乃至依爾卡看哩！因爲從過道到這廠房的門也是開著的，從門外射進來一道黃色斜光，連依爾卡也肯定在看這場戲。對，依爾卡如今走進了他的工作室，將一塊鋅片拿到壓力機這兒。這時沃拉吉米爾重又跪在已經站起來的黛卡娜面前深情地望著她，她亦朝下望著沃拉吉米爾的眼睛。依爾卡卻站在房間的另一個角落裡極其專心地察看他的鋅片，肯定又要印製下一隻蝴蝶了。我看到依爾卡在翻來覆去地檢查這塊閃光的鋅片，反光掠過他的臉部，我還看到，依爾卡的白袍已被黑色的油墨和油畫顏色弄得髒兮兮的，連依爾卡站在這裡也想讓每一個從熱爾多維這條街走過的行人都看到一位版畫家在這裡工作、一位畫家在這裡工作。他沒有什麼可感到害羞的，恰恰相反，他想讓每一個人都知道，這樣的版畫家、畫家連晚上、夜裡都在工作。我丈夫腰部以上的部分被地下室射出來的燈光照得通亮，他叉開腿站在那裡，如今兩隻手又攤開扶在牆上，更加聚精會神地望著下面的沃拉吉米爾和黛卡娜。我於是抬起腿來，彷彿偶然碰著了我丈夫，我裝作剛剛來到這裡，只是順路經過這燈火通明的地下室。我丈夫拉著我的手，指著那下面低聲對我說：「小姑娘，你看到那裡的情景，這也是沃拉吉米爾的藝術推動力之一。展示藝術，與藝術一道充當水仙花。你現在看到的他，就像他在五一遊行隊伍前頭舉著國旗那次一樣；就像他在所有的小酒館、所有公開場合所展示的那樣；就像他那帶著壓抑的心情那樣。你現在看到的是一個善於選在有人進來、給他剪斷絞索的時候的上吊者，這裡你也能看到他帶著他驕傲的謙虛免費將他的版畫扔給每一個對它們感興趣的人。」通向地下室的門開了，燈光射到人行道上。從台階那兒先露出一個能裝十公升啤酒的大罐子，緊接著是依爾卡，仍舊留著黛卡娜幫他剪的那個髮型。他這加拿大式的髮型使他那對漂亮的忠誠的眼睛位置上移了。然後他站到了人行道上，指一下那地下室，他的罐子在燈光照耀下光芒四射，如今像一個篩土的篩子放在用密網擋著的窗子邊，他聳聳肩膀說：「這本來是打算做我的畫室和我未來的畫廊的，如今全沒了！」他提起罐子準備走，並請我們下去坐坐，說他馬上打啤酒回來，說今天已經是第二罐了，說他已經被他在他畫室裡見到的這情景弄得糊裡糊塗，不知見證了什麼、害怕什麼、還會發生什麼。他補充幾句，說著便已離開老梨樹下的水泵。這個夜晚還不知道會怎麼樣哩！可我丈夫卻吸了一口氣，高興地瞇起眼睛。他被所見到的一切弄得不只是興奮，而且非常激動。因爲他大概從來沒感受過這個樣子的沃拉吉米爾，他從來沒有見過這樣一個掉進愛河的沃拉吉米爾，他甚至從沒想過沃拉吉米爾竟然能夠被愛情弄得如此絕對、徹底而又如此美妙地糊塗呆傻，被這伯爵夫人黛卡娜攪得如此興奮如此爛醉。我們走進通向那涼颼颼的過道的門，右邊是通向依爾卡未來畫室的門，也敞開著。沃拉吉米爾現在正在水泥地上大步大步地邁著，顛三倒四地在給黛卡娜講些什麼。黛卡娜重又躺在紅毯子上抽煙，大口大口地吸著，每吸一口抬一下拿煙的手，被強烈燈光照著的煙霧直升到房子天花板上什麼地方。如今沃拉吉米爾又跪下來，撐著兩手俯身望著黛卡娜，彷彿在朝一面鏡子裡看，朝一口可以在聖誕之夜讀到自己命運的井裡看，仍然是那麼專心致志，怎樣也看不夠從黛卡娜的眼底裡所見到的一切。我丈夫在對他們欣賞了個夠之後，敲敲門框，又敲了一次門框，可戀人們還跟原來一樣，沒有聽見，沒有看見，或者裝作沒聽見沒看見，完全沉浸在他們自己的事裡，也因爲人行道上的人們在看著他們。我和我丈夫站在過道門裡敲著門，沃拉吉米爾肯定聽得見，可是他繼續裝作聽不見，繼續在演這一幕不是關於愛情，而是表現愛情的戲。依爾卡也已經提著那罐十公升重的啤酒艱難地一步一台階地走下來，啤酒泡沫不斷地往下滴，每級階梯上都有一塊白色泡沫印子。於是我們進了廚房和依爾卡的工作室。走廊上的門，通向畫室的門都任它敞著。沃拉吉米爾重又在畫室裡來回地走，兩手捶著胸口，與其說他在說話，不如說他在呻吟，彷彿待在一塊玻璃後面，一塊厚厚的魚缸玻璃後面，能聽見他的聲音，可是他離得很遠很遠地講述自己，他的生活和他想要成為最傑出的人的那些願望，可是如今他認識了黛卡娜，她便成了他的一切、他的生命，他什麼別的都不想，只想她永遠和他在一起……我們在喝啤酒，透過敞開的門看著沃拉吉米爾。依爾卡甚至站起來，將啤酒罐推到沃拉吉米爾跟前，可是沃拉吉米爾沒看見啤酒罐也沒看見依爾卡，他什麼也沒看見，他的世界如今只有他和黛卡娜。我們所有從窗子和門看著他和黛卡娜的人都是他的自白、他那裝腔作勢的大手勢和舉動的目擊者，我還在當姑娘的時候曾經見過利貝雷茨最棒的舞蹈演員哈拉爾特·克萊烏茲貝克，只有他能用舞蹈來表達他的感情、熱情和願望，就像沃拉吉米爾用一個長的手勢、用他的長臂將啤酒罐推開，繼續彎著腰在黛卡娜的眼睛裡尋找他剛不久說出話的證據，在繼續盯著黛卡娜眼睛的同時還用他顫抖的手指從紙煙盒裡掏出一枝煙來，交到黛卡娜的手指間，不久前正從她的手指間掉下一個煙蒂。沃拉吉米爾然後像在夢中一樣幫她點燃這枝香煙，劃火柴，然後等著火柴頭燃起火苗，再將燃著的火柴遞到黛卡娜跟前，黛卡娜深深地吸一大口，又將煙霧吐出來，沃拉吉米爾禮貌周全地等著，抬起的手裡還拿著那根火柴，等到它快要燒完了，沃拉吉米爾便將它送到黛卡娜的嘴邊，她則抬起來將餘火吹滅，沃拉吉米爾還拿著那根火柴棍兒，在電燈泡猛烈光線照射下，他和黛卡娜都望著那一動不動的火柴棍上冒出來的一絲嗆人的青煙。依爾卡坐下來，樣子很憂傷，他微笑得讓人覺得還不如痛哭一場、痛罵一場的好。他望著、微笑著，在他的笑容裡包含著他的委屈，即沃拉吉米爾就在黛卡娜到依爾卡這兒借宿的第二天，就在對依爾卡來說過了一個珍貴的白天、傍晚和一夜的第二天早上，沃拉吉米爾便來將黛卡娜帶進城，回來的時候便帶回了床墊、吃飯的刀叉和毯子，並在冰涼的水泥地板上鋪起了床，用攤開的《紅色權利報》在地板上一鋪，便有了他們自己的桌子，就像依爾卡憂傷地說到的那樣，從這個時候起，他與沃拉吉米爾便沒說過話。沃拉吉米爾這樣已經三天了，他只吃一個肉卷、一小片麵包，喝點兒咖啡、一瓶葡萄酒，就這麼一會兒走著、一會兒躺下，然後起床。白天也亮著兩百燭光的大燈泡，他只是一個勁兒地講呀講呀，走來走去。沃拉吉米爾簡直是在跳舞，他不管說什麼，正確地說都打著他這些可怕的手勢作爲伴奏……這是依爾卡說的。然後他想了個主意：拿著一塊畫著蝴蝶的小板，走進他的作坊，在兩百燭光的照明下，重又打開他那可怕的巨型壓力機，露出那塊鋼板桌面，依爾卡重又將凹模擦亮，抹了厚厚一層顏色，這是從一個五公斤裝的桶裡拿出來的，足足有兩大桶黑色顏料擺在旁邊，這不僅夠依爾卡用一輩子，用它來印版畫的話，還夠他兒子、孫子用一輩子了。依爾卡將絨面板放進去，底下放上陰模，扣上小印板和絨面墊子，然後一按電鈕，發出一聲巨響。我們看到所有那些遠遠地待在帶鐵絲網的窗子那兒觀看沃拉吉米爾和黛卡娜的人，都被壓力機的巨響嚇了一跳。我們只能看到他們露在窗子那塊兒齊腰以下的兩條腿。但有的蹲了下來、縮著身子用手緊緊抓住鐵絲網，望著下面那台巨大的壓力機。它正將一個裡面裝著即將問世的一張小版畫的薄薄的小包推到另一頭。依爾卡一抬眉毛，當他看到有這麼多人擠在他的窗口時，便伸出一個指頭，轉過臉來，側著耳朵細心聆聽，看那機器是不是運轉正常，好像有個聲音讓他覺得不大對勁，然後又看了一會兒，彷彿有看不清楚的地方，他將機器停下來，可它顯然通過了什麼障礙，又照常運轉起來，於是依爾卡點點頭，既對窗口的那些觀眾，也對我微微一笑。我看出，連依爾卡也是這麼可憐的人，也喜歡表演，像沃拉吉米爾喜歡演戲一樣。因爲他關於自己也有個難以抑制的想法：就是自己不僅將要是，而且已經是一個頂呱呱的畫家，雖然不是在大幅畫方面，而是恰恰相反，是在這些微型畫方面，作爲一名版畫家和油畫家。他整個一生都將用這些微型蝴蝶來裝飾那幅比眞人要大的畫像，這幅用油畫顏料做成的畫像像是他的父親，他像一個被槍彈擊中的人，實際上是一個躺在草地上睡著的人，夢見他周圍飛舞著不僅是歐洲的，而且是非洲和亞洲的所有品種的蝴蝶。他的父親將像上帝般地睡著。那上帝創造了萬物，也包括蝴蝶，因爲正如依爾卡所說他父親實際就是上帝，之所以總睡著就因爲他是上帝，眞正的上帝實際上總是睡覺，因爲萬物都是根據在六天之內創造出來的那樣活動著，從這個時候起上帝便一直躺著……壓力機在哐啷運轉，發出的巨響嚇得人行道上的有些觀眾捂住耳朵，可是沃拉吉米爾仍然在水泥地板上來回走動，步子輕得像走在薄冰上，兩隻手在胸前交叉著，然後又慷慨激昂地舉起雙手，嘴裡滔滔不絕地說些大概只有他自己能懂的什麼話。如今盤腿坐著的黛卡娜仍在抽煙，沃拉吉米爾從這裡走到那裡，眼睛卻一直凝視著黛卡娜的眼睛。黛卡娜只得總是慌慌張張地點點頭，一會兒又表示吃驚的樣子，然後又使勁側過身來表示同意，因爲沃拉吉米爾對著她整個地彎下身來，攤著雙手僵在那裡等著她的回答……這麼大的一個等著回答的問題，這會兒把我丈夫也嚇著了，他輕聲說：「現在那黛卡娜的下場會跟德斯德蒙娜㊸一樣。」依爾卡也許因爲手笨，也許故意舉起那塊大鋼板，讓它掉到鑲在壓力機邊上的一根木條上，哐噹一

㊸德斯德蒙娜爲莎士比亞悲劇《奧賽羅》中的女主角。

聲巨響，像炮彈出膛，連同鋼板掉下的木條在地板上如同火柴棍一樣喀嚓碎散了。大概這聲巨響和壓得四處飛濺的木屑嚇壞了站在窗邊的看客，他們一下都跑散不見了，彷彿被這一巨響甩到了熱爾多維街的那一邊，一直到鐵軌欄杆的對面。可是沃拉吉米爾一動未動，一直等著黛卡娜點頭。他用眼睛擁抱了她，又繼續繞纏著黛卡娜的眼睛，彷彿繼續拴在一根套索上繞著黛卡娜跳舞，用他那隻猶豫不決的手示意著：黛卡娜將要講述的，黛卡娜將要詢問的，如今將決定他的生死存亡。可是後來發生了我所不能承受的事情，我說：「我想回家了！」

沃拉吉米爾將放在屋角落的兩個裝著柏油的桶子提過來，那是依爾卡準備抹在窗子下面牆上防潮溼用的。沃拉吉米爾打開其中一個柏油桶，用刷子沾上柏油便往依爾卡細心粉刷一白的牆上塗，就像在一張大畫布上大刀闊斧地塗起來，接著又沾上滴滴答答的柏油往牆上塗抹。這會兒他已經不在演戲，這會兒他是絕對的全神貫注，大手筆地裝潢著那面白牆，彷彿在藉這黑色從他內心把一切、他想要消除的一切不潔之物充分表達出來；也可能他想通過這些往下淌著的長條來發洩一下，以表白自己，以儘量更濃更密地塗髒這塊雪白的牆壁。我丈夫看到依爾卡想要干預，聽到依爾卡在嚷嚷：「我要揍扁他！這是我未來的畫室我未來的畫廊啊！」我丈夫連忙攔住依爾卡，含糊不清地說：「依爾卡，請開恩隨他去！我們什麼時候將有這樣的榮幸看到沃拉吉米爾在大幅畫布上作畫？

你知道那位波洛克大概是怎麼作畫的嗎？是在地板上！」可是依爾卡受不了，他抱怨說：「可是博士啊！他已這麼沒完沒了地折騰四天啦！這第四天已經折騰得無以復加了！我也需要工作呀！」我簡直沒法看那沃拉吉米爾。可是那位伯爵夫人卻因沃拉吉米爾的表現而非常興奮地站在那裡，她的目光給了沃拉吉米爾莫大的力量，致使他用更強烈的色塊在前面的牆上盡情地自我表達起來。這面牆很快便被這些顏色和粗黑線條所覆蓋。我一心只想回家，可是我丈夫在接著訓導我們說：「我們是一件非凡事件的見證人。依爾卡，我在一本書上讀到過，說一條母鯨快要成婚時，三條公鯨伴著它一直遊到南極某個地方，三條公鯨圍著母鯨在海裡跳舞長達一千多里。依爾卡，當它們游到某個地方的時候，便由其中的一條公鯨使母鯨受精，這一愛情行爲總共不超過三十秒鐘，在這期間，另外兩條公鯨便馱著母鯨以免折斷。依爾卡，你要理解沃拉吉米爾那四天類似母鯨和它的情侶游了一千多里之後的那一未超過三十秒的愛情行爲。依爾卡，我的天哪，我們也正如那兩條公鯨，在這裡只是爲了支撐著沃拉吉米爾免於折斷哩！」沃拉吉米爾又打開了第二桶柏油，站在外面人行道上的觀眾們伸著頭彎著腰、瞇著眼睛在專心致志地看著沃拉吉米爾表演的這場戲，可我卻一個勁兒地請求說我想回家。沃拉吉米爾如今已不再是畫而是用刷子沾上滿滿的一刷柏油往牆上甩，柏油從牆上往下流淌。我丈夫繼續教訓我們，仍舊那樣興致高昂，更確切地說他在自言自語：「這簡直就是斯達夫羅金，那個來自別希的美男子嘛！他就曾經這樣塗抹了整個的沙皇社會，將他的泔水潑在它的臉上，將他的腸子甩在它臉上，僅僅爲了獲勝、不惜一切地攝取勝利，而最後卻吊死在一個空無一人的閣樓裡。」「我想回家，」我請求說，「我們回家吧！」依爾卡還在低聲抱怨說：「要是有人告發我，說我們在這裡亂折騰，民族委員會撤銷租賃，我既不會有畫室，也不會有展覽廳，連個住的地方都會沒有的……」而沃拉吉米爾現在端著那幾乎空了的柏油桶，把剩下的柏油以及顏色全倒到牆上，然後懷著極大的悲痛仰面倒在地上，彷彿一個被砍倒的人，彷彿剛從懸崖上掉下來。黛卡娜俯身於他，驚訝得用手捂住臉。我丈夫從罐子裡喝了一大口啤酒，然後將罐子遞給依爾卡。他們倆喝酒的時候眼睛還盯著沃拉吉米爾。沃拉吉米爾突然坐起來，抬起那英俊的頭顱，然後站起來，跑過去，一頭撞在那塗滿柏油和油彩的牆上，彷彿在倒出自己靈魂似地在牆上胡亂塗抹一通，這還覺得不過癮，如今站在牆壁前，像一頭綿羊用腦袋擊撞牆壁，溼淋淋的額頭撞在牆上，眼睛周圍全是斑斑血跡。沃拉吉米爾站在那裡，繼續撞著腦袋。黛卡娜慌忙跑到過道上，衝進廚房裡，哭著向依爾卡和我丈夫呼救。他們兩人立即跑進畫室，沃拉吉米爾已經躺在這未來畫室和展廳的牆壁跟前，牆上那還在往下淌著油彩的畫面上印著他的頭像，好像有人將柏油甩在牆壁那吸足了水的蘑菇上。可是沃拉吉米爾如今已經躺在地上昏迷不醒。我丈夫和依爾卡抬著他那癱瘓的身軀，將他放到過道上。依爾卡提來一桶水，跪下爲沃拉吉米爾洗了洗臉和額頭。我實在忍無可忍，便對著黛卡娜用力喊道：「您是瘋了還是怎麼樣？你們都在這裡發什麼瘋嘛！我的老天爺，你們演的是什麼鬧劇嘛！」我又轉向我的丈夫，衝他嚷道：「你也瘋啦，你怎麼能看著你的朋友這樣呢？」可是我丈夫不慌不忙地給沃拉吉米爾擦洗著額頭，將溼毛巾敷在他的後腦勺上。沃拉吉米爾睜開了眼睛，微微一笑說：「博士，您都看見了！」我丈夫說：「沃拉吉米爾，您大概將這樣地生活一輩子。」沃拉吉米爾將他黑乎乎的手放在我丈夫的手背上說：「您都看見了，這很美吧！博士，您說呀，這怎麼樣？」連黛卡娜也望著我丈夫，淚水奪眶而出，她用手背擦擦眼睛；連依爾卡也望著我丈夫，除我之外，他們都在等著我那位喜歡教訓人的丈夫說話。我丈夫表情更加嚴肅地說：「你們看，梵谷割下一隻耳朵拿來給一位酒吧小姐以證明他的愛情，沃拉吉米爾您像艾瑪・包法利夫人一樣已經達到了死亡的邊緣，只爲變得純淨，證明死亡和受傷對您來說根本不算一回事，您甚至蔑視它。沃拉吉米爾，我要是一翻哲學書，就能找出雅斯培[44]的一條漂亮的具有重大意義的名言：讓自己變得

---

[44] 雅斯培（Karl Jaspers, 1883-1969），二十世紀德國哲學家，爲現代存在主義哲學奠定了基礎。

清澈透明。沃拉吉米爾，我喜歡引用格言，您別責備我，別制止我喜歡我剛才想到的這句名言，它特別地適合於您，比對寫這句話的人更適合於您……『我將繼續住在玻璃房子裡，那裡的一切都將是玻璃的，在那裡我將看到每一個踏著玻璃台階向我走來的人，在那裡我將睡在蓋著玻璃床單的玻璃床上，床單上面遲早會出現用金剛石刻出的幾個字：我是誰？』」我丈夫低聲地講述著，這些話語使這地下室變得安靜，這些話語以埋藏在我丈夫言語深處的秘密充溢著這個地下室，連我也被這魔力征服了。這大概是我丈夫所說出的第一次恰當的話語。我看到，連沃拉吉米爾也是透明的，連整間地下室、這些牆壁也都是玻璃的，沃拉吉米爾是在玻璃床上展現了自己，他蓋著的是自己那塊透明皮膚的玻璃床單，從而能看見沃拉吉米爾那顆瘋狂的心。他如今躺在那裡微笑著，撐著胳膊肘子躺在那裡微笑著，對著那位如今重又容光煥發、望著沃拉吉米爾眼睛的黛卡娜微笑著，彷彿在這玻璃的地下室裡發生的一切都將她和沃拉吉米爾永遠地聯繫在一起。而當我看到這在我生活中還從未見到過的兩位戀人如此深情地彼此凝視時，心中泛起一絲痛苦，低聲說：「我想回家。」我嘴裡雖這麼說，心裡卻不想回到堤壩巷那個家去，我不想跟我這個丈夫一塊兒去。突然非常懷念那個拋棄了我的伊爾卡，每當我最難受的時候，他便演奏吉他給我聽，我非常非常嚮往那偉大的愛情，只有在小說中、在愛情電影中才有的愛情。我在這間玻璃地下室裡所見到的一切我都經歷過，可這都是很久以前的事了。實際上我也曾因為愛情而不想再活著，當我的戀人拋棄了我而跟別的女人跑掉，我像一口裝著髒衣爛衫的箱子被扔在大媽家裡的時候，我曾因為失戀想離開這個世界哩！……

依爾卡・什梅卡爾已經刻骨銘心地戀愛了，他睡不著覺，也沒心思在那台巨型壓力機旁工作，連喝啤酒也沒有胃口。依爾卡也希望身邊有個知心人，就像沃拉吉米爾有黛卡娜一樣。她和沃拉吉米爾一起去上班，在切卡德公司學車工，沃拉吉米爾簡直生活在他幸福的頂峰。早晨他們在熱爾多維地下室一塊兒起床，黛卡娜穿著一身美式工作服，連上班也像孩子一樣同沃拉吉米爾手拉著手，一塊兒下班回家，在地下室的煤氣爐上做飯。依爾卡孤零零的一個人，沃拉吉米爾的母親也是孤身一人，因為沃拉吉米爾戀愛了，除了黛卡娜之外他什麼也看不見什麼也聽不見。黛卡娜成了他的未婚妻、情人。而依爾卡愛上的那位姑娘名叫赫萊恩卡，一名商店售貨員，是位胖乎乎的大個子姑娘。依爾卡請她來到這間地下室之前，整個上午都在布置他的工作室，他的這畫室，把他所有的素描和油畫加上版畫都拿出來掛在畫室裡，彷彿一個拍賣會，連巨型壓力機上也恰當地掛上畫，所有牆壁甚至走廊牆壁上都是畫，連上學時的習作也掛出來。依爾卡還買了一件過去畫家們常穿的那種白夾克，一頂富有詩意的大貝雷帽。桌上擺了一本打開的林布蘭㊺和普爾基尼㊻的專題論文集。我們坐在這裡的時候，赫萊恩卡來了。依爾卡一個勁兒地只談他的未來，他偉大的抱負。我丈夫介紹了一遍依爾卡的作品，彷彿是在展覽開幕式上。他說全世界都在畫人物畫，抽象畫已在消退。接著我丈夫從一張畫走到另一張畫介紹說，依爾卡的作品繼承了普爾基尼的風格，這個可見的世界是他藉以藝術地表現的原由，讓他告訴人們他愛他們，他對人們的愛博大得將擁有自己的觀眾，最主要的是他將擁有自己的客戶。沃拉吉米爾也走來觀看一番。他帶著微笑聽著看著。我看到沃拉吉米爾對這一切都不怎麼瞧得上眼，他看我丈夫的那眼神直像看著一頭應該宰掉的野獸。當我丈夫說完話，當依爾卡穿著那件長到膝蓋的沒有熨燙過的白短袍坐在那裡時，沃拉吉米爾對我丈夫宣稱說他最好去買件長便袍，還勸我幫我丈夫買雙時尚便鞋，又對依爾卡說他要是在畫面加上一輛拖拉機或是在背景上至少添一個工廠煙囱，他一定會在創作上取得很大成就，一定能在洪波爾采或可能在赫盧麥茨的縣級比賽中得個什麼獎。他說著穿過過道，繼續在這寬大的地下室裡來回走著，繼續發表他的議論。黛卡娜仍然躺在

㊺林布蘭（Rembrandt Hemems van Rijn, 1606-1669），荷蘭著名畫家。
㊻普爾基尼（Karel Purkyne, 1834-1868），捷克畫家和美術評論家。

縫出花飾的毯子上仰面抽煙，繼續每隔半小時煮一杯濃咖啡。依爾卡坐在那裡望著他胖乎乎的姑娘，她正在抽煙，可從來沒抽完一整枝煙，好像有點張惶失措，因爲她比依爾卡整整高出一個頭來。她剛一開始抽煙，便又心煩意亂地將它掐熄在煙灰缸裡，然後又拿起另一枝煙。依爾卡爲她點燃每一枝煙：劃火柴，等待片刻，然後用他顫抖的手將煙點燃。我丈夫繼續裝作很喜歡他的畫的樣子，從一幅畫走到另一幅畫跟前。我卻有點兒可憐依爾卡，因爲那姑娘並不喜歡他，似乎把她跟依爾卡有點什麼關係視爲一種恥辱。穿著白色繪畫工作服的依爾卡拿著一把黃色折疊尺在牆上量來量去，指指點點說這裡將擺上一個裝所有畫具的櫃子，另一個櫃子則裝上各類顏料，再一個櫃子將用來裝雕刻刀、鑿子，因爲依爾卡還將做雕塑，用菩提木和梨木來刻東西啊！因爲他面前展現著在人物畫方面一定能出頭冒尖的前景啊！因爲他已經向美協申請當個會員，作爲美協會員他將得到來自大商場、新學校和所有公共場所的訂貨單，對於畫家和造型藝術家的大門是徹底敞開著啊……可是赫萊恩卡卻神經質地看一下錶，說她必須回家了。她住在法伊卡爾納附近羅可斯酒家的二樓上。當她一起身，我便意識到，連我都不會願意跟依爾卡交往，這位赫萊恩卡站著，彷彿越長越高越長越高，彷彿一塊塊建築方石塊在往上疊，她必須彎著身子才能走過門框，這赫萊恩卡是個巨人……連我丈夫也被她的個頭嚇了一跳。他故意走到她身邊去站著，我發現赫萊恩卡比我丈夫還高。當依爾卡跑到她前面替她打開門，陪伴著，兩人的高矮比例就像我見過的一座雕塑群像，伏爾塔瓦河與馬爾謝河之比，一隻老貓與長得高大的貓崽之比。我丈夫拿起一張版畫觀賞著，這是一張反映伏爾塔瓦河河灣的版畫，在利本尼橋下總停著一條用兩根粗纜拴到岸上的大船，那裡還架了一塊上船的木板，船上的兩側有小窗戶，船頭有個小房子，這麼一個小亭子，上面還有一個冒著煙的煙囪。我丈夫說依爾卡必須把這張畫讓給他，他得從依爾卡這兒買下這張畫，他這麼重複說著，手裡恭恭敬敬地拿著那張畫。依爾卡走過來時，我丈夫接著說：「這幅畫我要掛起來。當我和沃拉吉米爾住在堤壩巷的第一年我們常在這裡游泳，沃拉吉米爾在這裡畫過畫，這兒擱淺著一條小機輪，一艘艙輪，上面灑滿了午後的陽光……」依爾卡想說點什麼重要的事情、想問點什麼，可我丈夫舉著手，表示他還沒把話說完，給人一個明顯的印象是他所說的都是值得注意的。於是接著說：「當我們游夠了，便從髒水底下躥到河面上，然後便躺到這船上被太陽曬得滾燙的木板上。在太陽的照射下，茨岡小孩們跟我們一塊兒遊玩著，他們總跑到這艙船的小煙囪那兒去拉屎撒尿，大概所有的茨岡小孩都愛到那兒去拉屎撒尿。岸上有一家能容納好幾百人的沃拉斯達大飯店，這裡曾經有座河堤，布拉格人常帶著孩子到這伏爾塔瓦河周圍來郊遊，他們週末郊遊時常從沃拉斯達大飯店這兒過，然後沿著羅基特卡小河一直走到貝爾茨・迪羅爾克。依爾卡在畫面的背景上畫了沃拉斯達，在沃拉斯達大飯店旁邊曾經有過一家雜貨鋪，我和沃拉吉米爾在這兒游泳的那個時候，這雜貨鋪還賣過網，編網的人還曾經坐在這鋪子裡。店鋪櫥窗裡有一幅標語，上面寫著：『我從水底撈起所有沉沒的船隻。詳情請問該店鋪。』好！我買下這張版畫了！依爾卡，給你二百克朗，夠嗎？」依爾卡抬起他那雙誠實的眼睛，低聲說：「博士，我免費送給您吧！……可是我想問……」我丈夫將兩百克朗折起來塞進依爾卡的上衣口袋裡。依爾卡終於問道：「你們覺得赫萊恩卡怎麼樣？你們已經看到她是多麼地溫柔了吧？她也很柔弱，你們認爲呢？我想教她畫畫。」我丈夫說，她的確是一位柔弱的姑娘，說他很久沒有見過這樣令人神往的姑娘了，說他希望依爾卡的愛情能得到回報，就像在大工作間的那位沃拉吉米爾與黛卡娜之間的關係那樣。依爾卡專心聽著我丈夫所講的。我從來沒有見過如此忠誠的眼睛，像聆聽千眞萬確的眞理一樣地聽著我丈夫的話。當我已經開始出汗時，我乾脆神經質地點燃一枝香煙，因爲我看到，現在該輪到我了。果然，依爾卡也來問我對赫萊恩卡這位大食品商場售貨員的印象。我注意觀察依爾卡的眼睛，他看著我的那神情懇切得使我一下改變了主意，本來在赫萊恩卡待在這地下室的整個期間和她走了以後的這段時間裡，我都在準備著要把我丈夫臭罵一頓，並把我眞實的看法告訴依爾卡，如今我突然認識到我要是這麼做了，就會傷害依爾卡，不知他會衝動得做出什麼事來，我就會像搶了一個孩子的玩具一樣，那麼殘忍，於是我對依爾卡說：「赫萊恩卡的確是一位可愛的姑娘，最主要的是她對繪畫感興趣，我很樂意也許在以後教會赫萊恩卡像我一樣繡圖。」依爾卡撲到我的腳前，跪著求我，一個勁兒地求我從頭教給赫萊恩卡怎樣繡圖。他說他可幫她在稀疏的帆布上打個草稿，讓赫萊恩卡繡出那幅睡著的《父親的夢》，說他將在布上輕輕標出在他父親周圍飛舞的各類蝴蝶的顏色。後來我們走出地下室來到熱爾多維街上，我們沈默不語，在地下室目睹的情景仍舊浮現在我們眼前。街上略微有些暗黑，煤油路燈如蛇一般發出嘶嘶之聲。等我們回到家裡，我丈夫便生起爐子，火焰很快上躥。我跟平時一樣立即上床躺下，博士則和衣而臥，我們的頭幾乎碰在一起地躺著。博士關了燈，只有爐灶裡的爐渣在閃光。我們分別躺在呈直角擺放的沙發床上，攤開的手握著手，重又回味著我們在地下室裡目睹的情景，慢慢入睡了……彷彿我們商量好似的，我們都避免說起在依爾卡畫室裡那個晚上。依爾卡有時在我家門口等著我們，他已經不能站著等了，便像貝比切克・斯瓦特克一樣蹲著、坐著等。有一次他甚至和貝比切克一起蹲在萬尼什達先生的酒家喝啤酒。依爾卡邀請我們去參加他與赫萊恩卡的約會，甚至說下一週便是他與赫萊恩卡相識三個月紀念日，邀請我們去參加慶祝他們訂婚的活動。貝比切克對我們說，他是油漆工出身，夏天他有空時將爲我們漆好所有門窗。就這樣依爾卡邀請了我們，貝比切克敍述了整個工作方式，他們兩人並肩坐著，活像兩隻大鸕鶿，兩隻動物園鳥棚中的鳥……於是我們跟他們一道回到萬尼什達先生的飯館裡喝啤酒。整個飯館就像瘋了似的，大家都在喝酒，因此大家都說空氣中有股什麼焚風或者太陽黑子，泊仁卡太太跟郵政局長在一起，一杯接一杯喝，已經在研究太陽黑子對人體的危害。萬尼什達先生已經有些抱怨，但總也不管用。泊仁卡太太的塊頭的確跟赫萊恩卡、這位依爾卡未來的未婚妻的不相上下。她的眼睛彷彿泡在酒裡，她整個人都淹沒在酒桶之中，啤酒已沒過她沉重的雙腿、漲到了她的嘴邊，如今這啤酒已經滲進她美麗的大眼睛裡。貝比切克喊道：「拉佳，這兒來三杯啤酒！」依爾卡坐在角落裡，腦袋趴在桌子上，我想他就這樣在休息，依爾卡的個子果眞不比貝比切克大，那貝比切克坐在桌旁時嘴巴剛好能夠著酒杯喝酒。泊仁卡太太四處送酒時，她龐大的身影像一床被褥將依爾卡蓋住，又好似一片烏雲低低地掠過田野。當依爾卡站起身來與泊仁卡太太碰杯時，他不得不向後昂著頭，以便看到她的眼睛。泊仁卡太太不管跟誰碰杯，都要求說：「爲健康而乾杯！眼睛相對而望！」依爾卡繼續在向泊仁卡太太講述他的赫萊恩卡有多麼溫柔多麼可愛多麼漂亮。他走到泊仁卡太太後面，在講完這一切之後，補充一句說：「泊仁卡太太，我的赫萊恩卡恰恰跟您一般美麗。」泊仁卡太太笑著說：「你這個流口水的毛頭小子！」說著輕而易舉地像摟起一個小孩一樣將依爾卡夾在腋下，兩對醉眼彼此望著對方醉醺醺的臉，依爾卡的雙腳從泊仁卡太太的膝蓋那兒垂到地板上。泊仁卡太太吻了一下依爾卡之後便放下了他，走到櫃檯那兒灌下一杯酒……我們穿著結婚時的服裝，買了一束花，傍晚去到熱爾多維酒家地下室準備參加依爾卡與赫萊恩卡的訂婚禮，當我們來到地下室的畫室裡，只見依爾卡縮成一團，憂傷地躺在被子裡痛苦地對我們說，赫萊恩卡不想跟他，她已經對他這麼說了。他說唯一的搭救者是我丈夫，說我們必須對赫萊恩卡表演一齣像沃拉吉米爾與黛卡娜演的那樣的戲：那天晚上沃拉吉米爾往牆壁上撞破了自己的腦袋。依爾卡讓我行行好去求赫萊恩卡，說她只把我當作她唯一可信賴的人，說我必須去到她那裡，一直等著她從那大商場走到赫拉夫尼街上，說我必須將她帶到這裡來，讓她看到依爾卡如何爲她、爲愛情而受煎熬，說他離開她幾乎活不下去……依爾卡說著請求我一拳打得他鼻子流血，說他自己下不了手……於是我將花束插到盛水的罐子裡。快到六點時，我在商店門前看到聽到姑娘們已在拉下櫥窗上的捲簾門，我一直等到彪形大個子姑娘赫萊恩卡走出來。最後我請求她說，依爾卡想最後見她一面，他由於愛她而病倒了。赫萊恩卡看了一下錶後點點頭，然後我們便默默地穿過赫拉夫尼大街，一輛客車從火車站朝鐵路過道關卡這兒開過來，頓時我們都在茫茫蒸汽中，火車頭和車廂從我們面前開過，使我回憶起我和我丈夫也曾與法蒂一起站在鐵路邊，火車也是這樣從我們面前開過，距離近得伸手就能碰著。法蒂伸手拿著火柴，火車劃著了火柴，法蒂用它點燃香煙或者煙斗，車廂就這樣一節節地在離我們很近的地方開過去。後來攔路杆抬起來，我們默默地走過鐵軌，然後便走在熱爾多維街上了。在一個生鐵泵旁邊，在一棵老梨樹下面的一張條凳上坐著貝比切克，他把手肘撐在膝蓋上抽煙，還戴著那頂禮帽，在黃昏中微笑著向人們點頭問好，繼續東張西望。隨後我們便沿著台階走向地下室的畫室去。下面一片漆黑，我藉著台階上的光亮走到地下室門口，打開門，我跟赫萊恩卡一樣嚇了一跳。進門之後，我關上身後的門，只見依爾卡滿臉血乎乎地躺在被窩裡，鼻子裡的血還在繼續往外流，他那對忠誠的眼睛簡直是世界上最深情的了。被子上是血，有些畫上面也滿是斑斑血跡，桌子上也是血。我丈夫穿著婚禮服坐在床邊的一把椅子上，用責備的眼光望著赫萊恩卡嚷嚷道：「您瞧瞧您都做了些什麼！赫萊恩卡，依爾卡這麼喜歡您、愛您……」依爾卡含糊不清地說：「赫萊恩卡，少了您我沒法活，您留在這裡吧！」一片靜寂，只聽見關閉的窗子外邊行人經過的腳步聲。赫萊恩卡卻完全另樣地理解了這一切。如今她懷著極大的反感，眼睛裡冒著怒火大聲喊道：「這就結束了！徹底地結束了！你們這些愚蠢透頂的蠢貨！你用這一套鬼把戲來對付我！讓我做你老婆？連最近一名牧放閹牛的人也比你要可愛些，即使你是個什麼頂尖人物，就像你常對我說的那樣。我寧可嫁給打了我一個耳光的最後一名管家也不願嫁給你，即使你是世界冠軍我也不要，你這個大笨蛋！你知道你多麼讓我感到噁心嗎？你們所有這些討厭鬼！你就是這麼來代表藝術的？就是這樣來演出這些歇斯底里戲劇的？」女龐然大物赫萊恩卡站在那裡手指著依爾卡放聲訓斥。如今她跑過來，掀開依爾卡血跡斑斑的被子吼道：「別再演這種鬧劇了，蠢貨！不爲我，而爲你自己也別再這麼做了！你難道沒有一點兒自尊心？你竟想讓我看到你這副樣子？你記住，只要讓我碰到你，我就要讓你吃拳頭，我只要一看到你，說不定就會宰了你！」她用手指著他威脅著，彷彿這一切使她腸胃難受起來，她裝模作樣地指出她是怎麼評價這一切的，還彎下身來，裝作要嘔吐的樣子。結果她胃裡眞的一切都放鬆起來，對著被子吐出來了。肯定是因爲下午姑娘們在商店後面要了幾捆醋漬排魚菜卷，結果幾個魚尾巴加上沒有消化掉的一點兒馬鈴薯沙拉都吐到被子上。她呆住了，可是當她環顧一下這畫室，這血跡斑斑的被子和滿臉血痕的依爾卡時，臉上又現出快活的神情，對自己的言行又點頭讚賞，大笑著沿著台階跑出去，得意地甩了一下玻璃門，撞得一塊塊碎玻璃掉到走廊上。依爾卡抬起他那對忠誠的眼睛對我丈夫說：「博士，您說呢，她大概不喜歡我吧？……」

我丈夫有架小收音機，他總是把它調到維也納台上，非常激動地聽著管弦樂隊演奏的交響樂。他聽音樂的時候兩眼望著窗外那一塊扇形天空。這音樂帶著他越過利本尼這些帶外廊的樓房屋頂，飛到了別處。我在洗餐具，或者在猜縱橫字謎。我丈夫又開兩腿站在窗前，隨著這音樂飄走了。我故意使勁擦洗食具，洗了一遍又一遍，因爲我聽不懂這些交響樂的內容，我也聽不懂我丈夫向我解釋的那些句子，他想方設法要把我拽進這動人的交響音樂裡。他對我說，《荒原》的作者，詩人艾略特曾經寫過這麼一句話：音樂是正對著人心跳動的垂直線。可是我不懂這意思。每當他用交響樂的內容和小提琴演奏會來薰陶我時，我便開始掃地，故意拖動櫃子、弄得椅子哐噹響，我還故意往爐灶裡添柴火，用鏟子敲打木桶，氣鼓鼓地關閉爐灶門，關了開、開了關，還故意洗刷玻璃杯。但我丈夫聽不見我弄出的響聲，或者聽見了也不在意，因爲這音樂已經把他帶到別處，就像我寧城的婆婆說的，他從小就心不在焉。我看到我丈夫毫不掩飾地淚流滿面，被那音樂深深地打動，可是他還一直朝上盯著板棚斜屋頂上那片扇形的天空。我因爲沒有那把打開音樂之門的鑰匙，於是走出去，砰地一聲關上門，沒好氣地把門甩得很響，然後又走進來，打開櫃子門，彷彿在尋找什麼。但我丈夫仍然叉開兩腿站在窗子前聆聽著那小小的收音機裡從維也納電台播放出的交響樂。當小號、長號、喇叭和鼓聲開始加強，我丈夫便把小收音機拿到手上，撥到最強度，我們整個房間被這喧鬧的聲音所籠罩。這嘈雜的樂聲透過牆壁傳到院子裡，到頭來我寧可上街去買東西或到莉莎家去坐著，用彩線繡我的圖畫，讓那號聲鼓聲喇叭聲留在外廊上。要是維也納沒有播放他的交響樂、小提琴音樂會和鋼琴演奏會，他便調到他喜愛的盧森堡台，以同樣的激動心情聽著爵士樂……這時候我便十分安靜。這爵士樂把我們兩人聯繫在一起，我坐在家裡，即使外面出太陽，我們家也是陰暗的。在能夠上下移動的燈光照耀下我坐在桌旁邊猜著縱橫字謎，邊聽著從盧森堡電台播放的米勒㊼和古特曼㊽。我和我丈夫都熱愛阿姆斯壯動人的聲音和他的小號。也喜歡巴錫㊾，喜歡他那在爵士樂隊伴奏下輕輕地敲出慢四步爵士舞曲的胖乎乎的黑指頭……我丈夫又站在窗前望著板棚斜屋頂上那塊扇形天空，這斜屋頂上總有從高牆上掉下來的灰泥塊和碎磚塊，因爲高牆的那一邊，研究所的機器在測試鋼軸和塑膠的張力。那裡每天不分晝夜不規則地發出隆隆巨響，以及彷彿一個韋爾泰因牌的大錢櫃從天而降掉到了這邊的斜屋頂上。我們聽著盧森堡電台的音樂，每當聽到我喜歡的歌曲，那使我感動的黑人的歌聲、凱利[50]和辛納屈[51]的歌聲時，我便將小收音機拿過來，撥到最大音量，於是全樓都響著震耳欲聾的音樂、歌聲，我的丈夫眼淚汪汪，我則哆嗦起來，幾乎哭出了聲，乃至沒有聽見樓上斯拉維切克太太在對我們喊道：「你們是瘋了還是怎麼了？」我們最愛聽的是盧森堡電台播放的阿姆斯壯的音樂〈我的上帝，請憐憫小內利．格雷吧！〉這時我們便忍不住抱在一起，就像我們一週一次地擁抱在一起，我

---

[47]米勒（Alton Gleen Miller, 1904-1944），美國作曲家和長號演奏員。

[48]古特曼（Beeny Goodman, 1909-1986），美國深受聽眾歡迎的搖滾樂歌手。剛去世不久。

[49]巴錫（William Count Basie, 1904-1984），美國鋼琴家、作曲家、爵士樂史上傑出的大樂隊組織者之一。

[50]凱利（Grece Kelly, 1929-1982），美國歌手。

[51]法蘭克．辛納屈（Frank Sinatra, 1915-1998），美國流行音樂歌手、電影演員。

們在聽這支歌曲時也緊緊地抱在一起，淚流不止。我們還打算買個錄音機將阿姆斯壯的音樂錄下來……

我丈夫今天已做好黃蒿籽烤豬肉，還拿來些新鮮麵包。邀請了他的朋友、大家稱之爲啄食老鷹的詩人柯拉什先生，和他同來的還有詩人希夏爾。我去打了啤酒。柯拉什先生可眞是位謙謙君子，他還送來一束花，穿得很雅緻。他善於穿灰色褲子，坐下的時候還拉了拉褲前的挺縫線，免得繃著了膝蓋，他還繫了條美觀大方的領帶，方塊織紋的西服上裝胸前口袋裡放著一塊小手帕。他掏出那塊小手帕仔仔細細地擦拭著他的眼鏡。我丈夫坐在那裡，我從沒見過他在這兩位詩人面前的這種彬彬有禮和謙遜的樣子。希夏爾先生並不像位詩人，而像是一名屠宰場的工人，他穿著牛仔褲和牛仔上衣，時不時從口袋裡掏出一把塑膠梳子梳梳頭髮。他的頭髮又短又密，梳它時發出簌簌響聲，希夏爾先生在交談中常愛說句「這可眞是太奇妙了！」同時一枝接一枝地抽煙不止，把煙灰彈在地上或者隨它掉在衣服上。我丈夫談了一會兒自己的寫作，可他的聲音卻是那麼地沒有把握，還不時咳嗽幾聲，常常忘了開頭是從哪兒說起的。他紅著臉，眼睛望著地上，畢恭畢敬地給詩人希夏爾點煙。柯拉什先生拽一下褲腿，將一隻腿搭在另一隻腿的膝蓋上。他說話的聲音很洪亮：「可是請注意！這種美國詩歌從一開始就有兩根支柱：惠特曼和愛倫坡，將美國文學推進到了二十世紀；而法國現代文學中的波特萊爾不僅翻譯了愛倫坡，而且從他的詩中吸取了靈感。我們不能忘記，在巴黎有印象派畫家們的展覽時，我們這裡是米科拉什·阿列什㊾占統治地位，當然，注意！我們還有自己的普爾基尼，我們有馬哈㊿；還要注意的是，在巴黎已經有蘭波所寫的《地獄中的一季》和勞烏特列阿蒙特寫的《馬多羅之歌》，而我們這裡則還是楊·聶魯達54的天下。可是注意！我們的鮑仁娜·聶姆佐娃55遠比法國的喬治·桑要偉大！她的愛情書信勝過美國的尼恩56。我還要讓你們注意我們的畫家西卡涅德爾，他第一個畫了這樣的畫：一個工人從建築場上掉

---

52 阿列什（Mikolaš Aleš, 1852-1913），捷克畫家，在他的畫裡刻畫了捷克的歷史和風俗，反映了十九世紀捷克的民族覺醒。

53 馬哈（K. H. Macha, 1810-1836），捷克詩人，捷克革命浪漫主義最著名的代表人物之一，他的代表作爲詩歌《五月》。

54 楊·聶魯達（Jan Neruda, 1834-1891），捷克十九世紀著名詩人，新聞記者、小説家、戲劇、文學、美術評論家、雜文家。

55 聶姆佐娃（Božena Nemcova, 1820-1862），十九世紀捷克最著名的女作家、捷克現代散文的奠基人，捷克民族覺醒運動的重要人物之一，代表作爲《外祖母》。

56 尼恩（Anaïs Nin, 1903-1977），美籍法裔女小説家。

下來，行人從他身旁走過卻沒能看到那摔死的工人，因爲在他們與這悲慘的工人之間隔著一道籬笆。」詩人柯拉什雷鳴般地說著，我看到他果然是一隻啄食老鷹。我丈夫因爲在出汗，便一直低頭望著地上。詩人希夏爾的煙灰磕在我丈夫黑不溜丟的褲子上，偶爾說上一句「這可眞是太奇妙了！」詩人柯拉什又繼續雷鳴般地吼起來，彷彿他是在一間有很多聽眾的大廳裡做報告：「搞藝術最美的一點莫過於誰也不必非搞藝術不可，主要的是一個作家可以什麼都做，可就是不能背叛自己的核心要旨。假如你有家庭，假如你不關心它，在藝術裡這是允許的，但是請注意，你不能背叛和埋葬或者糟蹋你自己的才幹！你作爲藝術家所做的這些是有著決定意義的，因爲藝術緊排在大自然之後，是世界上最殘酷的。對，你說在焦街將廢紙打包、裝車的工作使你感動，你能聽到人們的交談，喝著啤酒，等待著你的一瞬間的到來。可是何時到來呢？這不會從天而降，你必須爲自己創造一個空間，你必須像普羅米修士一樣去拿取、去盜火。你弄得一身髒，下班回家，倒下就睡覺。你最好的精力在焦街、在酒家耗掉了。我的老天爺，你多大歲數了？」我丈夫輕聲低語說：「四十三了。」啄食老鷹柯拉什先生又吼起來：「我的上帝，有一半著名作家在這種年齡都已經完成了自己的作品，他們中有些人都已經仙逝了。我自己有體會，機遇不是永遠都有的。你注意，我們出生的那一剎那，死亡的細胞也就在閃亮了。眼前你沒有孩子，那還等什麼？勞動局不會來找你麻煩的，你就在家裡待著！寫！你寫的〈雅米爾卡〉57使你責無旁貸，你得坐下來，寫！」我不禁露出微笑，因為我知道，我丈夫最害怕的就是這一點，害怕留在家裡，僅僅給他留下寫作的責任。我竊笑著走出去打啤酒了。詩人希夏爾用他的塑膠梳子梳理著頭髮，繼續將煙灰彈在煙灰缸旁邊我的桌布上，繼續重複他那句「這可眞是太奇妙了！」等我提著啤酒罐和一些罐裝啤酒從萬尼什達的酒店回來，兩位詩人已經在就著新鮮麵包吃豬肉，從平底鍋裡切下一塊塊豬肉，擦著鍋底上的鍋巴汁兒。柯拉什吃得小心謹愼、斯文儒雅。我丈夫狼吞虎嚥、像狗一樣整塊肉往下吞。希夏爾先生大概已經吃完了，或者是沒有胃口，接著抽他的煙，如今將煙放在那波浪形的小煙灰缸上，拿了一小塊肉。我將大啤酒罐和那些罐裝啤酒放在桌布上，正想拿來玻璃杯，可是柯拉什先生說：「不用了，碧朴莎太太，我喜歡這麼直接喝。」他拿了一罐啤酒喝著，他的一舉一動像有人在給他拍照那樣優雅。喝完之後，他掏出手絹，擦擦嘴巴。我嚇了一跳，我的老天爺，我忘了拿紙巾了。希夏爾先生仍舊在抽煙，說著「這可眞是太奇妙了！」將煙灰彈在我丈夫的褲子上。沃拉吉米爾在昏暗的黃昏中走進我們院子，後面跟著黛卡娜一步一步走上台階。他們有規矩地在門外擦乾淨鞋底。

57〈雅米爾卡〉是赫拉巴爾一篇短篇小說，收集在他的短篇小說集《中魔的人們》中。

然後沃拉吉米爾敲了敲門，問：「博士，您在家嗎？」我丈夫打開門，請他們進來。沃拉吉米爾和黛卡娜脫了鞋，遞給我丈夫一個提包說：「博士，我媽給了我一鍋冷豬肉，拿來略表心意。」詩人們與沃拉吉米爾互相問好，從談話中聽出他們已事先約好在這裡見面，除了黛卡娜與他們是第一次見面之外，大家都已是熟人。黛卡娜仍舊穿著那身航空小姐式的藍色套裝，仍舊兩眼瞧著沃拉吉米爾。當沃拉吉米爾在一把椅子上坐下時，她便坐在他旁邊，手掌按在他的膝蓋上。像望著她的神一樣地看著沃拉吉米爾。「沃拉吉米爾，我的上帝，您端這麼一鍋來幹嘛？你們吃這鍋裡的黃蒿籽烤豬肉嘛！這兒有啤酒，只管喝！我妻子再去打一罐來！」我丈夫嘟噥著說，喝完他那一罐啤酒。詩人們也喝完了他們的罐裝啤酒。我拿起傢伙又跑到萬尼什達酒店裡去了。等我回來時，正趕上黛卡娜掏出她的畫稿習作來。柯拉什先生打開這些線描和水彩，先像看摺扇一樣翻翻，然後便一張接一張地審視，看完遞給希夏爾看。沃拉吉米爾很緊張，黛卡娜望著這隻啄食老鷹。他放下這些畫，然後掏出手帕，在眼鏡上呵了一口氣，接著便仔細地擦拭起來。我們大家都望著他，彷彿在法庭上等待著判決。到他該宣布判決時，周圍一片靜寂，只聽得見隔壁屋裡機器在測試鋼軸張力的隆隆聲和隱約的尖銳哨聲。柯拉什先生看了一張對沃拉吉米爾說：「沃拉吉米爾，我的上帝啊！您不會當眞認爲這也是藝術作品吧？你認爲這裡面也有什麼天才？我的上帝，這些東西通常是三年級的孩子就能畫出來的啊！」

我從沃拉吉米爾的提包裡取出平底鍋，問沃拉吉米爾說：「你們準備吃冷的？還是要給你熱一下？」可是沃拉吉米爾臉色慘白，耳朵朝後像一匹要咬人的馬。黛卡娜的指甲緊緊抓住他的膝蓋，兩眼像得了急症似地打轉，眼看要往後倒。我看著我的丈夫，想當初他曾在依爾卡的地下室裡宣布說這些亂七八糟的畫有點什麼內在的東西，當時我是唯一說出剛才這啄食老鷹柯拉什詩人說出的眞話。如今柯拉什又相當嚴肅地對沃拉吉米爾說：「您這位黛卡娜拿著這些東西既進不了美術學院，也進不了工藝美院。您瞧！」他重又打開畫頁，用手指著那一張張線描和水彩，內行地說：「所有這些畫都是一個星期之內畫出來的，這裡面毫無藝術可言，一丁點藝術影子也沒有。不過，你讓她繼續畫吧！在阿姆斯特丹保存有梵谷最初的繪畫作品，也糟糕透頂。肯定當時也不會有任何教授願意收他進美術學院的。可是他有股頑強勁兒，他沒有去問任何人，接著畫，結果有了飛躍。黛卡娜，接著幹吧！沃拉吉米爾，既然你已經到了這裡，我要是想給您辦個展覽的話，您的作品在哪兒？」沃拉吉米爾結結巴巴膽怯地回答說：「我都給了人了。」啄食老鷹吼道：「您瞧！這麼辦吧，我每張版畫付給您五十克朗，您的畫就放在我這兒，等到足了一百張，我幫您把展覽辦起來！」啄食老鷹伸出自己的手，他少一個指頭。詩人希夏爾又說了一句「這可眞是太奇妙了！」將煙灰彈在還剩了一點點烤豬肉的平底鍋裡。我看黛卡娜眞的要生出病來了。我笑笑，笑我丈夫，也笑沃拉吉米爾，他們這些頂尖人物，未來的世界冠軍們，如今由柯拉什先生對他們說出了眞話。這隻啄食老鷹還覺得不夠，揮動著一隻手補充說：「沃拉吉米爾，我還得說，現在世界上通常還講究個畫幅大小問題，您想辦法去請人家、或者就讓我來將您的版畫放大一些。主要的是您要做個大一點的陰模。主要的是您要印大張一點的版畫。注意！沃拉吉米爾，別隨便扔掉這些版畫，這實際上都是些藝術品啊！總而言之，第一，要大張一點兒的版畫；第二，您將不斷把這些作品送到我這兒來，我每張付給您五十克朗。可是您注意！這些畫始終是您的。然後辦個展覽！我，伊希．柯拉什來爲您作擔保。」就在這一剎那，黛卡娜從沃拉吉米爾膝蓋旁翻身而起，收拾起她的東西，像瘋了似地對著兩位詩人大聲吼道：「你們這些公騾，沒一個好東西！」然後又衝著兩位詩人罵了一通匈牙利話，舌頭都大了。她大吼著：「沃拉吉米爾，我們走！」在走廊上將鞋提在手上。黛卡娜走到院子裡還從下水道那兒對著我們敞開的窗子大聲吼叫：「你們這些公騾沒一個好東西！」我拿起小鍋，放進提包裡出去追他們，又將提包塞到她抓著她的那些藝術作品的手裡：「你們晚上好有吃的。」我說著，可是平底鍋掉到院子裡。沃拉吉米爾和黛卡娜在院子的燈光下匆匆跑著。貝朗諾娃太太正一大桶一大桶水地澆著院子，並將洗地的水掃進下水道。我拾起裝著小鍋的提包，跨過潑溼的地磚去追黛卡娜和沃拉吉米爾。貝朗諾娃太太嚷了一聲：「您當心點！」我又跑到街上去追他們兩位，我從院門口那盞路燈那兒一直追到兄弟街街口那家製作骨灰盒及長明燈的店鋪。我在那裡忍不住大笑地將裝著小鍋的提包塞到沃拉吉米爾手裡。黛卡娜朝鐵軌那兒跑去，一路還在嚷著「你們這些公騾沒一個好東西！」沃拉吉米爾說：「年輕的太太，您瞧我們這像什麼？」說著便朝黛卡娜追去。等我回來時，貝朗諾娃太太還在打水澆地磚，跟往常一樣總要自誇一句：「您知道我是個愛乾淨的人！你們那裡可夠熱鬧的，小可憐的。」等我回到我那燈光明亮的小房間時，詩人們正一臉嚴肅，希夏爾先生站起身來，手裡還拿著那截煙蒂，四下裡張望一下，然後瞥一眼煙灰缸，將煙蒂掐熄在還剩一點兒豬肉的平底鍋裡。柯拉什先生謝謝我讓他們過了一個美好的下午和晚上，他囑咐我說：「請注意！您這位丈夫是位作家了！我們在他這兒來個例外。別過早費力不討好地干擾他。他的《冶煉廠的女廠主》㊽是我最喜歡的一個短篇小說。可是請注意！隨他用那貝克爾牌的德文打字機去寫作，連鉤形符號與長音符號甚至句點都別給他添。主要是別過分逼他。安德森㊾開始寫作的時候已經退休了，這是一位

㊽《冶煉廠的女廠主》即〈雅米爾卡〉。

㊾安德森（Sherwood Anderson, 1876-1941），美國作家，對兩次大戰期間的美國文學作品、特別是短篇小說的寫作技巧影響很大。

美國作家，他的第一本書立即引起轟動。您知道，人家叫我啄食老鷹，可是我啄……我的義務不僅是啄別人，可也啄自己。」詩人希夏爾補充說：「今天可眞是太奇妙了！」

我們到米拉達那裡游泳時，有一次碰上她哥哥威恩采克，可誰若叫他威恩采克，他都不高興，總要糾正說：「我叫切涅克。」可是我丈夫、米拉達和科齊揚先生還一直叫他威恩采克。他貧病交加、骨瘦如柴、無棲身之所，於是來到這裡。在找到住處或是租到房子之前得暫時住在科齊揚這裡。我看到、後來又聽說，威恩采克過去是跟里哈特・道烏貝爾一樣頂尖的輕歌劇演員。關於道烏貝爾，威恩采克說，即使道烏貝爾演唱了歌劇，他也只是一位室內劇歌唱家，喜歡唱萊哈爾[60]的作品。威恩采克總是把臉刮得乾乾淨淨，衣服熨得筆挺，頭上抹著髮蠟。說他學縫紉出了師，就像米拉達說的，他甚至是一個很棒的裁縫，不過只有輕歌劇才是他的生命。他坐在廚房裡，爲科齊揚先生補上衣，給他的褲子釘鈕扣。科齊揚一來，米拉達便發愣了，心想他將看到威恩采克還待在他家裡，還沒租到房子，科齊揚先生肯定會發脾氣，會被威恩采克氣得生起病來。我卻有些

---

[60] 萊哈爾（Franz Lehar, 1879-1948），奧匈帝國輕歌劇作曲家，以《快樂的寡婦》一劇著稱世界。

同情威恩采克，儘管我已經知道威恩采克在輕歌劇中從來沒演過什麼重要角色。他就這麼邊釘著扣子邊咳嗽著，講述他如何演唱波爾、如何演唱茨岡男爵，一邊給科齊揚先生縫補著衣服，有時候重複提到要是在他演唱輕歌劇鼎盛時期開始的那一陣子，他爸爸給他買了燕尾服，他將會有多大出息，而絕不會落到如此地步，不得不坐到妹妹和妹夫這裡縫扣子。我這時並沒有往下去想，但我應該去想想我丈夫，他跟威恩采克一樣，有過美好的憧憬，也跟威恩采克一樣堅信自己能出類拔萃，將成爲世界級大師。威恩采克也跟我丈夫一樣，當他談到萊哈爾、談到史特勞斯、卡爾瑪和一些名人時，便容光煥發。科齊揚先生不在家時，威恩采克便試著唱起某一詠歎調，嗓子的確很美，非常漂亮的男高音。可是唱了幾句之後他便咳嗽起來，於是停止歌唱。威恩采克抱歉地說，這都是因爲他爸爸那次沒有給他買燕尾服的緣故，因爲他爸爸不想讓威恩采克當個流浪藝人，而想要他做他出了師、熟悉的這一行——縫紉。我丈夫坐在威恩采克身邊，聽著他的敍述，一直爲威恩采克有著不可抑制的關於自己的美好夢想而感到驚訝不已。威恩采克還打算東山再起，不只是嘗試而是以他的歌喉使輕歌劇院感到震驚，說他在布拉格有熟人，他們邀請他參加他們的輕歌劇團到各個城市去巡迴演出……我丈夫後來對我說，當他代表卡雷爾・哈利・克洛方特公司出差推銷玩具和服飾用品時，有一次帶著他的樣品箱來到卡什貝爾克，即現在的夏宮，突然刮起一陣寒風，在那裡的廣場上碰見了威恩采克，他穿著一件薄短大衣，渾身凍得冰涼，可他卻容光煥發，因爲在這小鎮上有他的輕歌劇一班人馬。威恩采克將我丈夫請進劇院，提醒我丈夫注意看廣場上的二層樓那些窗子，說這些窗子裡都有漂亮女郎在掀開窗簾打量這位全城女性爲之傾倒的威恩采克。我丈夫於是跟威恩采克進了劇院。劇院裡很冷，貧病交加的歌劇演員們都靠在燃著的爐子取暖。我丈夫隨身帶了塊鹹肉，便請那些演員吃，他將肉切成塊兒，演員們將肉吃光之後，我丈夫又跑到廣場上去買了三公斤香腸片和一大袋角形小麵包，他回到劇院沒多久，風捲殘雲，香腸和麵包也統統被吞進了他們肚裡，這時他們才疲憊不堪地看著我丈夫，眼睛裡閃現著一點點幸福和一點點希望。這時候威恩采克卻爲我丈夫親眼看見他是這支輕歌劇團的成員而放射出驕傲的目光。我丈夫和演員們告別時，威恩采克一直將他送到廣場上。我丈夫和威恩采克站在海報面前，看到威恩采克演唱的角色是伯爵的僕人，可是威恩采克自己卻覺得他是第一號男高音，因爲他有一副甜美的歌喉……有一天晚上，我們到米拉達那裡去游泳時，大家都笑容滿面，連科齊揚先生也不例外，威恩采克更是如此，因爲他很快就要隨同輕歌劇團出去巡迴演出一週。威恩采克指出，儘管他爸爸當時沒有給他買燕尾服，但事實證明他現在仍是頂尖的聲樂家，他還要米拉達和科齊揚先生注意看所有日報上的文藝專欄，那裡一定會提到他悅耳的嗓音。科齊揚很高興威恩采克快要離開，因爲昨天科齊揚先生家裡請客，他將一條腿搭到另一條腿的膝蓋上，搖晃著腳，讓大家都能看見他穿了一雙藍底白星的美國襪子。威恩采克問道：「妹夫，你爲什麼這樣神經質地晃動著一隻腳？」科齊揚先生臉色發青，只會反問一句：「你說爲什麼？」這正是他的失策，結果威恩采克便回答說：「因爲人們通常在精神上的疾病發作之前這樣晃腳。」威恩采克收拾好了行李，科齊揚先生盼望威恩采克在這次演出中成功，跟著這個團從這個城市到那個城市，這一來科齊揚先生就能擺脫威恩采克過個安寧日子。可是當我一週之後來這兒游泳時，威恩采克已經回到家裡。回來時沒有戴上最佳演員的桂冠，而像一個病老頭坐在沙發上。原來他在克涅日納的里赫諾瓦那裡嚴重地受寒了。他只唱了一次，唱了他的明星級節目，用德文唱的，因爲在保護國時期，威恩采克是在德國歌劇團裡唱歌，可是在里赫諾瓦時威恩采克唱出了他自己所聽到的最美的嗓音，不過隨即便發高燒，可還繼續跟著團走，已經不再唱，只是跟著其他演員向觀眾鞠躬謝幕，然後又只躺著，求他們不要將他送回去，帶著他一道繼續巡迴演出。這一次是他歌唱水平的巔峰，他的輝煌成就。所有演員都說，大概他們的確從來沒聽到過唱得這麼好的、感情這麼豐富的詠歎調。威恩采克現在坐在沙發上，面帶微笑，再也沒有提起他爸爸那次要是給他買了燕尾服也不至於落到今天這個地步的話。威恩采克甚至爲他爸爸沒給他買燕尾服而感到高興，說因而才能在里赫諾瓦帶著如此深沉的感受來唱歌。實際上威恩采克回家的那個晚上便已瀕臨死亡，可是誰也沒看出來，因爲威恩采克還在描述他當時被漂亮的姑娘們團團圍住，每到一城都收到玫瑰花束的情景，大家都驚歎他的嗓音、歌唱和表演等等。因爲威恩朵克在參加這次巡迴演出之前曾去漂白過牙齒，所以在里赫諾瓦唱歌時，他的牙齒閃爍晶瑩，迷住了許多美麗的姑娘和太太。第二天便把他送到利貝雷茨的療養院，因爲所有的醫院都住滿了病人。接著便傳來消息說威恩朵克死了。我和我丈夫、米拉達及科齊揚先生前去送葬，我們想和躺在棺材裡的威恩朵克見最後一面，於是火葬場的人給我們打開棺材蓋，那裡躺著威恩朵克，是從冰凍室裡推出來的，鼻子那兒還有一顆亮閃閃的冰凍了的水珠。他面帶微笑。米拉達爲他梳理了那濃密然而卻已泛白的頭髮，威恩朵克就這麼躺在那裡，牙齒露在外面，他總是微笑著，露出他那漂白的漂亮牙齒。我們站在棺材前，有人講了幾句什麼話，擺在殯儀館的那棺材上裝飾著花環和花束。我丈夫卻凝視著那黑絲絨牆、黑絲絨帷幕，帷幕上有個小洞，有人站在那帷幕的後面，從殯儀館的另一面朝我們看，他眼睛裡的白眼珠子在這黑色的帷幕中閃閃發光。後來，帷幕後面響起了音樂……「在這世界上……大概……沒有任何人……像我這樣……愛你。」威恩朵克的棺材慢慢地朝張開的帷幕移去，進到大帷幕後面演奏音樂的什麼地方，而這黑色絲絨好幾次輕微掀起，我丈夫一直盯著看，他被這景象嚇壞了，等我們走出殯儀館時他對我說，首席小提琴手演奏時弓弦碰著了那黑色絲絨，弓弦尖兒輕輕將它掀起，這絲絨一會兒掀起一會兒放下，加上絲絨圓洞裡那只眼睛，那個透過黑絲絨朝外看的白眼珠子，這幅畫面反覆出現在他面前，當他的小收音機裡盧森堡電台或維也納電台播出輕歌劇中的二重唱「在這世界上……大概……沒有任何人……像我這樣……愛你」的歌時，這幅畫面總出現在他眼前……

我待在巴黎飯店的最後一天來到了。我最後一次坐在廚房裡，最後一次登記所有從廚房裡端出去送到巴黎飯店餐廳的飯菜，最後一次坐在這廚房的悶熱與蒸汽之中和從天花板上傾瀉而下的強烈燈光的照射之中，最後一次與那些騎著摩托車上班、賽上二百五十米的年輕廚師們開玩笑，最後一次與幫廚女工和招待員們共事，最後一次與領班馬舍克先生合作了。這麼多年來馬舍克先生一直在實現一個夢：他不想別的，一心一意只想讓他的女兒成爲花式溜冰高手。他和他妻子獻出所有的時間所有的錢，爲的是讓他們的女兒漢娜不僅成爲花式溜冰的歐洲冠軍而且成爲世界冠軍。領班馬舍克先生本來喜歡開玩笑，如今當他的女兒眞的成了世界冠軍，他便跟我們說他女兒每天要做些什麼，什麼樣的熱身訓練。如今夢想變成現實，馬舍克先生倒變得有些憂鬱了，直到現在他爲之奔忙的所有疲勞都顯示出來。領班馬舍克先生曾爲這世界冠軍的稱號而如此眼花目眩，還出過一些差錯。現在已經什麼都不再向我們吐露。如今他的女兒已經屬於國家以及歐洲和美洲的大眾了。馬舍克先生悄悄地謙遜地品味著報紙上的消息，等待著他女兒從比賽或體育表演地回來。以前當我問起他女兒漢娜時，他總是熱情滿懷地描述她怎樣在太陽剛一升起便去進行訓練，有哪些項目，要練多少小時；可是如今只揮一下手，再也不愛談他女兒的榮耀之事了。他的女兒已經不屬於他而屬於世界大眾，已經不再屬於操心的馬舍克夫婦了。我感覺出來，馬舍克妒忌那些體育場和奪走他女兒的千千萬萬雙人的眼睛。他則完成了自己的任務，圓了自己的夢，如今彷彿空空如也只留下他自己孤身一人。

快下班時，大家給我送來一束花，我們還喝了杯白蘭地。然後我打開我那高座台上的抽屜取出我的提包和零星小件。我離開的時候不禁流淚了，走出廚房門時一回頭，只見大家都愣著站在那裡，彷彿在童話《睡美人》裡一樣，廚房幫工在爐台灶前僵住了。現在他們就這樣站在那裡目送著我，大概他們向來就像我喜歡他們那樣地喜歡我。

第二天我便到英特希赫街一家全新的快餐餐廳上班。通常是從英特希赫街進到宮殿旅館的人來這裡吃東西，主要入口是從男客部這邊進來。領班是波列克先生，女廚名叫鮑英卡，我是服務員。我們總是在餐廳開門之前兩個小時到那裡。早上八點開始準備，從廚房冰箱裡取出小雞串在義大利烤肉機的鐵叉上，然後準備刀叉和角形小麵包，將沙拉放進冷凍櫥窗櫃裡，然後穿上我那身黑色工作服和敞領小襯衫，梳好頭、畫好眼影、圍上白圍裙、戴上花邊白色髮圈。十點鐘將玻璃門打開，第一批吃烤雞的客人便走進來。領班波列克先生爲做廣告宣傳，對著光亮在擦拭玻璃酒杯。波列克先生很好相處，他不打撲克、不喝酒也不賭賽馬，總是面帶微笑，像位常被信奉基督教的姑娘們在懺悔和做彌撒之後愛上的年輕副牧師。他唯一酷愛的是他的小狗。他若談起話來，便是他那隻小狗，他像愛自己的孩子一樣地愛牠，因爲他沒有孩子。我當上女服務員，彷彿回到我的姑娘時代。那時我跟爸爸媽媽兄弟姐妹住在一起，那時家裡常有客人，那時我們有好幾個房間，有漂亮的傢俱，有廚娘和司機。宮殿旅館這家餐廳的牆壁和門都是玻璃的，裡面懸掛著簾子，窗子朝南開，遇上天氣晴朗，在這快餐廳裡就像在一枚光芒四射的巨型戒指裡一樣漂亮。街上人流滾滾，餐廳裡排風扇不停地清潔著空氣。客人們一進來，我便輕盈地走到他們的桌子跟前，聽完他們預訂的餐飲之後，便轉身走到烤肉機前，已經烤好的九隻小雞還在慢慢地轉動著、滴著肉汁，雞皮呈金黃色，鮑英卡一打開蓋子，烤雞的香味和熱氣便直往外冒。還沒等我轉過身來，我便清楚地知道客人們在我身後打量我，我爲自己像在姑娘時期那樣重又成爲注目的中心而感到驕傲。那時，軍官們、我爸爸在布爾諾的貿易委員會及商業界的朋友們常來我家做客，當我給他們端上酒品、當我給客人們彈奏鋼琴、當我和他們聊天的那時候，所有的男人都像打量一位成熟女性那樣看著我，我遠比其他姑娘更早就具有女性魅力。我那時胸部漂亮、兩腿修長，曾去芭蕾舞學校上過舞蹈訓練班。等我從這個芭蕾舞學校出來，我總是以起舞前的預備姿勢站在窗前陽台上。只要我不走動，便總是擺著芭蕾舞演員的基本姿勢：手放前面，手指交叉著，右腳微微向右撇，彷彿我馬上就要開始跳舞……在宮殿旅館的快餐廳裡，每當我分送一盤烤雞，每當我分送配菜，每當我給客人們端去一盆盆給他們餐後洗手用的溫水時，我都總是邁著快速旋轉的輕盈舞步。任何時候，只要我稍微一停腳，站下來眼觀四方等著客人們的哪怕是一丁點要求時，我都是擺這基本舞蹈姿態。演員們、電影工作者、詩人以及只來過這裡一次的客人們來到這裡，我便成了他們注意的中心，因爲我一直還是非常漂亮，不僅鏡子告訴我，特別是男人們的眼睛也告訴了我這一點。而那些女人們一知道我是誰，便把眼睛望著別處，裝作對我的漂亮毫無興趣。領班波列克先生面帶微笑拿著一瓶瓶皮爾森啤酒，盡其所能殷勤地侍奉著，像每個好領班一樣說起話來幾乎輕得聽不見，你若問他什麼，他便彬彬有禮地彎下腰來，親切地給客人做介紹。因爲他有一雙漂亮的褐色眼睛和一頭打了髮蠟、梳了分縫的濃密頭髮，說話時總是望著客人的眼睛。而我在這烤雞快餐廳裡的燈光下，穿著這身合身、漂亮的女侍者服裝，我又找到了自己，丟掉了我的驚慌和我的罪惡感。因爲不管什麼時候我也不能爲這一切擔當罪過，可我卻曾感到無辜的罪過。戰爭結束後我像個戰爭販子一樣擔著罪責，可是在這烤雞快餐廳裡誰也不像在戰爭結束後把我們關進勞改營那樣對我大聲吼叫，或者像在磚廠時我必須像低賤的人一樣和德國女人們坐在一邊。在這裡，在宮殿旅館的烤雞快餐廳裡，我開始成爲女侍者中的佼佼者。我已經有了些熟客，這都是我的顧客和朋友，他們都溫柔地稱呼我「艾麗什卡太太」，他們自己喝酒時，總要請我也來乾一杯。我和我這些顧客碰杯之後便立即跑向其他桌子。我想要成爲拉．楊娜那樣的歌舞節目中舞蹈演員的夢想沒有完全消失，但是我在這裡做著我喜歡做、也擅長的工作，可以用上我幾年前在芭蕾舞學校學到的東西，那些我早已忘記但又一直埋藏在我心中和力爭表現的東西。其實我也爲我想成爲歌舞節目中的舞蹈者而感到不好意思，因爲我並不會跳舞，我沒有成爲專業舞蹈演員的條件，我跳舞大概跟我彈鋼琴差不多，很費勁，而且每次彈奏都錯誤百出。可是在這裡當招待員，我卻開始成爲那眞正的佼佼者，在這烤雞快餐廳裡，我實際上一天有八小時、十小時在這小小舞台上表演，穿得漂漂亮亮、頭髮總梳得齊整，端著大小盤子邁著舞步走到客人面前，然後又輕盈地跳到酒櫃檯那裡，再跳到櫥窗那裡，跳到轉著九隻烤雞那裡……我丈夫第一次在這兒看到我時，起初頗爲吃驚，嚇一大跳，彷彿是初次見面，有點兒一見鍾情。他站在那兒的這天，抓著門把，猶豫之下不知是不是該跑開，當我挽起他的手把他領到波列克和鮑英卡面前，我覺得我現在讓他顯得無能爲力。我在顧客們好奇和疑團的包圍之中，我在他面前成了一個與他認識的我完全不同的人。我在利本尼的一舉一動像灰姑娘，像我從前那個可憐兮兮的樣子。他剛認識我時，我是個不幸的女人，曾因不幸的愛情而要自殺。當時他覺得他拯救了我，因爲他娶了我、給了我他的姓，從而使我有了永久居住地。我丈夫的這些想法也有所流露，可是如今，在宮殿旅館的烤雞快餐廳裡，在這四面是玻璃的豪華餐廳裡，我穿著漂亮的黑色衣服、圍著雪白圍裙、頭戴花邊髮圈，如今我看到我們的位置交換了。我丈夫沒料到的是我成了所期待的、美麗的人，他卻變得恭順了。我成了那個巴黎蛋糕、帶奶油的巴黎蛋糕。我姑姑說得對，我必須克服一切艱險危難，多少年來我像一團爛馬鈴薯泥，我必須變成一個巴黎蛋糕。從我當招待員這天起，我丈夫愛上了我，也未必是愛上我這個人，而是愛上我這身衣著儀態，愛上我當了招待員這一點。他把他所有的朋友都帶到我這裡來，好讓他們隔著玻璃看看我，他從來沒有帶他們進到餐廳裡面來過。可是我知道，他的朋友們怎樣在昏暗中觀察我，我丈夫又在怎樣地對他們講述我的事情。如今又在指給他們看，我如何邁著快捷旋轉的舞步替客人們端去四分之一或半隻烤雞、端走啃下的雞骨，又如何將那些骨頭上的殘肉剔下來給那些老太太們去餵養她們撿來的迷路小狗，和在街上、在地下室、在公園裡找到的沒人餵養的貓。於是我便漸漸地，而又肯定無疑地成了我丈夫心目中的佼佼者。他敬重我的職業，爲我是一名餐廳服務員而感到驕傲，在他眼裡這是女人能遇上的最好職業，他說他從少年時代起就喜歡餐廳女服務員，當他在餐館受到女服務員的殷勤招待，當她們當著別的顧客跟他攀談幾句甚至在他那兒坐上一會兒時，他總是感到很榮幸，他說他從來沒想到他將會有一位當餐廳服務員的妻子，一位他的朋友常去觀望、並努力想要或者試圖與她約會的女服務員妻子，不過我總是大笑著拒絕了，而這個女服務員竟然就是他的女人、他的妻子。我丈夫樂意等我下班，領班波列克先生請他到餐廳裡面來坐坐，可是我丈夫總是婉言拒絕，繼續沿著餐廳燈光明亮的玻璃窗來回走著。鮑英卡早已打掃乾淨食品陳列櫃，我們早已將沙拉和配菜放進冰箱，只有波列克先生還在抄寫結算這一天的帳目，我已到洗手間洗了一下，換了衣服，拿起雨傘。波列克總是將一半小費分給我們姑娘們。當我一走出英特希赫街，我丈夫便挽著我的手，高興地跟我走過瓦茨拉夫大街。我健步而行，有節奏地拄著雨傘，有時我丈夫把雨傘拿去拄著，我們一道走在菩提樹下，然後我們興致盎然地到賓卡希酒店喝上一杯末茬皮爾森啤酒。我特別喜歡看服務員每隻手上端六大杯啤酒，從酒窖裡跑出來，哐噹一聲放到一張空桌上的技藝。我丈夫端起兩玻璃杯啤酒，儀式性地在額頭上抹點泡沫，然後喝掉一些，接著便總是一口氣將一整大杯喝完。當我在喝著我的那杯啤酒，當我丈夫甚至將啤酒泡沫抹在臉上頭髮上，當我對那個空閒時上我們快餐廳去吃一隻烤雞的服務員微笑時，這服務員對我說：「艾麗什卡太太，您想看點什麼嗎？」我高興地說：「我想看啊，我丈夫也想看！」服務員用一個指頭指著我旁邊說：「這是您丈夫？誰知道，我們已經認識好幾年了，不是嗎？」服務員已經站在階梯上，對他使了個眼色，大概眞的有好些年了。我和我丈夫跟著他朝下走進酒窖。圍著白色塑膠圍裙的灌酒師還在搖著啤酒桶上的手把放啤酒，潮溼的地上擺著二公升裝的啤酒罐，啤酒從拴在頂棚旁邊的透明管子流進罐裡。那灌酒師嚷了起來：「是艾麗什卡太太啊，我們這裡有稀客啦！」他將一隻手伸給我，另一隻手仍在搖把杆放酒。這是一位滿頭黑色濃髮的年輕人，「艾麗什卡太太，您從哪兒來到這裡？」服務員笑著說：「艾麗什卡太太是我請來的……艾麗什卡太太，這是布拉格最棒的末茬啤酒，酒的度數跟桶裡的一樣是7.6度，艾麗什卡太太，不管是給羅馬的善良天主教徒、給莫斯科的正直共產黨人，還是給一位酒仙的啤酒，首選皮爾森。可是誰要是認為皮爾森世界的中心是在布拉格、在布拉格我們賓卡希酒店，那他就錯了。可這裡卻另有最棒的、世界的冠軍啤酒。」灌酒師將一杯啤酒遞到我手上，我另一隻手斜伸著、扶著扎在酒窖溼地面上的雨傘。我一直喝呀喝呀，嘴巴四周流著啤酒泡沫。年輕的灌酒師解下白塑膠圍裙，將它掛起來，關上酒桶栓，將一塊白餐巾蓋在上面。他累得幾乎癱在椅子上，環視了一下這酒窖。他就是站在這裡灌著這世界上最棒的啤酒啊！他哐噹晃了一下玻璃杯，把杯底下的一點剩酒喝光，以領略這啤酒是多麼地可口。我理解，我在邁著舞步為餐廳顧客服務之後也幾乎累得癱瘓，我知道，這誰也體會不到，包括我丈夫在內，體會不到經年累月一整天走動著或站著是什麼滋味，一整天坐在廚房裡的蒸汽和燒焦的油鍋巴的煙霧中意味著什麼，整天跳著舞步端著滿盤飯菜和裝著骨頭的碟子在桌子之間穿梭意味著什麼……我與灌酒師互相看一眼，他聳聳肩膀，苦笑一下，我也對他笑了一下，我們互相都懂得對方的心情。灌酒師只說了一句：「誰理解這個呀！」

我丈夫站在那裡，沒得到啤酒，有些失落感。我在賓卡希酒窖裡似乎明白了我只是在書本上看到或在廣播裡聽到的階級觀點是什麼。許多年來我都不知不覺已屬於餐廳服務員、廚房出納、侍者這一階級了。大家都面帶微笑。上班的時候，大家都努力喝咖啡、抽煙、喝酒，面帶微笑，可是一下班，便癱了。我在廚房當出納時，幾乎被廚房煮熟，如今我在宮殿旅館以輕盈的舞步端著盤子跑來跑去，準備著一切：準備烤雞時我要從地下室沿著旋轉樓梯把雞和其他東西端上來；當餐廳裡的客人要吃烤雞時，我又得端著烤雞沿著旋轉樓梯往上走兩層樓到餐廳去，就像這位灌酒師整天要叉腿站著灌上十二個小時這有名的賓卡希酒店特有的啤酒一樣，也像那個服務員一樣，剛不久他還端起十二杯啤酒，邁著兩條腿一天走上幾百上千級溼樓梯，還得小心不因過度辛勞而摔倒，靈活地將這些玻璃杯放到空桌上，然後再由其他服務員將它們分散到各張桌子上去……

沃拉吉米爾和黛卡娜搬到他母親那裡去了。依爾卡・什梅卡爾重又將這寬敞的地下室、從前的廠房粉刷一白。可是這間地窖大廳在他心中喚起一種完全相反的效果：他喜歡坐在這空蕩的大廳裡，坐在椅子上往小塊銅板上刻畫那些最小的甲蟲、迷你昆蟲。他這些版畫比那些上面是蝴蝶的畫幅還要小。他早已忘掉了赫萊恩卡。爲了她，我丈夫曾按他的願望兩次打得他鼻子流血，把血抹在被子上。赫萊恩卡不但沒爲依爾卡所感動，而且把他臭罵了一頓。也許這倒是好事，因爲依爾卡從此少言寡語，找了一個比依爾卡年輕得多的離過婚的太太，她跟他一般高，也跟他一樣愛喝啤酒。如此這般的喝法使他們跟萬尼什達先生的酒店越來越近了。他們喝啤酒之多，使得整個酒吧、夜宵店甚至街上的人都前來看熱鬧。依爾卡和他這位女友各喝十五大杯啤酒，依爾卡還將他的小版畫帶來給顧客們看，那是些跟實物一樣大小的小甲蟲。這個晚上他成了個了不起的人物，因爲在利本尼，誰喝的啤酒最多誰就是佼佼者，再加上依爾卡還向人們講解他怎樣製作版畫，刻些什麼樣的版畫，顧客們對他讚歎不已。於是依爾卡便將版畫分送給每個對這感興趣的人，就跟沃拉吉米爾一樣，不管在利本尼或者在維索昌尼，如今又在日什科瓦的小酒店，在沒有分送完他的那些版畫之前，他是不會離開酒店的。依爾卡的新戀人雅魯什卡緊緊依偎著他。看著這對情侶如此相配，像一對小貓一樣依偎著眞是一件開心事兒。一天晚上當依爾卡送他的女友回布拉夏切克，爲顯示自己力大無比，便接連拔出了從克萊伊紮列克到布拉夏切克那段公路上的三根標柱，像童話中的獨眼巨人一樣攤開雙手站在那裡。當標柱脫手之後，他又環顧一下四周，尋找著能夠再展示一下他力量的東西，只見下面軌道旁散放著幾根舊鋼軌，依爾卡跑下去，這時他的女友還站在他拔出的標柱旁，只見依爾卡像金剛一樣舉起那些鋼軌，並將它們扔成一堆，然後才回到公路上來，挽著女友的胳臂，送她到煤倉後面日什科夫貨車站後某個地方。他的女友是個裁縫，有一個小男孩，這男孩已經六歲，可是看上去只有三歲的樣子。當我同他們久久地坐在這畫室裡，當我興致勃勃地觀賞他印著小甲蟲的小小版畫，當依爾卡的未婚妻已提著那能裝十公升啤酒的大罐子去打斯米霍夫的10度啤酒的時候，依爾卡每隔一刻鐘就不得不尋找這小不點孩子。這小孩只要一丟失就難以找到。就像他們在屋子裡有時丟了小貓或者八哥鳥、找不到鑰匙或眼鏡那樣。依爾卡和他的未婚妻相當緊張，不得不爬進這台巨型壓力機裡面去，或者看看窗子後面、被褥底下……他們四處尋找這小男孩，不是怕他丟失，而是因爲這孩子有一種怪癖：見水就喝。只要你一不注意，他就把啤酒什麼的喝個精光；你稍不留心，他就可能把那十公升啤酒全喝掉。有一次依爾卡給他未婚妻拿來一束從貝龍卡河畔他爸爸那兒的草地上採來的野花，這小孩無緣無故把花都拿出來，將花瓶裡的三公升水連同枯萎的葉子吃喝一光。有時，當大人們將地下室的各類液體都控制起來，這小孩便將自己關在廁所裡，在依爾卡撞開廁所門之前，他已彎著身子把抽水馬桶裡的水喝掉，而且在依爾卡進到裡面之前，這小孩已經抽了兩次水。依爾卡就這樣結了婚，在家裡舉行了婚禮，我和我丈夫都出席了，還來了一些親戚，有依爾卡家的也有新娘子家的。我們認識那位捉蝴蝶的父親，那位依爾卡畫了好幾年的父親。依爾卡每週在畫上面添上一隻蝴蝶，那畫上的父親卻一直躺在草地上沉沉地睡著午覺。他一隻手枕在腦後，另一隻手拿著一個放在睡著的身旁的捕蝶網。我已經看出，在這位父親眼裡，依爾卡是最棒的畫家、世界之冠。他看依爾卡的那眼神就像看著偉大上帝的微型雕塑，他和我丈夫不談別的，只談他兒子偉大的未來，他堅定不移地相信他兒子將會成爲人民藝術家，因爲他如今就用他的版畫蝴蝶還有甲蟲覆蓋了整個布拉格。我丈夫接著他的話腔描繪了一番依爾卡的美好未來。趕上依爾卡送來又一罐啤酒、加上娶妻又得到兩罐十公升裝的啤酒時，我丈夫將他美麗的想像加以補充，擴展了依爾卡的蝴蝶覆蓋的地盤說：「他現在是三十歲，十年之後他將用自己的版畫蝴蝶覆蓋整個捷克，再過十年繼續覆蓋莫拉維亞，還缺一個斯洛伐克，可是等他六十歲的時候整個中歐都將被他的蝴蝶與甲蟲版畫所覆蓋，每一家都將有一張布拉格的依爾卡的版畫，上有依爾卡・什梅爾卡的親筆簽名。因爲世界上已經有相當多大幅風景畫、大幅戰爭畫、肖像畫、歷史畫，這世界將重新對微型畫、對蝴蝶和甲蟲這美麗的小小世界表示喜愛。」新娘子這一家人的酒量大得彷彿他們都有那個小孩的那種病。人們常發現那小孩在廚房裡的水龍頭那兒喝水，或者又把廁所裡的水喝了個光，甚至有人在臉盆裡洗手，那小孩也抓住機會把那肥皂水喝掉，彷彿這水已滲進地裡，彷彿這小孩身上有個洞隨喝隨漏。這孩子的肚皮從來不脹，非常普通，喝下去的水像直接流進下水道一樣地消失掉。除了這個極端口渴的小男孩之外，依爾卡妻子的這一家，所有人都跟她一樣個子小小的，所有人也都跟依爾卡一樣容易口渴。

依爾卡還得了一所在斯特舍科夫從德國人手裡沒收過來的度假屋，它原本是一間飯館，依爾卡拿照片給我們看，還邀請我們到那裡去。可是連我丈夫也始終沒有勇氣到那裡去看看，因爲這種蘇台德區的飯館往往大得有時要花上五個小時才能找到那個小孩，還得靠警犬才能找到他。依爾卡讓所有參加婚禮的客人看這所飯館的照片，他把每個房間都拍了下來。那個飯館的格局跟他在地下室的畫室一樣，只是這個在蘇台德區的飯館多一層帶十個房間的樓，是給休假人住的，樓下多一個大廳。依爾卡興高采烈地談著，可是婚禮客人們都沒有聽他講話，他們都在談論誰家的某某人比賽喝啤酒時紀錄最高。只有依爾卡的爸爸虔誠地聽著，我和我丈夫只是勉強聽聽而已。依爾卡的偉人症越來越膨脹了，他說，他將把蘇台德那間大廳變成一間眞正的畫室，把所有東西都扔出去，讓大廳變得空空的，中間擺上另一台壓力機，以便有靈感時，便可以在那裡開動機器印出另一批跟實物一般大小的蝴蝶、甲蟲版畫來。他讓我們想像一下那個廳有多大，那裡曾經打過籃球，說他現在喜歡在裡面騎自行車，男孩們在那裡用橡皮筋彈放玩具飛機。天漸漸黑下來，依爾卡的爸爸在夕陽下激動得眼裡含著淚珠。三個褐色的石製啤酒罐從這個人的手裡傳到另一個人的手裡，新娘子不時提著酒罐出去打酒，因爲她個子小，罐底幾乎被拖著挨地走，捏在手裡的罐耳碰著了她自己的耳朵。耳朵上方還一直戴著那頂飾有假珍珠桂冠的婚禮帽，上面的婚紗被吹得老從新娘子的額頭上掉下來。我們向主人告別，他們又在走廊上耽擱了我們一會兒。依爾卡的爸爸對我們說，我們給了他力量，說他本來以爲依爾卡成不了大器，他只能在那些版畫大師中瞎攪和一番，可是如今在與我丈夫交談之後有了勇氣相信依爾卡將成爲歐洲版畫家中的一枝獨秀。我們告別了。鄰居的房門一打開，房主便走出來，晃動著新娘的兒子道：「太可怕了！我們沒注意到，他就把我們養著花盛在瓶裡的水喝光了，現在又把我們裝酸黃瓜的五公升容量的瓶子裡的汁兒喝了，還沒等我們轉過向來，他已經跪在廁所的抽水馬桶邊，一拉拉繩，腦袋已伸到馬桶裡喝水去了……快把他帶走吧！看著點兒他！」新娘子一手牽著兒子另一隻手在空中晃了幾下，感謝大家的結婚賀禮。我丈夫送了他們一個賽采賽風格的琺瑯水壺和一個能裝十公升水的帶花紋的罐子。「這個我們只留在星期六和星期天用，哈哈……」新娘子笑著，拖著她兒子高興地回房間裡去了。新郎倌依爾卡正踉踉蹌蹌從裡面走出來，他面帶微笑，嘟囔著說：「一切進展順利！博士。在那大廠房裡您可得注意！用八米長的裝飾布蓋住整面的牆壁，有多高來著？兩米高。而我的終身巨作畫的是我爸爸，六米長，趴著躺在那裡像名被擊中的睡著了的士兵，然後便是遍地鮮花的草坪，沒有任何再生的雜草，四周圍畫上在捷克所有地區的各種蝴蝶、幾百隻飛舞著的蝴蝶……只是在畫面的一角將有一條小溪，結婚時我妻子帶過來的小兒子將痛飲那小溪裡的水，小溪帶來的一切都將被我兒子喝得一乾二淨。讓他也成爲一個不朽的人。我要讓他痛快地喝！讓他的喝水的行爲達到空前絕後的水準！我這人怎麼樣？」我丈夫握著他伸出的手，望著熱淚盈眶興奮不已的依爾卡的爸爸，說了一句：「美如詩畫呀！」……我已經看不下去了。

那沃拉吉米爾也瘋癲得十分厲害。他已經離不開他的黛卡娜，已經開始怕她，他一心只想能同她去民族委員會登記，如今對他來說，愛情簡直成了有關生死存亡的問題。他總是容光煥發地跑到我們永恆的堤壩巷來，如今他已經不把我丈夫當回事了，可我卻成了他寵愛的對象：「年輕的太太，」他開始膽怯地說，「您是女人，肯定能理解我……您知道，當我的那位來了那些個東西……您知道我指的那些個東西是什麼吧？」我點了點頭，有點感到不安。「那我太高興了，您知道，當她來了那東西，我就得在她身邊照顧她，您明白我的意思嗎？我是她的未婚夫，作爲她的未婚夫，未來的丈夫，我得瞭解她，看到一切！於是我得極嚴肅認眞地給她換棉花。第三天我得護理她，我給她擦洗、重新包裹好，因爲我想，一個戀愛著的男人有權這樣……」這時沃拉吉米爾幾乎在喊著說話，因爲我一直目不轉睛地看著他。我丈夫一會兒坐著，一會兒站起來，望著窗子外面，兩隻手趴在窗玻璃上，彷彿外面屋頂上有個什麼東西特別吸引他。然後走回來，添柴火。我知道，沃拉吉米爾這番話是衝著我丈夫來的，他不只是對我說說而已，而是故意吹噓一番，因爲我丈夫很可能半途截住他，我丈夫不喜歡談這些事兒，因爲他害羞……而沃拉吉米爾這一下又神氣了，又稱好漢了，因爲他對我說的這些話肯定也對泊仁卡・萬尼什達太太、工廠裡的女工們說過、諮詢過，儘量讓更多的人被這些東西、這純屬隱私的廁所之事弄髒。所以我瞭解了沃拉吉米爾，他實際上眞的是第一次戀愛，第一次地能夠親手觸碰女人，感覺很好，因爲她也愛著他。當黛卡娜換了工作，在電車上賣票，又趕上冬天時，沃拉吉米爾便到停車場去接她，可能的話他跟她一塊兒坐電車，到處晃遊一直到電車回廠或售票員換班。沃拉吉米爾在大冬天光著身子穿一件破破爛爛的毛衣和短外套，凍得發抖跑到我家來烤火。我丈夫往爐子裡添些劈碎的舊櫃板，那是他每週一次到維特什的諾瓦科維街買來的。等沃拉吉米爾烤暖和了，便莫名其妙地說：「博士，我在科特采商場看到幾件漂亮便袍，都是出口次品，您不想去買一件回來？可能對您來說很合身，我說什麼呀！」沃拉吉米爾改口說，「不是合身，而是適合您眼前的思想狀況。」他這麼說，我立即看到，我丈夫被擊中了。我正希望用幾句簡單的話冒犯我丈夫的秘密，只有沃拉吉米爾最淸楚了。我說：「沃拉吉米爾，您爲什麼穿得這麼少？」沃拉吉米爾脫下他的短外套，裝作他已經很熱的樣子，但他脫短大衣是想讓我甚至我丈夫看到他光著身子穿的那件毛衣滿是窟窿和脫了線……沃拉吉米爾以發牢騷的口吻說：「年輕的太太，您該了解我，當我的女友作爲一名電車售票員，在風雪交加的大冷天坐在那些敞著門的電車上來來回回，連卵巢都凍壞的時候，那我該怎麼辦？我該穿著便袍坐在家裡等著她回來？或是穿上皮大衣戴上羊皮帽去接她下班回來？那我會難受極了。可是這樣，當我也親身嘗試她上班的體會，即使受凍，我也感到幸福。她爲人們受凍，我則爲她受凍，我們倆都受凍，但我們誰少了誰都沒法活，我們彼此還說，不管誰少了誰也都不能不受凍。」沃拉吉米爾談話時，我看到我丈夫如何彎著腰又在往爐膛裡添柴，後來又踏著地毯到隔壁屋裡拿來一把大刀子，在過道裡磨起刀來。沃拉吉米爾一直像鴨蹼一樣地叉開指頭，張著他那雙大手接著烤火。思量著如何將他那位在寒冷的日子裡受凍的電車售票員、他心愛的姑娘更緊密地拴在自己身上。我丈夫磨完刀回來，站在窗口亮處用指頭試試刀鋒，他喜歡鋒利的刀子，因此每個星期都有一個指頭要包紮起來。沃拉吉米爾接著說：「年輕的太太，您知道，我不能什麼都憑想像，我所做的一切首先都得自己去親自體驗一番。自從我那位在電車上工作，由於穿堂風和行車時的震動損傷了她的卵巢的時候起，我的兩個腎就痛，我有什麼辦法來對付這呢？」我笑了笑說：「您的腎病是由那電車上的過堂風和震動引來的，沃拉吉米爾先生，等到您的黛卡娜辭去這工作或者生上個病待在家裡，您的病就會好了。」沃拉吉米爾一邊聽著一邊慢慢地穿上他的短大衣，說：「這有一定道理。要是她的身子往下墜，要是她懷了孕，要是我們將要有孩子那就最好不過了！」我丈夫無緣無故地大聲吼道：「可他媽的沃拉吉米爾啊！海明威的第一部短篇小說寫他怎樣跟他那位當醫生的爸爸到一個印第安產婦那裡去，準備替他接生。海明威的爸爸一掀開床單，只見那裡躺著一個用刀子殺死了自己的印第安男人，這是由於他爲妻子分娩緊張得無法忍受所致。他媽的您也會在您老婆分娩時堅持不住的！」沃拉吉米爾後仰著腦袋，他那卵狀的顱骨更顯得高傲了。他輕蔑地說：「那我也可能割斷自己的咽喉，我將會有一種純粹的感受。主要是免得讓我穿著便袍坐在家裡去讀別人所感受的東西……博士！科特采商場有出口土耳其的便袍啊！」沃拉吉米爾得意地說。我丈夫像木雞一樣站在那裡。可又無緣無故抬起眼睛、大笑著喊道：「沃拉吉米爾，您知道除您之外還有誰患羊癲瘋嗎？先知穆罕默德和作家杜思陀也夫斯基，徵兆完全一樣！可是請注意，不能超過三十秒鐘！這可毫不含糊！最舒服的死是淹死。」

沃拉吉米爾就像遭閃電雷擊的塔一樣站在那裡。他一步跳到爐子旁，我連忙上去擋著他的路攤開雙手說：「您又想搬爐子？沃拉吉米爾，您若敢搬，我到死也不會理睬您的！」沃拉吉米爾咬著舌頭強忍著怒氣跑到院子裡。外面下著雪，他匆忙跑下台階，連帽子也沒戴，他的腦袋一下就消失不見了。我知道，在戀愛這方面他簡直成了天下第一人，眞是一個大瘋子。我知道這一點，不禁點點頭，覺得本該這樣……後來我和我丈夫穿上婚禮服去參加沃拉吉米爾在日什科夫區政廳舉行的世俗婚禮，所有婚禮客人也都是俗套的，所有婚禮上的公職人員也是俗套的。先做一個老一套的報告，然後按慣例互戴戒指。沃拉吉米爾就是我所見過的依從俗套的新郎，被這婚禮弄得張惶失措，一直不相信自己能得到這麼大的幸福，能娶到這麼一位因爲這習俗化的幸福而容光煥發的俗套新娘。後來，開來一輛俗規的汽車，隨著又一輛、再一輛，然後便去瓦茨拉夫大街上俗規的旅館，在一個俗規的婚宴廳裡吃了一頓俗套的午餐，在同一個碟子裡新郎新娘按老一套喝俗規的湯。唯一不落俗套的便是沃拉吉米爾的媽媽，她像一位曾經打過籃球的運動員，長得跟沃拉吉米爾一模一樣，簡直像他的姐姐。而黛卡娜一家簡直讓我受不了，也很俗套，但是像平常的富人那樣，一眼就能看出，他們都是些貴族老爺、太太，舉止得體。我的眼睛一直盯著沃拉吉米爾。他真讓我失望，竟然如此地俗套，如此小市民，是一個爲了他那俗套妻子的一個微笑而情願放棄自己的行動版畫的俗套丈夫，因爲他坐在瓦茨拉夫大街這家俗套的沙龍裡既沒意志也無幽默，只是一個擺在陳列櫃裡的俗套木偶。最後，到下午，那對年輕的新婚夫婦便無影無蹤、進行那俗規的結婚旅行去了。

只要院子裡有太陽，我丈夫便把椅子搬出去，待在外面。太陽曬到哪裡，他便將椅子搬到哪裡，有時還有那張小桌子也跟著動。當太陽跳上了板棚的屋頂，院子裡因陰影而變涼了時，我丈夫便端著他那鋸斷腿的椅子坐到有太陽的地方，脫光衣服曬太陽，因爲他太喜歡陽光。當我們上街，走到利本尼的巷子裡，遇上出太陽時，我丈夫總是走在有陽光的那一邊的人行道上。坐電車也這樣，他總要坐到曬得著太陽的那邊窗子旁，乘火車、坐公共汽車都這樣。有時我們一道到利本尼的舊港灣對面橋頭去曬太陽，那裡有一艘破艙船，岸上還疊了些養魚池用的橡樹木桶，人們在耶誕節或復活節用這些桶子裝魚出售。我丈夫喜歡來這裡躺到毯子上曬太陽，也喜歡在這裡和沃拉吉米爾一塊兒游泳，連依爾卡・什梅卡爾都愛在這裡畫那艘舊艙船和那條長堤。那裡整個秋天都結著香氣撲鼻的蘋果。我丈夫在這裡跟一群小男孩在一起。這些男孩根本沒去注意他，我丈夫似乎也沒注意他們，其實他們的一舉一動、哪怕一聲喊叫、說出的一字一句都被他注意到了。我丈夫待在這裡很愜意，由於這裡曾經是個港灣，從這裡有一條兩邊長著老洋槐的大道一直通到卡爾林，然後沿著河岸再通到貝爾茨・迪羅克。這裡還有家僻靜的長形飯館名叫「伏爾塔瓦人」。我丈夫說那裡每到星期六星期天有上兩百顧客，因爲布拉格人喜歡全家到這裡來郊遊。我在這裡只游過一次泳，因爲那次我從河岔的水裡鑽出來時，身上黏著一個噁心的避孕套，我氣得把它扔得老遠，我丈夫笑得尖叫起來，待在舊船上的男孩們也哈哈大笑著從船上往河裡撒尿。我丈夫還對我說，有個住在什瓦布基名叫薩爾茨曼的老太太專靠早上在什特拉斯堡附近山麓下堆著木柴的籬笆旁、在太陽街上撿那些到處扔著的避孕套爲生。她將它們洗淨捲好，放在一些粉紅色或蔚藍色用來裝情書有香味的信封裡，到晚上再便宜賣給什特拉斯堡的姑娘和婊子們、拉・巴羅馬小賣場的野雞們和站在尼特拉旅館門口的娼妓們，那裡有一到兩個小時的房間出租。

如今我們躺在這裡，我丈夫突然向我談起當年他小時候，在日德尼采的小屋裡從窗口觀看出殯的情景。後來跟父母住在波爾納時，他參加了每一次的出殯行列。穿著縫有金扣子的紅色短外衣，戴著插羽毛的禮帽，作爲哭喪隊的成員參加送葬。他緊跟在哭喪隊的後面，他們一哭，他也跟著哭，跟著哭喪隊伍往前走，因爲他熱愛那出殯樂隊，熱愛那金燦燦的小號、有活塞的短號和黑管，熱愛整個出殯行列搖晃的步伐，大家都左右一致踏著重重的步伐，按照哀樂的節奏、在耀眼陽光的照射下前進。隊伍進了墓地便停止前進，哀樂仍在演奏，人們和我那位當時還是個小男孩的丈夫按照這哀樂的節拍踏步站在這墳墓的一旁，牧師和侍祭們站在墳頭，送葬的人們在墓坑四周圍成一圈，黑棺材停在兩塊厚木板上。當殯儀館工人從車上抬出這棺材時，人們便獻上花圈和花束。然後一片靜寂，教區牧師講話，後來又有一個手臂戴著黑紗的人講話。所有送葬的人都摘下帽子……我丈夫在港灣岸邊詳盡地描述著：「我也脫下禮帽，也跟著那些死者親屬一樣哭著，根本沒法看見他們的臉，因爲他們都裹在黑紗裡。隨後牧師將侍祭遞給他的水盤裡的聖水灑在棺材上，接著有個人揮一下白紗巾，樂隊開始演奏告別哀曲，四個穿得像元帥一樣的殯儀館人士提起帆布帶子，將棺材放進墓穴裡。那些死者家屬、幾個穿戴一身黑的人活動起來，彷彿要撲上棺材，彷彿要跟著死者進到墓穴裡去，然後又是一片寂靜，緊接著響起一陣號哭聲和喊叫聲。總有一個穿黑喪服的人癱倒下來，另外兩個穿黑喪服的人不得不用力扶起他。牧師用挖坑人遞給他的鐵鍬扔幾鍬土到墓穴裡，隨後我們便一個接著一個地邊走邊扔一鍬土到墓穴裡，土塊兒像敲鼓一樣地打得棺材鼕鼕直響。

接著，牧師跟死者家屬握手，跟他們輕聲說上幾句話，便第一個離開墳地，隨後送葬的人也紛紛離去，樂隊已經走到了墳地門口，掘墓坑人將錢放進口袋，我又戴上帽子，帶著哭紅的眼睛站在殯儀樂隊旁邊，送葬的人列隊走在樂隊後面，演奏過哀樂的同一支樂隊如今奏出了進行曲，所有送葬的人、所有回城去的人都伴著這進行曲邁著統一的步伐輕鬆愉快地行進著。小號、有活塞的短號和黑管在陽光照耀下閃閃發光，像我們哭哭啼啼走到墳地那樣，現在又高高興興地走回飯館，在那裡爲死者乾杯，我們大家都再沒有眼淚，彼此望上一眼，微笑著。曾經站在墳地門前的樂隊，如今站在飯館門前，演奏著歡快的歌曲，我們逐個走進這暖洋洋的飯館裡，樂隊最後走進裡面，樂師們坐在一張桌子旁，我每次都跟他們坐在一起，我成了一個公眾共有的孩子，誰都喜歡我，因爲他們以爲我是一個神經有毛病的鄉下小孩……」

行駛在利本尼橋上的電車鈴叮噹作響，我們躺在舊艙船旁的草地上，男孩們已在那髒得教人噁心的水裡游泳，他們不停地鑽進水裡，一直游到拴著裝載蘋果的船隻的粗繩那裡，然後又從那裡游回來，再游去，然後回來……

待在岸上自然冷些，男孩們全身發紫，他們蹲在地上，緊握著的手塞在下巴底下，牙齒直打顫，儘管披著毯子、短外套和襯衫，可還是不夠暖和。爲了舒服一點，他們又從舊船上跳進水裡，一直拍打到凍得發抖了爲止。我們一直躺著沒再下水，天黑時回到家裡。

我丈夫的朋友卡雷爾·馬利斯科從小就以變魔術出名……他將孩子們叫到城堡街排成一行，問他們天空怎麼樣，孩子們說正在出太陽。而卡雷爾·馬利斯科對他們說：「你們站在這平台下，我是個大魔術師，請你們閉上眼睛，一分鐘後我便把雨召來。」孩子們於是站到平台下方，閉上眼。馬利斯科從平台欄杆那兒尿了一泡尿把他們都澆溼了……有一天他來串門，走過院子的時候已經沒有半點魔術師的影子，相反，還瘸著腿，因爲他燻豬腳吃多了正在鬧痛風。等我遞給他一把椅子時，他還怯生生的。他給我們帶來一個可喜的消息，說他的朋友波列克要辦宰豬宴，說他只爲我丈夫，爲他在巴特克的布拉特院子裡養了一頭小豬崽，這豬崽已經長得相當大了，準備宰了過宰豬節[61]；說頭一天只請男士去，第二天則請女士，指的是馬利斯科的妻子和我。馬利斯科先生一邊說一邊折著指頭節咯咯響，非常膽怯的樣子。後來又莫名其妙地對我說，要是我懷孕了，到四個月的時候把它取出來或者刮除子宮內膜……「什麼？」我嚇一大跳。而馬利斯科先生

---

[61] 捷克人稱「宰豬節」，起源於鄉下農家宰豬慶豐收而得名。後來便普及到何時何地任何人都把自家宰豬請客吃飯都叫「宰豬節」了。

替我上了一堂關於荷爾蒙的課，說這激素是世界的動力。漂亮的女人一懷孕，那些漂亮汁液便在妊娠過程鼓脹起來，流進她的乳房和臀部，並激發性要求，在這頭三個月男人用不著注意什麼、不需避孕工具、避孕套……總而言之跟這樣的女人同床是很美妙的。「艾麗什卡太太，您臉色有些蒼白，在性方面有些膽怯，那麼在懷孕四個月之後就能成爲像麗絲・泰勒和夢露一樣的性感女郎。可是我今天來主要是想向您詳盡描述您那位又在哪兒磨蹭的丈夫的光輝形象。我年輕的時候，和我父親一道在他的卡列姆沙龍樂隊裡演出。我記得我們在奧斯特拉瓦演出的那時節您丈夫還是個學生，想成爲波特萊爾那樣的人物。那人曾經將頭髮染成綠色、穿著漂亮的服裝去聽歌劇。您丈夫那時也想採取這類革命舉動，於是到理髮店去剃個光頭，因爲他愛上了紮拉比的美少女格奧吉娜，可又沒有時間和本事去追求她。我那時在沙龍樂隊演奏鋼琴《小吉戈羅》。憂傷的吉戈羅想不起他的青年時代來。您那丈夫剃個光頭眞難看，因爲他的臉曬得很黑，而腦袋卻光得發亮，大家都盯著他腦袋看。他原以爲能吸引住他的格奧吉娜，結果反而使她羞得滿臉通紅，不願跟他跳舞，而跟一位人們叫他巴夏的工程師跳去了。而那位巴夏剛好相反，長著一頭淺色的漂亮鬈髮。您丈夫沒因剃了個光頭而獲得任何歡樂，卻陷入深深的憂傷之中。他溜出大廳，跑到灌木叢中，爬到舞廳窗外的圍欄上，背對著牆，穿著晚禮服一步一步地挪到窗子邊，在那裡，他看見了他美麗的格奧吉娜正在跟工程師跳舞，還一直面帶笑容。那巴夏是划船俱樂部中最高明的網球手，也是最棒的田徑運動員和排球運動員，他將格奧吉娜緊緊摟在懷裡，您那位光頭丈夫背靠著舞廳的牆壁轉過頭來望著奧斯特拉瓦舞廳的中心，妒忌得快要死去。我爲什麼對您講這些呢？好讓您明白，您嫁給了一個什麼樣的人，您這位丈夫一談戀愛便愛得死去活來，是養熊人用鏈子牽著的一隻熊，這鏈的末端是個環，就拴在熊的鼻子上，而您丈夫總是被他愛的姑娘牽著走，她們很善於勒緊那時拴在您丈夫鼻子上的鏈子。他就這樣靠牆站著，看著他的格奧吉娜如何勒緊鏈子、弄傷他的鼻子。他痛苦極了，後悔自己不該讓人剃掉他那也是淡黃色的頭髮，這濃密得必須抹上髮油才能梳理的頭髮，而且也帶著波浪，彷彿被氧化物染褪了色。我知道，」馬利斯科先生歎一口氣，像我丈夫一樣地望著窗外，「您知道，這樣一位約爾·布林納是女人崇拜之王。可是您丈夫卻沒有了頭髮，這可是眞正的不幸，他沮喪得決定在他的頭髮長出來之前寧可戴個貝雷帽。我白費勁地苦苦哀求他繼續光著頭，繼續學超現實主義者的樣子。格奧吉娜就因爲他這頭髮而拋棄了他，讓他落個跟我一樣的下場。我曾愛上一名肉鋪女郎。我總是到民族劇院對面的赫麥裡去吃午飯，我的女神、我的對象跟我打招呼說：『馬利斯科先生您要點什麼？』我跟每天一樣要了一百五十克烤肉卷，她有一頭秀髮，笑容滿面地拿著那熱乎乎的肉卷，一按開關，切了一塊給我，『馬利斯科先生，這還是熱的哩！』於是我給她寫些小詩，愛著她，每天都到她鋪裡去用午餐，吃那熱氣騰騰的肉卷，看看我那位肉鋪女郎。可是沒想到她頭髮裡起了疹子，不得不剃個光頭，於是總戴著頭巾。我繼續去那裡吃飯，午飯後走過民族大街，忽然有了個主意：到假髮部去訂了個假髮。我繼續到她鋪裡去吃肉卷。可是我那位肉鋪女郎調到貝萊恩施特因去了，還是在肉鋪裡工作，我不再寫詩給她而是給她送去假髮，可是當我走進貝萊恩施特因的肉鋪時，我看見什麼啦？只見我的心上人站在櫃檯後，頭上已經戴了一頂漂亮的假髮，只不過她的髮套是她經理給她的，從此對我不再理睬，我拿著我的這個假髮走出來。那裡正排著一個申請出國許可證的長隊，大家都跟我一樣疲憊不堪，我拿著這個花了六百克朗在民族劇院假髮部做的假髮給他們看，我舉著假髮向這個隊伍表示祝福，還大聲說了一句：『我好心沒得到好報啊！』您瞧見了吧，艾麗什卡太太，剪頭髮可不是簡單的事兒。只有像約爾・布林納或者我們年輕時的斯特羅海姆[62]……就這樣，我該走了。艾麗什卡太太，請轉告您那一位，小豬已經長大，宰豬宴已經出現在地平線上。現在我

[62]斯特羅海姆（Erich Von Strohaim, 1885-1957），第一次世界大戰後毀譽紛紛的電影導演之一。他的影片以嚴肅的現實主義風格和細節盡善盡美知名。

得回家了。在出了那檔子倒楣事之後我再也不寫情詩了，如今我根據伊拉塞克教授的著作在寫論文，不過寫砸了。我所寫的是與哲學—生物學有關的補充和注釋……」馬利斯科先生說話時，弄得我不知怎麼回應是好，我的救命稻草是照著《披著冬裝的大地風光》的樣子繡圖畫。我選了一些黑色棉線，馬利斯科先生看著我這作品勸慰我說：「沒事，只管做您的事，我的孩子……直到現在有幅畫面還浮在我的眼前，那就是從奧斯特拉瓦的舞廳裡跑掉的您那丈夫的畫面，我看了一下他側著的臉，他正在盯著他的格奧吉娜。我沒彈鋼琴，我跑出來，走到修剪了的楓樹下面，穿過花園餐廳，走進黑暗中，那裡只有從舞廳窗口射出的一線光亮。在那裡我看見您丈夫背貼著牆，我看到他穿著晚禮服的身影跟這些線一樣黑，您那位站在窄窄的、高達兩米的圍牆上的丈夫，正爲我也見到了的格奧吉娜如何跳舞的情景而怒火滿懷。格奧吉娜被摟在那英俊的工程師的懷裡，工程師對她耳語呢喃，向她說著只有您丈夫、這鼻子上拴著愛情與渴望之環的小傻熊才可能輕聲說出的情話。面對這情形您丈夫只得自嘲而傲氣地走向垂危。」馬利斯科先生站起來，就像他來時那樣，沒有跟我握手，我也沒有把手伸給他。我雖然覺得馬利斯科這人還可愛，但是我知道，他對我說的，我只有等他走了之後，等我不僅從他那使人難堪的現實中、而且從他對我所講的內容中清醒過來之後，才能去進一步思索……

我已經開始對我丈夫這些朋友感到惱火，我已經開始受不了啦！我自言自語說、反覆地說：「你得掐住他們的舌頭，你得用他們捉弄我的辦法來對付他們！」

我提著包從古力基採購回來，便轉到通往萬尼什達酒館的那條小巷裡，恰塞克電影院的門一開，只見吵吵嚷嚷湧出一群孩子，沃拉吉米爾像一根棍子拄在他們中間。他也像這些孩子一樣在看笑鬧片、教育片和新聞片，放映了整整一下午。從這敞著的門傳出音樂聲和一個男人的聲音，他正在恰塞克電影院衝著觀眾嚷道：「安靜！要不把你們攆出去！」沃拉吉米爾一看見我，馬上這樣對我說：「年輕的太太，您的夫君大人在幹嘛呀？已經買下那雙繡了貓的拖鞋嗎？是不是在寫他那本讓我們的讀書界感到大吃一驚的破天荒的書啊？」我靠近沃拉吉米爾，對他說：「他會讓他們嚇一大跳的！我的那位寶兒爺跟一個叫薩爾茨曼的老太婆在拉．巴羅馬小酒鋪，也就是在當兵的常去嫖娼的太陽街上撿那用過的避孕套，我丈夫還幫老太太用網子到伏爾塔瓦河、到那個死港裡打撈那些東西，然後跟那老太太將它們洗乾淨、晾乾、撒上粉末、重新捲好，放進裝情書的粉紅信封裡，到晚上由薩爾茨曼老太太又將它們拿去賣給拉．巴羅馬小酒鋪附近的野雞……」沃拉吉米爾驚訝得呆住了，我則非常愜意，把從我丈夫那兒聽到的亂七八糟的事情一古腦兒編派到他自己的身上。沃拉吉米爾吃驚得只會含糊地喃喃著：「這麼回事啊！這博士可真是一鳴驚人，太了不起啦！如今我確信，他會成為出類拔萃、最棒的人，他會成為文學上的世界冠軍，因為他現如今已經算得上人民藝術家了……」

在我丈夫的朋友中我最喜歡的是斯坦達・瓦夫拉，一個出了師的印刷工。他的舉止、他的自然瀟灑使我大爲吃驚。而我丈夫坐在他身旁就像個打長工的、某個郊區旅館裡打雜的夥計。斯坦達笑得也很有風度，知道如何配領帶、穿毛衣和襯衫，他的皮鞋總是擦得乾淨閃亮，而我丈夫一大清早只要一穿過利本尼公園的草地，鞋子就沒法看了。那個斯坦達悄悄地感到得意的是，他也能寫點小詩。沃拉吉米爾還拿著斯坦達寫的詩到他的街頭集會上去朗誦。他們甚至還合作寫了第四份爆炸性宣言，上面還鄭重其事地簽上了斯坦尼斯拉夫・瓦夫拉的姓名。斯坦達深愛著詩人格拉特・奈瓦爾[63]，這人後來消失在東方某個地方。斯坦達根據奈瓦爾的作品寫了一部奇特的作品，在這部作品中，英俊黑髮的印刷工人把自己也寫了進去，他別無他求，只想出一本小小的書以表示對奈瓦爾的紀念。斯坦達跟我講述過的一個故事使我跟斯坦達一樣將它牢記心中，斯坦達說這個畫面就像奈瓦爾一樣在他一生中留下了印記：在他小時候，常在斜爾瓦支卡的莊園裡玩

[63] 奈瓦爾（Gerarol Nerval, 1808–1855），法國文學中最早的象徵派和超現實主義詩人之一，曾出遊埃及、敘利亞、黎巴嫩等地中海東部諸國，一八五五年在巴黎的路燈柱上自縊身亡。

耍，在上個世紀中，這兒曾有過葡萄園和花園，人們還在羅基特卡河中捕淡水鮭。可是等斯坦達長大成少年，莊園裡已經住了些窮人，羅基特卡河裡也常漂著些人們丟掉的罐子和爐子等等物品。斯坦達在外廊下方玩耍，外廊上有個胖極了的女人在走路，外廊地板已經朽了，而且恰恰在斯坦達朝上看這一剎那斷了，那大胖女人從外廊上掉下來，裙子像撐開的雨傘，斯坦達在下面一直望著，直到這世界在他眼前變得一片漆黑，他被纏在這裙子底下昏倒過去，斯坦達倒是沒出什麼事，可那大胖女人的胯骨卻跌成了兩半。

「這就是我想要描寫的我的故事。」斯坦達說著，還多次重複著這句話。他有著伯爵式的修長手臂，吸煙的姿勢也很優雅，笑得多情可親，他有一頭濃密的分著縫溼潤的黑髮，臉色黝黑，樣子像義大利的足球運動員。我丈夫從來沒向我遞過一枝煙，也從來不知道幫我點燃煙，可是斯坦達善於以伯爵的風度做這一切，一切都顯出一種典雅的美……他有一個哥哥叫沃拉吉米爾·瓦夫拉。我第一次看見這位也叫沃拉吉米爾的大瓦夫拉，便認出他坐過牢，因爲他有一雙囚犯的眼睛，就像我丈夫說的有雙貝爾茲的猶太教牧師的兒子們那樣的眼睛，有著囚犯的那種觸覺，連他的笑也是坐過牢的那種人的笑。這位大瓦夫拉笑得都喘不過氣來，笑得瞳仁快樂地打轉。說他儘管是出師的電氣機械師，卻掌握了所有超現實主義的宣言和所有詩人、上個世紀所有法國詩人的作品，最主要的是因爲他是一個在皮迪茲坐過六年牢的人，因此將多一點的客觀現實主義帶進了超現實主義之中。在這方面他算是獨一無二的……他當然也嘲笑其他所有的人。他兩手抱著膝蓋，一個勁兒地微笑著。因爲他說他已經不需要交談，早已把一切都記錄下來寫進心裡、靈魂裡，然後寫到割斷的麵粉口袋上，只需將他在那只有地下礦燈的礦井裡體驗的一切抄下來就行了。我看得出來，斯坦達不僅喜歡他哥哥，還認爲曾經坐過牢的這位大瓦夫拉哥哥將是未來的精英。關於這一點斯坦達從未懷疑過。我丈夫在斯坦達的哥哥還關在監獄裡的時候就已跟斯坦達有過來往。兩年來他從斯坦達和他哥哥的其他朋友如布希爾先生那裡常聽他們談起大瓦夫拉。這位布希爾爲了紀念安德列·布列頓[64]在茲波希洛夫[65]花園裡造了一隻大艙船，直到今天還擺在那花園裡，因爲誰也沒法將它搬到河裡去，就因爲太大，所以一直關在茲波希洛夫花園籬笆裡。那時我丈夫早就已經知道這位大家都等著他回來的大瓦夫拉。他們那個自詡爲利本尼精神敏感者小組，直到最近才開始生活。等到人們稱之爲工人的詩人、大瓦夫拉回來，我丈夫才會看到一位活生生的真正詩人。

[64] 安德列·布列頓（Andre Breton, 1896-1966），法國詩人、評論家、超現時主義主要鼓吹者和創始人之一。

[65] 茲波希洛夫指位於伏爾塔瓦河畔的一座漂亮宮堡，現爲國家雕塑館。

他入獄的故事很簡單：他的頭頭有部發報機，向西歐傳送了剛好兩年，偵緝隊用雷達找到了他們，在馬爾莫夫卡的一輛小汽車上連同他們的器械一起捕獲了他們，隨後便是審訊，然後在一九五一年於巴爾杜比采開庭審判……有一次，在一個陰霾的日子裡，大瓦夫拉坐在我們敞開的窗子旁，兩手扶在膝蓋下邊，講到他一生中最大的恐懼：他被押著走過一條一百米長的街道去法庭，沿途站著一些普通老百姓，大多是婦女。他們威脅他，往他臉上吐痰，對著他喊叫，大家都喊著說他們該被絞死……「這唾沫、這喊聲、這些眼睛、這些模樣像我們的父親、我們的母親的人們的仇恨是最最可怕的了。我被判了二十年。後來又帶我走過那條喊叫辱罵的街道，我的弟弟斯坦達站在那裡，絕望地哀號著：『沃拉佳啊！超現實主義者們能管什麼用啊！塞利納能管什麼用啊！哈謝克、卡夫卡能管啥用啊！這些年來，皮迪茲對我說，那其實是一個好的無線電廣播啊……我要寫篇關於這事的消息，我要寫篇關於這事的報導，在一塊小小的版面上我要喊出不僅我的命運而且是其他人的命運……』」

終於，我丈夫有機會成為一位作家了。他收到一封信，出版社在信中提議出版他的一本短篇小說集，而為了讓他能集中精力把這本書弄出來，出版社將給他提供一些經濟補助，一年之內將付給他一半工資，讓他去與公司商量工作量減半。於是布普尼廢品回收站主任古切拉先生便與我丈夫簽訂了這項合約。於是我丈夫便從他所寫的作品中挑了一些可以出版的短篇小說出來，可是挑來挑去還是不夠，他必須再寫一些短篇小說，可又不是他習慣寫的那些尋開心的所謂「江湖神藥」。正如我所看到和聽到的，他在開始寫些相當溫和的、爲讓這本集子得以出版的這類短篇小說。事情經過是這樣的：最初他交給編輯部的只是那些「江湖神藥」，連副標題也不是寫的短篇小說，而是那些雜七雜八的東西。等候編輯部審讀了整整一個月，後來又拖了一個月之後，我丈夫變了，坐不住了，從睡夢中醒過來。他每個星期都跑到編輯部去問他們是不是已經看過他的東西了，而每次都抱著極大的希望走進那棟樓房，可又膽怯地、可憐巴巴地回到家裡。

他的工作安排是這樣的：雖然每天都去上班，但只需做到下午一點，然後洗完澡便可回家。可是換了一個新主任。不管是那女工東佳，還是那助理工溫札，雖然什麼也沒說，可是我常去那兒找我丈夫時便看到，我丈夫想要出人頭地當上作家不是那麼輕鬆的事。工人們的那種信任感消失不見了。我丈夫獨自一人幹活，連新來的女主任也變得對他冷淡起來，東佳和溫札已經不再和我丈夫一塊去喝啤酒，也不到胡森斯基去吃午飯了。我丈夫因一心忙著他那本書所以根本沒注意到這些。又過了六個星期，當我丈夫重又去問作家出版社的編輯部是不是接受了他那些「江湖神藥」時，他們只是對他說已經有兩位編輯看過，讓他第二天早上再去。第二天我丈夫沒去上班，九點鐘便等在編輯部門口，直到約定十點鐘見面。他便在河岸溜達了一通，然後才進編輯部去。一個小時之後，他便紅著臉感到受辱地跑到我的烤雞快餐廳來，對我說他們把他的稿子退給了他，說他們大笑著朗讀了他這本名叫《線上雲雀》的書稿中的一部分，說有些句子使編輯們興致很高。當時我丈夫情不由衷地微笑著，他有個印象，即從眼前這一瞬間起他將開始實現他要成為未來的佼佼者的夢，覺得他的朋友、詩人希夏爾和柯拉什關於他的短篇小說將會前途無量的預言說對了。當編輯們笑了差不多半個小時之後，對我丈夫短篇小說的風格和內容大加讚賞一番，但隨後變得嚴肅起來，說這樣的稿子是沒法出版的，要是出版了，他們作為編輯就會是最後一次坐在這裡了，因為社領導會因為這些「江湖神藥」式的作品而辭退他們，砸了他們的飯碗，而我丈夫想必也不會願意他們發生這種狀況，所以現在只好把稿子退給他，因為只有一半短篇小說可以考慮放進書裡，由捷克斯洛伐克作家出版社出版，所以讓他在還有經濟補助的今後半年裡再寫些裡面既沒有髒字，也沒有色情場景的短篇小說……於是我丈夫便搖搖晃晃回到了焦街的廢紙回收站，準備接著幹活。等卡車載著他裝上的紙包開走之後，東佳和溫札站在院子裡。我丈夫提起罐子從胡森斯基打來了皮爾森啤酒，可是東佳和溫札都沒有喝。我丈夫請他們為他的健康喝一杯，可溫札看了一眼東佳，兩人一致說他們自己有錢，不需要作家買酒給他們喝……於是我丈夫便離開了這個他幹了四年活的陰冷骯髒的院子，走到大街的光亮下，等他一步一步走到我那裡時幾乎有些支持不住，只坐在那裡呆呆地微笑著。我正在招待那些黑人顧客，他們剛剛把用來洗手的一盆清水喝掉了，因爲大多數顧客喜歡用手拿著烤雞吃，可是這些黑人沒用這水洗手，以爲這是用來喝的水。我和領班都在笑，可我丈夫坐在那裡看著前面，彷彿有些不知所措，他細細咀嚼了他後來向我謹慎複述的失敗，他那些粗痞文稿在作家出版社遭遇的慘敗；他與那些已經屬於過去的朋友的關係上更大的慘敗，兩位詩人恐怕已經除了他的名，因爲他們可能堅信他想踩著他們的背脊爬上光榮作家的桅杆，去當一個出人頭地的人，而不再是一名工人，不再是廢紙回收站的人稱呼的那個博士。自從那不僅他自己而且他的朋友們曾寄託如此厚望的稿子被退回這一瞬間起，他似乎變成了另一個人。我徒勞地罵他，徒勞地堅持對他說，笨蛋是出版社的那些人而不是他。我徒勞地威脅他說，做夢也休想改動絲毫他的稿子！其實我壓根就沒讀過這些稿子，這不重要，要緊的是讓他保持原來的樣子，讓他別突然一下子開始按照出版社那些人的要求來寫作，可是我那不爭氣的丈夫根本聽不進去，他已經在按照那些被通過的短篇小說來寫，並把希夏爾和柯拉什先生很看重的那六個短篇撤了出來，耐心地補寫完那些經過篩選之後剩下來的玩意。他一大早就去上班，以便到中午就把工作做完，可以去寫他那預約好的短篇小說。此時此刻我因我丈夫突然變得這麼溫順而有了勇氣，不惜一切代價地怎麼想就怎麼對他說。而我丈夫卻按照人家勸說他遵循的樣板，違背自己的意志、自己的信念來寫作，然後到編輯部去撒謊去僞裝，每寫一部短篇小說便拿到那裡去低三下四徵求意見看是不是合乎他們的要求。那裡一誇他，他便高興。直到寫完最後一個短篇，爲的是能湊到一起出一本小書，然後便可成爲作家，出人頭地。從此，我便開始把我的丈夫看成一個膽小鬼，看做一個在他朋友之中是一個樣在編輯部又是另一個樣的人，我受不了這兩種面孔、兩種目光、兩種言談，我已經帶著一種反感聽我丈夫講話，我總是怎麼想的就怎麼說。我當姑娘的時候曾經住過一棟擁有十幾間房子的樓房，我，曾經擁有股票，我們家裡請了女傭和司機；我，也曾爲這付出了代價，我不僅失去了這一切，還因爲我是個德國女孩而在磚場工作了一年，然後我父母被遷走，將我和弟弟海尼留下來，那時我才十六歲，爲了供養海尼，我不得不到飯店到食堂去打工，以便能給他端回一小鍋食物，讓他能塡飽肚子，難道我經歷過這些遭遇之後如今還要說謊話？說些非我所想的違心話？像我丈夫那樣行事？他打定主意要不惜一切代價去當個作家，即使要改寫、補寫他的書、背叛他的粗痞文稿也在所不惜，這些手稿是在他的朋友面前、使他們爲之雀躍的啊！後來我丈夫的膽小怕事得到了報應。連在朋友中間他也不再有自己的觀點，不管誰說什麼他都立即表示同意。他總是先同意一切，只要不說自己該說的東西就行。他害怕說出自己的觀點，即使說了，到最後也總是收回。在焦街的廢紙回收站也是同樣的結果。我去那裡找他時，辦公室正坐著企業安全代表。我走進去，正想退出來，那個安全代表說：「只管坐下吧，太太，您丈夫很快就要回家的。」東佳和溫札及主任坐在各自的椅子上。安全代表講完話，我丈夫臉紅得像剛剛哭完。「你看，」安全代表說，「你不遵守勞動紀律。我沒去注意你，你過了下午一點便走了。你還有什麼可說的呢？」我丈夫以微弱的嗓音爭辯說：「我已把工作做完，所以就回家了。」而安全代表堅持說：「你承認嗎？你無故曠工。我妻子只到這裡來過十次，可你在十二點半就已經走了。東佳，你對這有什麼說的？」東佳閉上眼說：「是，博士，您每天在十二點就走掉了。」安全代表便將這話寫進了記錄裡。然後又問：「溫札，你對這事有什麼要說的？」溫札說：「這都是您自己幹的，博士，您只能怨您自己。」我丈夫低聲說：「你知道，溫札，每當我們一塊到科利什那兒去打包，一整大車的包都是我打的，可我都把帳記在你的名下，因爲你有孩子。」溫札卻粗暴地說：「博士，您把您的工作記在我名下只是爲了堵住我的嘴。」安全代表又重複一遍說：「你沒有遵守勞動時間。」我丈夫爭辯說：「可我是經過回收站領導批准的。我可以在兩個月內縮短一半時間的工作量，這是與文學基金會協商好了的。」安全代表卻歡呼起來說：「兩個月內！可你不遵守工作時間已經半年之久了。你爲什麼不遵守這兩個月內的協議？」我丈夫繼續掉進無底深淵：「我在爲《線上雲雀》這本書而工作。」安全代表又歡呼起來，東佳、溫札，甚至主任也都樂了。「那你可以在晚上在夜裡寫呀！總而言之，你對準則規範很隨意。他們還給你寫了個加班，最主要的是還給你寫了個加班！」我丈夫輕聲堅持說：「可是付給我打包的錢是六個公擔三克朗！」可安全代表堅持說：「那些加班時間使你不在乎準則規範。」主任氣憤地對我丈夫說：「我還以爲您是個有修養的君子哩！」我丈夫站起身來說：「那好吧！我承認一切，你們所說的都對，我曠了工，行了吧？」安全代表立即將這些寫進了記錄報告，同時說：「好啊！你不僅自己沉下水，而且還連累了你的主任，尤其是企業的會計。你再考慮一下你所說的，再在這裡讀一遍！」我丈夫似乎又打起了精神，將記錄讀了一遍，然後高興地說：「怎麼樣，同志，您還種蔬菜嗎？我在這裡給您找到的那本叫《我們的水果的顏色品種》的書您喜歡嗎？」可是，那時我丈夫跟他以及東佳、溫札在下班後一起去喝過啤酒的安全代表卻冷冰冰地說：「我不知道你在說什麼。」我丈夫說：「我今年收成很好，三筐萊茵特蘋果，兩筐約納丹蘋果，四筐金帕爾馬蘋果。」主任的臉紅得更厲害了，說：「我還以爲您是一個有修養的君子哩！」安全代表又掏出一枝香煙，本想點燃它，無奈在所有口袋裡也找不到火柴。我丈夫從寫字台上拿起一盒火柴，劃燃它遞到安全代表嘴邊，可是安全代表任那火柴在我丈夫的手指間滅掉，然後將整枝煙像掐煙蒂似的掐在煙灰缸裡。我丈夫常愛談起的這個安全代表，說他曾經是多麼地喜歡我丈夫，每當他在卡雷爾・布拉班茨基喝醉了不想回家，便允許博士友善地打他幾個耳光，如今他卻滿腔仇恨，揮動著那記錄報告，就像朱可夫元帥命令似地要求凱特爾[66]元帥在投降書上簽字一樣：「簽字！」我丈夫簽了字。他簽字的時候東佳舌頭不俐落地說：「我不得不這樣，博士，您是一位有修養的人。」安全代表站起來，瀏覽一下簽字說：「好啦！如今你被解雇了。」我丈夫抬起眼睛，也舉起兩隻手，怡然自得地伸了個懶腰，呵欠都打出了聲。他打開自己那一格儲物櫃，掏出他的東西：書籍、勞動服和帽子，將它們拿到廢紙堆那兒，他把衣服和鞋子都扔到了那一堆上。安全代表準備離去，當東佳、主任、然後還有溫札簽了字之後，他在院子裡對我丈夫說：「希望你那本書能夠出版……書名叫什麼？」我丈夫說：「《線上雲雀》。」安全代表重複了一遍，「那就給我送來一本《線上雲雀》吧！」接著我丈夫用一根繩子將自己的東西捆在一起。我望著他，好得很！我見到了這情景，我曾看到別的事情，我曾在被攆出門送到收容所之時目睹過更可怕的情景。我微笑著對我丈夫說：「喂，要是你願意，我來養活你。別去理會那什麼《線上雲雀》，別去理會這一切，寫你想寫的東西吧！我來養活你！」我們走到了過道上，漢嘉站在那裡，兩手交叉著，背靠著牆壁微笑著：「喂，你這該死的小子，你反正會成為作家的！他們在那裡對你所幹的一切，這更襯托出你未來的榮耀……喂，夫

---

(66) 凱特爾（Wilhelm Keitel, 1882-1946），德國陸軍元帥，希特勒最忠實的將領之一。

人，您知道法國大革命是怎麼一回事嗎？他們不僅砍下了王后、國王以及全宮廷裡人的腦袋，而且還砍下了千百個貴族的腦袋……甚至砍下了所有國王的頭，也就是他們在聖母院雕像的頭。他們讓那王位繼承人去學皮匠活兒，那皮匠將他折磨致死。博士在這裡經受的只不過是剛學會走路的娃娃玩的小玩意。夫人，您在一九四五年所經歷的也是這麼一回事。您知道，沙皇尼古拉、皇后和他們一個比一個漂亮的四個女兒，這四個公主和他們的醫生是怎麼個下場嗎？咳，這可有意思啦！先把他們關在沙皇監獄裡，然後將他們押到托博爾斯克，然後又押到葉肯傑林堡，他們遭受的恐嚇、嘲笑、侮辱簡直太可怕了……到最後把他們槍斃了。然後又往四個公主身上澆上一桶汽油和強酸，先將她們五馬分屍，以便燒起來痛快。還把那條忠實的小狗雅密也槍斃掉了。等到法醫索科洛夫來尋找他們時，那兒只找到那條小狗的屍體。沙皇呢？只找到他腰帶上的穗飾。皇后呢？只找到她的耳環。公主們還剩下了什麼？什麼也沒剩下。四名大公夫人剩下什麼呢？一副緊身衣中的襯片和緊身馬甲上的扣襻。波特維醫生還剩了什麼？只找到他的一顆假牙和他的眼鏡片……那麼一比，夫人，在您身上發生的事，在博士那臭小子身上發生的事眞是也算不了什麼。可是我倒有了事啦！誰跟我到胡森斯基酒家那裡去呀？誰將跟我一道去賣那些找出來的珍貴的書呀？我成了孤家寡人啦！夫人，讓上帝保佑您吧，好人啊！」漢嘉哭著，將他那鬍子拉渣的臉湊到我那淚痕滿面的丈夫臉上吻了一下，擺一下手，沿著牆壁摸索著走下階梯，然後消失在下面他的地下室裡。我們走出來，到了院子裡。辦公室的窗子亮著燈，裡面坐著安全代表，他對面坐著回收站的新主任。斯萊紮先生已經退休，馬仁卡太太也已經退休。那兩名新工人東佳和溫札也坐在那裡，他們大家都在抽煙。我丈夫受到極大的打擊，因爲東佳和溫札都曾經是他的朋友，如今卻對他落井下石，儘管他們講的是眞話。我們離開了院子，焦街上太陽曬得很猛，電車沿著紅線行駛著。回收站主任像在自言自語地重複著：「我還以爲您是位有修養的君子哩！」溫札和東佳轉身到胡森斯基那兒去了……

我丈夫晚上從萬尼什達那兒回來時隆重地對我宣布說，他已接受了諾伊曼劇院布景工的工作，說明天就和劇院到勞烏恩去巡迴演出。就這樣，我丈夫成了一名舞台布景工。上班的地方離家只有兩百米遠。劇院可把他解放了，不過他仍在繼續弄那些短篇小說，爲出版社整那些稿子，由兩位編輯繼續給他出主意怎麼寫這些短篇小說和書，免得捷克斯洛伐克作家出版社的領導不高興。他總算把這本書寫完了，稿子也通過了，開始校對付印樣張。可是離完成這本書的日子越近，甚至已經登了廣告，我丈夫卻從來沒在我面前炫耀過，也沒對朋友中任何一個人介紹過他步向作家行列中和可能成爲佼佼者的經過。我已經看到，等他的書出現在櫥窗裡，甚至擺上他的照片時，他會嚇得目瞪口呆。因爲從他將他的粗痞手稿送到出版社去，打算出版他第一本書的那一美好時刻起，他原來所有的短篇小說幾乎全部被另外的短篇小說所取代，校訂時還改掉了那些語意雙關、含有隱喻的句子。實際上違背了他的意思，可他還是改了，寫了一本與他在朋友面前朗讀的、被他們看做是未來偉大的頂尖作品不同的書。有一天他歡天喜地笑著從城裡回來，在房間裡來回走動。院子裡陽光明媚。他像從前一樣重又爬上板棚的屋頂，坐在那兒的椅子上曬著太陽哼著歌，然後又爬下來。等他平靜下來之後，便對我說：「上帝站在了我這一邊，他將我解救了出來！社長當著我的面狠刮了那兩個編輯一頓，手裡很不耐煩地拿著《線上雲雀》的第一份廣告，很反感地拿著那幾張紙，接著朝這本書的兩位責任編輯桌子上一扔說：『噁心！這麼個糟糕的東西你們也想出版？立即把排好的版毀掉！跟那作家解除合約！……噁心！』」我丈夫說著，幸福地微笑了，「這太好了！你記得嗎，小姑娘？當我最後一次在焦街時，漢嘉在走廊上給我指出了道路啊！那個安全代表仍然是我的朋友，因爲要不是他把我狠狠說一頓，我還蹲在那裡哩。上帝愛誰，小姑娘，就讓誰遭受磨難！……記得漢嘉說的，法國革命者們不僅砍了那些活著的國王、王后和貴族們的頭，而且還砍了在聖母院的雕像的頭，把這些砍下來的石雕頭像埋在坑裡，革命後又過了許多年，重新做了一些腦袋嵌到那些沒腦袋的石頭身體上……這就是我的教訓。但主要的是，如今修建地鐵，又碰上了那坑，推土機一推，掘土工又將那些砍下的國王們的石頭腦袋搬上地面，重又搬回聖母院擺到它的正門上方。小姑娘，這就是進步，這就是世界歷史，這就是黑格爾的一句名言：這是玫瑰嗎？這不是玫瑰……這是玫瑰……『惡』以其軍隊的矯健步伐走遍世界，而『善』幾乎看不出來地在進行活動……」

上午舞台布景師傅夏里在萬尼什達酒家的啤酒桌上接受我丈夫爲舞台布景工。下午我丈夫便隨劇院去羅烏演出。我徒勞地勸他什麼也別做，別去上班，寧可專心致志於寫作，我來養活他，這都白說了。大概我丈夫還沒有成熟到甘於孤身一人，有勇氣每天自己面對自己，自己跟自己說話，每天不去上班而寫稿子，也就是一個人待著寫自己的這程度。我知道，我丈夫非常害怕鏡子，害怕一面普普通通的鏡子。他喜歡照照自己，可是從來照不久，只是大略一晃而過，因爲自己被自己嚇著了。他最害怕的是，我們在電影院裡，或去某處串門，當他朝鏡子裡一瞅，總是嚇一大跳，好久都不說話，要相當久一會兒才從他在鏡子裡看到的情景中清醒過來。他對他自己的想像比實際上要漂亮得多。當他梳理他已經稀稀落落的頭髮時，他簡直嚇得發愣：當他從梳子或刷子上取下他梳理時掉下來的頭髮時，他苦笑著談到自己，說他在讀大學的時候，有過一頭濃密的頭髮，說要倒上髮油才能梳得開，說他的頭髮很不聽話，栗色的，總有幾束波浪式鬈髮垂在額頭上，在陽光下發出白馬鬃似的光芒。當我丈夫看著他那兩條腿時他也要嚇一跳，每個人都可能會注意到他有一雙O型腿，這雙O型腿對他這個男子漢來說其實很合適，可是他卻嚇一跳，有時在走路的時候還用力讓兩個膝蓋併攏一些，但這一來他的步子就不是他的了。每當他決心弄直他的腿時，他走起路來就總像個瘸子。夏天每當他曬黑了，他便喜歡不穿襯衫，光著膀子在自己身上摸來摸去，很高興地爲他那身肌肉而感到驕傲。不錯，他的確有一副漂亮的二頭肌。他很愛摸摸它們，也愛讓別人摸摸。至於游泳，只要看到哪兒有水，趕上好天氣，他便立即鑽進水裡，穿條內褲也不在乎，但泳必須游，主要是齊腰站在水裡，像小孩一樣兩手捧著水往頭上澆，任它往下流，然後再澆、再澆……他在院子裡總放著滿滿一罐水，只有在情緒特別不好的時候他才不這樣做，可是除此之外，譬如刮臉時，他總是跑到外面去，總是從罐子裡、有時從臉盆裡久久地將水澆到頭上、臉上、脖子上，用水洗手指頭，然後回家來，趴在欄杆上一直到完全乾了爲止。他寫作的時候，每隔半小時就跑到院子裡去洗臉。要是出太陽，他便爬到板棚屋頂上去，那兒放了把鋸短了腿的椅子，椅子上放著打字機，隨身帶上一桶水，仍舊是每隔一會兒便雙手浸在水裡洗得嘩啦響，將水甩到臉上。當我們一道出去散步，比方說只要走到河堤上，那我預先就知道，他在琢磨著下水，然後便慢慢地沿著一級級台階走到河邊，彎下身子，久久地將水洗到臉上，遇上我們沿著走過的所有魚池、水渠和小溪，他都得去打溼他的臉、洗一洗手，彷彿總要讓他的臉嘗嘗這水的味道才舒服。每當我們到布拉格附近去郊遊，天氣稍微好一點兒，他總要抽點時間出來脫了鞋子，將兩隻腳伸出水裡，伸到淺水裡，兩眼望著他自己那雙腳，總好像初次見到。然後洗腳，一直洗到膝蓋那兒，將腿伸得直直的，等著它晾乾。我丈夫還對什麼感到得意？對他的小腿肚和大腿！他喜歡撫摸它們，要是曬黑了，他就特別喜歡將一條腿伸到前面坐著，從底下抱著大腿。他得意的是，儘管他有雙O型腿，但肌肉發達；雖然不能算特別漂亮，但也算得上漂亮。他是這麼說的，不是開玩笑，而眞是這麼想的。我說聲「喏，喲——」聳了聳肩膀，意思是說，面對這麼一雙漂亮的腳毫無辦法。除此之外他在任何地方都一照鏡子便嚇一跳。從來不想往鏡子裡瞧一眼，但是到頭來又似乎覺得他的臉有所好轉，並不是像他最近一次照鏡子時被嚇一跳的那麼壞，於是他便膽怯地、慢慢地，開頭只是輕描淡寫地，然後又是認眞盯著地看上自己一眼，可每次總是自己嚇自己一跳。他是怎麼想自己的呢？既然到頭來反正他的樣子總不會越來越好，只是越來越糟，頭髮越掉越少，皺紋爬上額頭和圍在嘴巴周圍，且越來越深，每過一年也總是越來越多，那他對自己的臉能有怎樣一個不可磨滅的印象呢？他對他寫作的感覺，到頭來大概也跟他照鏡子一樣。他的寫作如同一種短暫的愛情，好像只是在通道裡的一次短暫的約會。他寫作起來，彷彿鬼使神差、急急忙忙以便儘快寫完。他喜歡在屋頂上曬著太陽寫作，因爲光線強得炫目，他從來看不見打字機上的字樣，只是一個勁兒地按著打字鍵盤，像盲人鋼琴家彈琴似的，用十個指頭敲打著打字機，在很短的間隙中掰開絆住了的鍵杆，就這麼一直打著、打著。我知道得很清楚，他畏懼這寫作，他不相信自己，懷疑自己所寫的，正像他害怕照鏡子一樣。

同樣，當他寫完了，認為已經寫夠了，當他拿著打好的幾頁紙從院子裡回來，他從來都不再看它們一眼，被他自己寫出的這幾頁紙嚇著了，就像他照鏡子一樣。我如今待在這裡，早就知道，如果我提議由我來養活他，每天給他一百克朗，因爲我們的小費多得我自己還能留下一百克朗給自己和做家用。我知道得很清楚，他不會拒絕，但他又必須拒絕，因爲他必須向自己證實他對別人所說的。他喜歡給別人出主意：該如何寫作，該如何畫畫，該如何不要去管那生活，因爲每一門藝術都是婊子，她根本不問藝術家爲什麼不能寫或畫，可是藝術卻無情地問你做出了些什麼畫了些什麼，至於你是不是有家、是不是有畫室，一概不管，說是沒時間……我丈夫對這些人說，藝術這東西最棒的一點是並非誰都非去做不可，它必須是一種奉獻的美德、奉獻者的給予，就像尼采所寫的……於是他上午在萬尼什達酒家簽了工作合約，下午便到羅烏參加演出去了，後半夜容光煥發、興致勃勃地回到家裡把我叫醒，我又得聽他嘮叨這一天的經歷：輪胎如何被刺了個洞，沒有備用輪胎，我丈夫不得不一直到水泵那兒去找人修補輪胎。那裡不但幫他們修補了內胎，還把它塞進了外胎。他主要還講述了晚上舞台布景工們給予他的那份榮譽：當他們布好了《橋上景色》那不用更換的景之後，便坐車回了布拉格，把我丈夫一個人丟在那裡。他突然非常想寫作，想得都號叫起來。舞台布景師傅夏里在離開之前，把他帶到幕後拉布幕的地方，一切都固定在一根繩子上面，師傅讓他摸摸那根降幕的繩子說：

「等這場《橋上景色》演到下半場時你才能拉這根繩。等那女孩絕望地喊著『艾迪！艾迪！』你就拉這根繩，隨後你將待在一片漆黑之中。你拉住那根繩子別動，一直到你摸到那根反向而行升幕的繩子。那根繩是專門將遮著電話亭的布幕往上拉的。那時電話亭一亮燈，艾迪跑了進去，警察局那兒一開槍，兩個義大利人就遭殃，等到這電話亭熄了燈，你再將幕降下，讓它遮住這電話亭，讓布幕又恢復到最初那狀態。然後你再輕輕地、在黑暗中將繩索繞在升降器上免得再掉下來，懂嗎？」我丈夫滿腔熱情地在黑夜裡給我講述著。他是第一次出差回來，興奮得沒法入睡，這布景工作使他這般激動。接著他向我敍述說，該到喊「艾迪！艾迪！」的時刻時，他一個人站在拉幕繩那裡，他一生中從來沒經歷過這種時刻，時候一到，他便拉繩，一根管拉幕，一根管降幕，好不容易才摸準。五秒鐘之後，舞台上電話亭的燈光果然亮了，艾迪果然跑了進去，向警察局報告說他房子裡來了兩個黑戶口的義大利人。後來艾迪重又從電話亭裡跑出來，亭子裡的燈光熄滅，我那滿頭大汗的丈夫又將布幕降下。因爲是第一次做這工作，他將繩子拉得緊緊的，生怕布幕會出什麼問題，他寧可一直拉著那兩根繩子，因爲夏里師傅對他說了，這是他的第一項任務，說夏里師傅相信他能完成好，於是他就這麼拉著拉幕繩一直到演出結束。我丈夫就這樣成了一名舞台布景工。他早上有空，有時甚至白天一天都有空，但他總要等到演出結束，把布景材料搬走，把第二天上午要排新戲的舞台準備好了才回家。

於是我丈夫便遊移在劇院裡，在舞台布景工們吃小吃、用午餐和晚餐的飯館裡。他們在那兒喝啤酒，夏里教他們什麼叫舞台美學和倫理學。我丈夫常常要到深夜才回來，有時隔一兩天才回來，因爲到馬利揚療養地演出去了。每次回來都憂傷地對我說，在打字機離他一百公里以外的時候，他就最想寫作。可是當我丈夫有空閒時，他卻不寫作而是提著個採購包到利本尼各處去閒晃。我在烤雞快餐廳上班，他卻有的是空閒時間，可他寧可同那些布景工上小飯館拚命喝啤酒。他努力讓自己比別人喝得更多，不是因爲他特別愛喝，而是想爭個第一，至少在喝啤酒上爭個第一，在這裡他只是個微不足道的布景工。巴夏喝的啤酒比我丈夫還要多，但那小子巴夏有他的原因，家裡有些不和。我丈夫便在我疲憊不堪地下班回來前那一會兒開始寫作。等我一進門，他便裝作剛才這會兒他寫得最順手，說我這麼快就回來了，他只好結束寫作，也眞的立即停止打字。因爲我已受夠了他這一套，他那些有關我在家他就沒法寫作的托詞實在讓我受不了！他說他其實跟我在一起時、在排演的時候、在演出期間給他派了任務時、外出演出時他最想寫作了，對他老生常談的這一套藉口，我也總是以重複一句話來堵住他這一套：「別再來這一套了！我來養活你吧！」每次我丈夫都裝作沒聽見的樣子。我一對他說這句話，他便裝成沒聽見的樣子。我大笑著望著他，讓他承受我這目光，而他總是垂下眼瞼，沈默著，一個晚上都不說話，就像剛剛照了一會兒鏡子似的。我用多年重複這句話來逼他，讓他能經受住這目光，承受住這句話的內容……「別來這一套了，我來養活你！」我用這句話來加強我自身，我在鏡子裡瞧一眼我自己……這個女服務員、廚房出納員，然而又是一個由我丈夫扶著站立起來的光明磊落的女孩。可是我丈夫卻因我提議養活他而害怕了。他嚇了一跳，認爲我可能說對了，他沒能力做到獨自一人寫出他之所談以及給別人出的主意……

快到中午的時候柯拉什和希夏爾先生兩位詩人來到宮殿旅館的烤雞小吃部。我看到，他們因爲見到我而感到高興，甚至還有點兒興奮，就像其他詩人那樣因爲是我的熟人而感覺不錯。我將他們安排在窗子旁坐下，好讓他們能夠欣賞生動的英特希科街景。他們一人要了半隻烤雞，還要了點苦艾酒來開胃，也給我點了一小杯。於是我便招待別的顧客去了。我感覺得到，我丈夫的這兩位朋友的眼睛一直在注意著我，我儘量做得自然一些。我藉著要去備餐室找些玻璃杯而在那裡對著鏡子好好整理一下面妝，用手指沾了點兒口水抹一下眉毛，拉拉襯衫，整理一下圍裙和白色髮箍，拿了幾個玻璃杯便又走進餐廳。就像我所盼望的，兩位詩人已經在用眼睛等待著我，用他們讚賞的目光在擁抱我。柯拉什先生穿得像去參加並非別人而是他自己的婚禮一樣，坐下來之前還是先拽一拽熨出的褲子挺縫線免得弄皺，他穿著一條灰褲子、一件有小方格花紋的化纖毛料西服上裝，襯衫上打一條藍條子領帶，胸前插了條白手絹。而希夏爾先生卻穿得恰恰相反，粗燈芯絨褲，短外套也是燈芯絨的。他們兩人都在吸煙，注視著我。我站在他們桌旁，微笑著。但我上班時從來不坐著，即使我的兩條腿疼得要命也不坐，就像斯克希萬涅克教給我的那樣。柯拉什先生低聲對我說：「我的上帝，讓他放棄那劇院的工作吧！我的上帝！他的歲月在消逝！艾麗什卡太太，他有這個天分，有條件給我們的散文幹出點什麼來！讓他待在家裡寫作吧！」我說：「這也是我要說的話。可是他被那劇院迷住了。他不是讓我看他寫了什麼，而是根本就不寫，熱衷於在戲中演個不說話的小角色，他在《惡鹿》一戲中演個伐木工，還穿上少年侍衛的服裝參加《奧賽羅》一劇的演出。這太可怕了，他們喝得醉醺醺的，同時手裡還拿著帝王議事廳裡的威尼斯共和國的徽號旗，旗杆有三米長，他和巴夏那個酒鬼喝醉了，正當貴族元老們在議事，奧賽羅和德苔絲德蒙娜走進來……我那位丈夫已經連同那徽號旗倒下三次，把整個議事廳攪得亂七八糟。他還踉踉蹌蹌打飽嗝，弄得議事的貴族們神經緊張。」我一個勁兒地抱怨著。希夏爾先生抽著煙，將煙灰彈在我的白圍裙上，興奮地喊了一聲：「這可眞是太奇妙啦！」我接著說：「我倒是想養活他，可是他害怕寫。恐怕在家裡待不住。」波列克領班走過來，用手肘輕輕地碰我一下。我知道了，便面帶微笑走向剛來的顧客那張桌子。他們每人要了一整隻烤雞，我驚訝地重複一遍：「一整隻？」他們堅持說每人一隻，而且要最大的。我轉身走了。女廚從烤爐裡取出烤好的小雞，切成兩半放在碟子上，我將一塊餐巾蓋在手上，火速將烤雞送到兩位詩人面前。柯拉什先生表情嚴肅，甚至有點兒生氣。他倒不是生我的氣，而是衝著利本尼那個方向，我丈夫正在那兒的劇院裡準備排練，或者爲晚上的演出準備舞台的地方。我說：「我擔心，他知道自己在寫作方面無法有什麼成就，可他又很想出人頭地，當世界冠軍，所以在舞台布景工人中稱老大，在酒館裡這樣酗酒。你們以爲他喜歡那啤酒味兒？不是！只是爲了爭個喝得最多者的名譽，萬尼什達先生向我告狀說的。現在還算好了些，在《惡鹿》首次公演之前他簡直給我丟盡了臉！舞台布景工們上午就已經在酗酒了。萬尼什達先生只是隨便問問《惡鹿》是什麼內容？我丈夫忙說：有個叫拉多的很了不起。說阿列什・波特霍斯基先生根據他的故事寫了一個很棒的劇本，由管樂伴奏，開台一句就是『拉多先生眞了不起……』這時萬尼什達先生往大托盤裡倒了十大杯酒，準備遞給客人們，如今正端著這裝滿了一杯杯酒的盤子站在那兒，我丈夫抓著他的胳臂熱情地講解著：獵人羅茲霍先生隨著台下樂池裡的管樂聲走到台口，布幕仍然垂著。羅茲霍先生對著這前面的樂隊喊道：『歡迎諸位來看我們演出，這兒是從林子裡跑下來的獵物，那就送給諸位吧！』布幕升起，啪的一聲，我丈夫站起來，對著整個酒館喊道：『這裡躺著一隻死鹿！』說著便仰天倒下，撞著了端著十大杯酒的萬尼什達先生。整個酒館都喊叫起來，他們上午就已經醉得差不多了。萬尼什達先生被撞得仰天躺著，我丈夫躺在他身上。喏，糟透了！」我對著柯拉什先生抱怨著。布夏爾先生卻在說：「眞是太奇妙了！」接著他們便津津有味地吃起烤雞來。我給他們每人端來一碗水、一塊餐巾洗手用，還有一瓶皮爾森啤酒，然後便去招待那兩位要整隻烤雞的顧客。那兩人簡直有點等不急了。當我將熱乎乎的烤雞送到他們桌上時，他們急急忙忙地撕扯著、狼吞虎嚥地吃著這雞肉。我趁自己還記得清楚，便又回到兩位詩人的桌旁，接著抱怨說：「我丈夫在《克列麥爾大鐘樓》裡演了一個穿皮大衣的小人物，大家都得穿著皮大衣演戲，但都要到演出前才穿上。我丈夫倒好，在家裡就穿上了皮大衣，下午就穿上了，就這麼穿著在院子裡走來走去。演《奧賽羅》時，他整個夏天便穿著那少年侍衛的服裝，不僅在家裡穿著，上飯館時也穿著。那樣子太難看了！一雙O型腿，喝得醉醺醺的，臉拉得老長，如今還像個妓女似的頭上頂著一腦袋淺顏色的假髮，那假髮大得跟一頂羊皮帽子似的。他下午就化上妝、抹上了臉蛋，那樣子太難看了。他在《三名火槍手》中又演了一個什麼會飛的小丑，也是上午就穿上那身衣服不肯脫下來，甚至恨不得穿著那身衣服回家，給我在利本尼丟臉。有一次他的胳臂脫臼了，你們以爲他就好好休息了？沒有的事！像足球運動員那樣讓人家做了個簡單急救，接著演。演出《克列麥爾大鐘樓》時他總穿著皮大衣，劇院裡很熱，他不管是換景搬傢俱、道具都穿著它，弄得滿身大汗淋漓，在這劇演出時他撐著那面大紅旗，甚至連旗帶人倒下了，摔在囚犯們身上，我丈夫則暈倒在那面紅旗下面。他們還得想法讓他甦醒過來，因爲他發著燒。」我一邊說一邊用餐巾擦拭掉在桌上的碎渣兒，拿起胡椒小罐、牙籤瓶，把詩人們這張桌子擦得乾乾淨淨。希夏爾先生過一會兒就感歎一句：「眞是太奇妙了！」可是科拉什先生的表情卻越來越嚴肅，等他認眞地洗過手，擦乾之後說：「艾麗什卡太太，他多大歲數了？您轉告他，問他多大歲數了！在這種年齡，四十七歲了，在外面卻連一本書也沒有。一大批作家在他這年齡都已經死掉了！您轉告他，讓徽號旗蓋住了貴族議事廳雖然美，讓紅旗壓在他身上，他暈了過去這雖然壯觀，在酒館裡跟顧客們吹牛《惡鹿》的故事，大吼一聲：『啪！這裡有只死鹿！』這當然過癮，但這一切把寫作都耽誤了！您轉告他，更好地表達自己意思的人，才是最優秀的人。告訴他，這一切等他寫出來之後才開始更動人……」又進來兩位黑人顧客，就是那兩個錯把洗手水當飲用水喝了的人，他們齜著牙對著我笑，還嚇唬我說那一次他們就知道那碗水是幹什麼用的。詩人們站起身來，付了錢。希夏爾先生已經抽完煙，他把煙灰彈在黑人桌子上時，嘴巴還在說著：「眞是太奇妙了！」掏出他那把梳頭髮的小梳子，梳理了一下他那剪成刺蝟式的短髮。柯拉什先生扣上他的西服上衣，這是詩人漢志讓給他的。他跟我握手時，又叮囑我說：「艾麗什卡太太，這全在您啦！我說呀，您就自己拿主意行事吧！把您的十八般武藝都使出來！重要的是，要加點壓力！」他拿著我的手，我感覺到他少了一個指頭，在他當木匠的時候失去的那個指頭，詩人爲此而感到驕傲，他也不隱瞞這一點，像個受了老師誇獎的小男孩一樣地笑了。我並沒有誇獎詩人，可是他的表情那麼謙虛，彷彿有人老在誇獎他。我眞希望我的丈夫也能像柯拉什先生那樣會穿衣服，也能像柯拉什先生那樣將白手絹擱在上衣口袋裡，也能像柯拉什先生那樣對自己有一種自豪感。他爲之感到驕傲的不是他自己這個人，而是作爲詩人，深深融合在他內心的這個詩人，這個詩人在柯拉什先生的整個外貌上、包括服裝在內的整個人物從老遠就光芒四射。就像我第一次在利本尼街上遇見沃拉吉米爾先生那樣，人們老遠就能看到朝他們走來的那個人有一頭漂亮的鬈髮，個子高大得跟美國籃球運動員一樣，他有一個卵形的漂亮腦袋，像理髮師裝飾打扮了一番的美國孩子的腦袋一樣，他那個鷹勾鼻微微有點兒歪；而我丈夫就像街上任何一個隨隨便便的普通人，就像他自己說的那樣：一個布拉格的窮光蛋。我一邊招待顧客，一邊在想著柯拉什先生這件小方格花紋的化纖毛料上衣，想起了我只見過一面的漢志先生，他也有一件跟柯拉什先生同樣的西服上衣。漢志先生戴了副度數很深的眼鏡，也跟我丈夫一樣只是業餘寫作而已。他是在一個生產摩托車的工廠裡上班，往車座裡塞鐵絲、做摩托車座椅的。他下到摩托車廠來，也跟我從原來擁有十幾間房子和別墅、夏日避暑住宅、司機、廚娘齊全的家庭跌落到餐館廚房一樣。不過去年他已經死了。死的時候個子乾瘦得躺在一副小孩棺材裡，就像弗朗采・斯沃波達這位英俊的足球運動員一樣，他生前梳著分頭，是斯拉維亞隊的足球隊員，連出去踢球時，箱子裡還要放一套晚禮服，可是到他死的時候卻只有三十五公斤重，但他踢中鋒的時候曾有八十九公斤重。漢志跟這中鋒一樣是個美男子，他還當過兩百米賽跑的共和國冠軍。詩人漢志既是參賽運動員又是詩人。他寫了《盛事》，第一次地用詩寫了八位女市長在皇家草坪上的比賽。我下班回來，心裡還在想著柯拉什先生從漢志先生那裡得來的那件小方格圖案的化纖毛料上裝，想著他藍條子領帶和胸前的白手絹，心想，我丈夫大概也該這麼打扮。我掰著手指關節，一琢磨，不行！我丈夫那套服裝，黑燈芯絨、那套打掃煙囪的人的服裝，他那套勞動服對他來說更合適、更好。我丈夫幾乎總是能猜著我的心思。這個晚上，當他們冒雨將布景、道具送到那猶太教堂，又將明天要上演的喜劇道具取出來，半夜回到家裡時，他把我叫醒說：「小伙子們說漢志在第一共和國和保護國時期住過有六個房間的房子，說他繼父做南方水果的批發生意，漢志在他繼父那裡工作，當小伙子們到漢志那裡串門時，所看到的眞是大開眼界。整個整個一面牆都是明亮亮的玻璃，彷彿一家裡面有幾百瓶名酒的大酒吧。可主要是在那面玻璃牆上有一架可以支起和放下的留聲機。漢志屬於那種紈褲子弟，可又不是那種不懂裝懂冒充內行的人。他參加過比賽，獲得過兩百米賽跑冠軍，人家稱他花花公子，說他跟他母親有什麼關係，結果就像在希臘悲劇裡一樣得到了報應，說他每當想與哪個女孩有點什麼關係時總是沒法勃起，結果弄得很難堪。他曾是柯拉什先生和『42社團』⑰中美術家們的朋友，他雖然是兩百米賽跑的全國冠軍，可是幹那事兒卻不靈……保護國期間之後，他又去到義大利找他的布拉戈福特公司的人，以便跟在波洛尼亞他過去的老搭檔合作做生意，他的貿易夥伴分給他三百萬里拉去做有息貸款，說在那個戰爭年月還能長出點錢來。不過漢志不能把錢帶出國，於是他便買了二十套衣服、二十件小方格的男上裝、幾打領帶和鞋子，又大擺宴席，還用飛機從威尼斯運來些最漂亮的女郎，漢志就這樣揮霍掉了所有的錢，可他自己連跟一個美女也發生不了什麼關係，都因從小留下來的那病。他回來的時候，便到處分送他那些上裝，柯拉什得了一件，卡米爾．霍達克得了一件。後來便到了一九四八年，布拉戈福特公司國有化，漢志從家裡搬出來，繼父去世、母親也去世，玻璃牆房子連同留聲機都已賣掉，漢志從此再也沒有像他以前不參加比賽時去當教練。於是就像你一樣從擁有幾百瓶各種牌子的酒的玻璃牆房子一直跌到一個小小的工廠當一名輔助工，幫助安裝摩托車座，將彈簧裝進座椅裡，還沒等他的《盛事》出版便崩潰死去了。」我丈夫把這些說給我聽，他坐在床上，兩眼望著他那雙腳。我坐起來，撫摸著他的臉，試著撫摸他，他總是閃開，

㊻ 42社團：捷克一個藝術家和理論家的組織，他們於一九四二—一九四八年共同舉辦展覽，以城市生活與文明爲靈感來源進行創作，柯拉什爲其主要成員。

將頭轉到後面去。他害怕我用手摸他，但反而將他的臉鑽進我的手掌裡，就這麼待著，並不是因爲覺得這樣舒服，而是他需要人的手，不過他壓根就是一個害怕跟人觸碰的人。好多人有些怪習慣，跟人說話時總要扶著對方的肩膀，用眼睛撫摸對方，或是拍拍人家的背，這些我丈夫都忍受不了。他能忍受許多東西，可這方面對他來說就像可怕的瘟疫；連我除了與他做愛之外，平常也不能碰他一下，否則他就像被碰傷了一樣地立即閃開；更有甚者，就像一碰就變成了殘廢，要好長一段時間才能恢複過來。要是有人拍拍他的背、或者扶著他的肩膀，我丈夫就垂下眼睛、紅著臉，轉過身去、閃開、跑掉；要是連這也幫不了他的忙，他就會很不友好地罵起來。每一個觸碰他的人他都想法擺脫掉。同樣，他也不樂意跟任何人握手，也不喜歡向任何人做自我介紹，不肯伸出手去，因爲他忍受不了握手。要是一個月碰上這麼一回，我丈夫會因爲這一不愼而號叫著搖動著手，然後打發那些愛握手的善良人去握手，自己卻在反覆查看自己那些被人們友好地緊握過的指頭，然後將自己的雙手藏起來。當有人主動伸過手來要跟他握時，他便謹愼地伸過手去說他的手有毛病……彼此介紹對他來說簡直是受罪。他立即對每個人說，貓狗也都不互相做介紹，說它們只是彼此望一眼，只在眼裡衡量對方的分量。今天夜裡，他將臉埋在我的手掌裡。我對他俯下身子說：「那個漢志在四十歲時去世了。你早已過了四十，可你還老是在拖拖磨磨編寫你的那些盛事，難道就不値得冒一下險寫出一二十本關於你那些故事的小書來？你還在等什麼？等著跟漢志一樣下場？趁現在還有時間，你快清醒過來吧！開始學著坐下來，就像你在上班似的，趁你還有興趣你就寫吧，別等到你已經沒興趣寫而逼著自己寫的那個時候，你將在家裡踏踏實實地坐下來，我像賭賽馬一樣賭上了你！我的上帝，你要明白，我的老兄！最終你將成爲那最頂尖的！開始爲你的世界冠軍的目標衝刺吧！繼續寫下去，寫下漢志停下來沒寫下去的那些盛事……」

我丈夫從舞台布景師傅那裡得到指令，要他跟他們小組到猶太小教堂去清除廢物，叫他們去把聖壇、神龕、供桌之類的東西砸掉，因爲那裡已經沒有多少地方來堆放被淘汰下來的喜劇道具了。我丈夫便滿腔熱情地投入了這一工作，這是他喜歡的工作。他儘量砸個痛快，他還買了些淘汰下來的喜劇道具搬回家來，我們院子裡便堆滿了這些道具、木條木板。我丈夫拿著斧頭將它們一頓亂劈，讓它們完全失去原來的面貌和作用，變成劈柴放在板棚裡給大爐子生火用。這些木柴燃起來很旺，我丈夫常說起這些木條木板原來是什麼景框、道具，如此這般地又再次回味這些喜劇這些道具，又一次地過過癮……

如今他還把沃拉吉米爾也帶進了這小教堂。因爲我丈夫說了，應該讓沃拉吉米爾看看這毀滅的場面，說藝術家應該親臨包括處決囚犯在內的一切場合。於是四個大漢揮著十字鎬來掀掉這個猶太鎮猶太教牧師曾經站在上面的講壇。等他們把這講壇掀掉之後，便開始砍桌子和窗框。他們就在塵土飛揚中大砍大伐這些有兩百年歷史的猶太彌撒和宗教儀式的裝飾，他們劈碎了所有木製的裝飾枝葉和字母，拔掉了所有那些猶太信徒們抬頭觀看的裝飾得很漂亮的木柱。沃拉吉米爾站在那裡被這情景驚呆了，感受了這榔頭斧頭的捶打砍伐聲。教堂上方有個圓弧形的窗子，一線陽光透過它斜著照射進來，正在上午時分，大玻璃窗的彩色鑲嵌掉到斷裂的木板和裝飾物上。我丈夫已經習慣轟隆巨響，彷彿在劈碎節目中被淘汰的喜劇道具，他用手肘擦著汗水。我去看我丈夫，在門裡站著。光亮透過那圓弧形窗子灑到地上，這就是我丈夫說過的那個跟在沙特爾那座大教堂窗子一模一樣的窗子。我站在那裡目瞪口呆，簡直不敢相信自己的眼睛。我有個印象，似乎曾在某本書裡見過這場面，曾經在德國某個地方，當希特勒一上台，德國人曾大肆迫害猶太人，他們燒毀猶太教堂，燒毀猶太人特定居住區，將猶太人送進集中營，或者在城市裡追捕他們，在他們的住房和教堂門前把他們打死。我就這麼站在那裡看著我丈夫工作，現在他又取下一個大王冠、大衛國王的王冠，他曾經對我說過這是他曾經見到過的最漂亮的王冠，可他如今卻取下了這猶太聖壇上最後一部分。當他像神經病患者一樣舉起斧頭就要砍時，沃拉吉米爾忙喊道：「博士，別砍！博士，別砍！」我丈夫便舉著斧頭僵住沒動了。沃拉吉米爾走到他跟前說：「博士，您把這頂王冠搬回家去，或許它能給您的寫作帶來好運哩！」我丈夫端起這頂王冠，它大得像我丈夫的腦殼，這個大王冠上面塗著金黃色和寶藍色。他將這大王冠的兩根木樁取下來，用袖子擦擦，將它帶到沃拉吉米爾跟前。工人們拖著他們的十字鎬和斧子走出去呼吸新鮮空氣了，我丈夫拿了這個王冠，同沃拉吉米爾像抬一口小孩棺材一樣抬著它，他們把它抬到院子裡，王冠閃閃發光。布景工們又推著小車，走進猶太教堂，用小車裝著一些舊木板、斷木條出來，我嚷嚷道：「我的上帝啊！你們不至於把這些東西運到我們家去吧？」布景工們對我說，我丈夫已答應請他們喝啤酒，還眞的要推到我們院子裡去，因爲我丈夫要用這些破爛來生他的兩個爐子……可是我丈夫和沃拉吉米爾已經抬走了那頂大衛國王的王冠。我丈夫嘟噥著說要把這王冠掛到我們床頭的騎馬釘上，不管什麼時候都要先看它一下才開始寫作。他感謝沃拉吉米爾對他吼了那一聲，說直到現在才開始他的黃金時代，這頂王冠將在黑暗中照亮他的文學道路，從這一時刻起，他將一心一意爲讓自己成爲文學上的佼佼者而努力……

我跟在我丈夫後面，沃拉吉米爾因被這王冠弄得興奮不已而完全沒注意我。他還爲人們停下步來欣賞這王冠、主要是欣賞搬來這頂王冠的兩個爺兒們而感到高興。他們不僅將它搬進院子裡，還搬進我們房子裡。我丈夫立即拿起斧子，從板棚裡找來一個騎馬釘，將它敲在床頭上。沃拉吉米爾將這頂王冠遞給他，他跪著將它掛到騎馬釘上，然後伸出兩隻手、張開胳膊，朝這王冠鞠了一躬。我在門口站著，布景工們已將猶太聖壇上最後剩下的破板斷條送到我們院子裡。我丈夫臉上有好幾處大髒污，他熱得要命，兩手攤著站在那兒。沃拉吉米爾微笑著，他正牙疼，只是微微張開嘴唇，笑也笑不痛快，對我說：「年輕的太太，您怎麼看這幸福？」

外面堆著毀掉的聖壇殘木斷片，在斜陽的照射下閃閃發光。這陽光透過窗子的折射灑到我們院子裡。我眞想離開這院子，離開這座樓房。連這沃拉吉米爾也讓我心煩意亂。因爲正是他帶我和我丈夫到破舊的猶太墳地，正是他，將手伸給我，拽我跨過鐵柵欄進到火車站下面的猶太墓地，沃拉吉米爾還親自將一塊塊墓碑指給我看，將那些早已死去的人的名字讀給我聽，這個沃拉吉米爾還隨身帶來一塊銅片，一塊銅的陰模，讓我拿著。並對我說：「年輕的太太，我要試試看這大自然能給我的版畫生產出點什麼。年輕的太太，如今我們一起把我的這塊陰模埋進去，一年以後再挖出來，我們就會看到大地對我的版畫陰模能幹點什麼，水和吸滿了死人的塵埃及有刺激性的泥土會在它上面腐蝕、留下什麼。」這是沃拉吉米爾在猶太墓地上對我說的。在那裡我第一次開始明白對猶太人所發生的一切，我開始清醒了。於是我不知不覺地開始生我媽媽的氣、生莉莎和烏利的氣，他們至今還仇視猶太人，他們也許希望那些剩下來的猶太人都死盡滅絕。我突然回憶起，當我已經是個大姑娘時，親眼看到在我們莫拉維亞那裡瘋狂的德國人如何摧毀猶太村落，如何砸斷猶太墳地的墓碑。那時候我對這一切都無動於衷，因爲連我們家裡人都爲之而感到高興、喜形於色，搓著手，爲這一切而興高采烈，因爲我媽媽還有莉莎都坐車到維也納去過，當希特勒來到那裡時，她們兩人都熱情滿懷……我記得，我爸爸有過一些貿易夥伴，是猶太人，常來我們家，可是後來從某個時候起就不到我們家來了。他們一來，我父親就躲起來，要我們說他不在家。如今我丈夫卻在搗毀猶太教堂的聖壇，盜竊了猶太國王的王冠，還厚顏無恥地將它掛在床頭上，還天真可笑地認爲這個大衛國王的王冠能給他帶來幸福。所有這些被毀壞的猶太教堂，所有這些被搗毀的猶太人區，所有這些被殺害的猶太人並沒有給我們帶來幸福啊！……如今那些布景工在我院子裡堆疊不久前還是利本尼猶太教堂裡的驕傲而憂傷的聖壇變成的劈柴，我丈夫裝做不言而喻的樣子。記得有一次我爸爸的猶太貿易夥伴來到我們家，我爸爸原來很喜歡他，可是他卻對我說，叫我告訴那猶太人我爸已經走了，可是我卻對猶太人說我爸在家。我媽便出來，一開門便對那猶太來訪者說我爸不在家，出門做生意去了……

從我和我丈夫開始到猶太墓地走動的那時候起，我便已經愛上了這個猶太墓地，有時我甚至一個人也跨過鐵柵欄到裡面去，坐在已經倒下、半埋在地裡的墓碑上，環顧四周，又從一塊墓碑走向一塊墓碑。有時候我不得不跪下來以便能從墓碑上看清楚是誰躺在下面。從那些仍然豎著的墓碑上我讀出了所有美麗姑娘的名字，不禁感到一陣憂傷，因爲猶太人是一個已被驅散的民族，這對勝利者來說還覺得不夠，他們又從驅散之中把他們聚集起來，從整個歐洲把他們運進集中營、煤氣室。我怎麼也猜不透，爲什麼德國人、尤其是捷克人爲什麼仍舊那麼仇視猶太人，爲什麼我仍然能聽到有人說希特勒殺他們殺得不夠，應該把他們都殺光。我坐在一簇黑丁香叢下面，墳地上方不斷開來通向下方一座火車站的列車，蒸汽一直噴到下面我這地方，整個墓地被籠罩在火車頭冒出的滾滾濃霧之下。我一個個地重複念叨那些猶太姑娘的名字：萊阿、蜜麗揚、莉芙克、恰維、西劍萊、戈爾玳、姆絲卡特、列貝萊、瑞赫萊、昆德爾、布露麥奈、黛爾賽、芮特。所有這些名字在我聽來就跟以下這些名字差不多：傑克夫、馬列克、艾莉阿絲、恰耶、傑芙達、孟德爾、卡德爾、札欽德、蘇絲欽玳、施馬耶、麥娜切姆、阿謝爾、桑德、瑪納賽。實際上這都是些走了樣的德文名字⑱，我卻覺得有這些名字的這塊墓地比所有其他墓地更讓人覺得親近，這些墓碑對我來說如此親切。因爲誰也不去管它，誰也不來換換水和花，這塊利本尼墓地是如此荒涼，就像有一段時間的我一樣孤苦伶仃，也像我爸爸一樣孤獨。實際上我們對猶太人所作的惡已經遭到回報，我們也跟猶太人一樣被遷走，我們也跟猶太人一樣挨揍和遭到羞辱。爲什麼？大概我們所有的德國人也包括我爸爸、

---

⑱這些人因長期在德語地區居住已改用了德文名字。

莉莎和烏利叔叔，不管是有意識還是無意識的我們都不得不承受這個報應，我們也已經得到了這報應。就像在集中營門前發生的事情那樣。我丈夫說連這個猶太墓地也會被毀掉，說已經開始在拆除圍牆、拉．巴羅馬小酒店和舊貨店，已經開始在劃除那座我還從來沒上去過的漂亮小山崗，在巴爾莫夫卡街對面，那裡有一塊像桌面一樣平的地方作爲排球場用，我常常看到那排球飛到小山崗上方，然後落下來一直滾到鐵軌那兒。連這個小山崗也要被掘洞機和挖土機削掉，這些挖出來的所有土和石頭都要用大卡車運到離這不遠的地方，山坡下的猶太墓地上去，因爲這個墓地說是什麼用處也沒有，填平之後可以多出一塊平面，將來用來建造一個觀賞用的果園和小公園，讓勞動人民能在工作之餘坐到這裡的小長凳上休息休息。而我最初還以爲這個墳地上的這些墓碑將被虔誠地挖出來遷到另一個地方去呢，可是我丈夫對我說，猶太區無權銷毀自己的墓地，因爲埋了猶太人的地方，誰也不許碰一下這泥土，於是村政府、民族委員會決定用土將它原封不動地填蓋起來。

我簡直不相信自己的眼睛，就像我看到我丈夫用斧頭在猶太教堂裡亂砍聖壇和窗框，把猶太王冠、大衛國王的王冠拿回家來一樣。誰也不去保護這個王冠，因爲猶太人直到今天也是無力自衛。他們甚至默默地品嘗著這些基督教徒們如何對待他們、如何對待他們的教堂、墳墓、墓碑殘塊的滋味。就這樣我獨自一人第一次去看了猶太人墓地，我在這些石碑間走著，細讀了那些不是用希伯來文刻寫的碑文。我還感到驚訝難解的是，德國人爲什麼成爲，以及如何成爲猶太人不共戴天的敵人。恰恰當猶太人用了稍微走樣的德文名字。這些走了點兒樣的德文名字對於我來說恰恰比經典的德文更有意思。這一走了樣的德文使我覺得猶太文就跟維也納、伊赫拉瓦，還有布爾諾的方言一樣令人感到愉悅和甜美。後來我又在賓卡索猶太教堂門前停步，我正是在這裡曾挨打受傷，在兩隻眼睛之間，爲我媽媽、爲莉莎和烏利以及所有德國人受的傷。現在那裡有四個年輕人、四位青年男子坐在人字梯上繞著圈在牆上刻寫猶太人的名字，那些在以前的共和國時期被處死的所有猶太人的名字，周圍還刻上他全家人的名和姓以及生死日期。我咳嗽了兩聲，然後，等他們完成工作，我才有勇氣問他們，這名字總共有多少，其中一位對我說總共有十四萬個名字，他們都是被毒氣熏死或被打死的。接著我像在夢中一樣走進教堂，那裡有一些猶太城、猶太人區的照片，我像在夢裡一樣從一張照片走到另一張照片跟前，又爲這麼漂亮的猶太人區而感到十分激動、興奮。僅僅爲改善布拉格王城的環境衛生而毀了它們是多麼地可惜啊！我感到太遺憾了。可後來又不知不覺明白過來，其實改變環境只是迫害猶太人的一個藉口，爲的是讓猶太人比在對他們的大屠殺時期更加蒙受恥辱。後來我站在一組人如何用十字鎬和鐵鍬搗毀一個大的猶太區的照片前面。關於這個猶太人區我丈夫曾經說過，要是這個歐洲最大的猶太人區保留下來，數百萬旅遊者都會來這裡參觀，對於我們國家來說，就跟阿爾卑斯山之於奧地利、海之於南斯拉夫一樣。可是我卻在機敏地看著，我看到像我現在這樣，那一回，成千的捷克人都在看著，並爲每拆掉一個屋頂、每一條被挖壞並運走的大街小巷而歡欣鼓舞那樣，就像我和我丈夫坐在霍爾克猶太人酒館的窗子旁喝著啤酒，跟別人一樣看看如何在繼續摧毀利本尼猶太人區的殘骸那樣，就像我們看到那些坐在酒館裡的顧客觀眾誰也不制止、誰也不惋惜這些神秘建築那樣，如今我看到照片上這同樣的毀滅景象，就像希特勒消滅猶太人一樣。我看到，要是捷克人像德國人一樣如此仇恨猶太人，只要有可能，即便到今天也會毀滅他們。我們坐在霍爾克喝著啤酒，平靜地看著那些推土機是多麼起勁地毀滅這些猶太建築的殘骸，看著這些變了形的牆壁連同壁龕與樓梯在如何倒塌，與此同時，在不遠的地方機器的巨勺在一片米黃的塵土中挖著散落的猶太人區的碎磚破瓦，再將它扔到卡車上，一直運到佳布里茨基森林下方離斯特舍爾尼支納不遠的峭壁斷崖中，我丈夫還對我說過德國人曾在離那兒不遠的地方槍殺過我們的愛國者。有一天我乘電車時，只見人們都站起來，以便能從電車上透過鐵欄杆看一眼正朝這邊開過來的卡車，一輛接著一輛，裡面的碎磚破瓦和髒土堆得高高的。在巴爾莫夫卡對面，眼看各輛卡車上的一個個小堆漸漸消失，倒到長滿黑丁香的山坡腳下，那豎著或已經倒下的數百塊舊猶太人區的墓碑上面。我是越過這些觀眾的肩膀看到這一切的。有的乘客已經下車往回走，以便能更清楚地欣賞那一輛接一輛的卡車是如何將碎石和土塊撒到那墓地上埋住它。可惜呀！這些運送被摧毀的利本尼猶太人區的建築殘跡的卡車本應運送那些曾經住在這個猶太人區，如今散居在這個國土上的猶太人，讓他們能舊地重逢的。可這只是我的願望。如今那個小山崗，就是那個在山腳下有個我丈夫常去、士兵們帶著他們的女孩常去的拉・巴羅馬小酒店的小山崗已經漸漸塌陷，被推土機逐漸挖空，將切下來的一大塊一大塊泥土裝到卡車上，像瘋子一樣來來去去，但總是將自己的裝載物撒在山坡下面以埋住那些墓碑，如同洪水逐漸上漲一樣。我沒有勇氣走近看一眼。我想我恐怕會因爲羞愧而暈死過去，因爲從電車上我總看到許多人在那兒圍觀，就像我在一九四五年後跟我們整個勞動營的人一道必須去看電影一樣。看著俘虜們如何站在一個像火山口似的大墓穴前面，後面站著帝國的士兵朝著俘虜們的後腦勺射擊，這些被槍擊者便倒下掉進一個大墓穴裡一樣。那個墓穴跟現在那些上面撒下泥土碎石的墓地竟是如此相像！但我還是沒克制住，我必須去看，不是看卡車如何往墓碑上倒土，而是去看那些興致勃勃地觀賞如同掃射被俘者後腦勺一樣場面的都是些什麼人！於是我便站到那裡。我看到，到這裡來看熱鬧的人有的還帶了小板凳，一大清早就來了。隨身還帶著裝咖啡的小提桶，眼睛都不眨一下地看著那些墓碑如何被土埋掉，卡車的車輪如何在那些小土堆上軋來碾去。我還看到大塊岩石如何轟聲隆隆地滾下來砸在那些墓碑、黑色墓碑上，看到一塊上面雕刻了一雙交叉著手的墓碑還在挺立著；其他墓碑卻已倒下，像小柱子一樣，有的臉朝下，有的側著身子倒在地上；有的在平息下來之前還翻滾幾下；有的被埋在底下，有的還露著半截身子，一些黑丁香樹的柔弱枝條垂到它上面，枝幹上開滿了丁香花，香氣醉人。我丈夫說，在猶太墓上栽黑丁香是因爲它的根在一年之內能將死人身上的肉吃掉，兩年之後，這種黑丁香連死人的骨頭也能消化掉。所以猶太人的墓上常種黑丁香。農民也常將它種在窗下，要是有人得了誰也沒法趕來相救的急病，病人就可以將手伸到敞開的窗外拔些花拔些葉或刮些樹皮吃下去而得救。因爲整株黑丁香全身都是藥，因此農民才把它種在臥室的窗子旁，所以才把它種到猶太墓地。我站在那裡看著如何銷毀猶太墓，圍觀者如何被這一景觀迷住了。我正看得仔細時，發現我的丈夫也站在那裡，也跟其他人一樣在觀看，也跟我一樣不相信自己的眼睛。他看的不是卡車如何往下面倒東西，而是看旁邊的人們，看他們的側面，看那些觀眾。當我們的目光相遇時，我丈夫歎一口氣，聳起肩膀，攤了攤手，然後無能爲力地任它垂下來，表示「又有什麼辦法呢？毫無辦法……」我回家了。突然全身發寒發熱。外面盛開著的黑丁香，芳香撲鼻，我卻生起兩個爐子。我坐在大爐子跟前烤火，可總也暖和不起來。我不僅憐憫猶太人，而且憐憫被那些戰勝者們毆打和侮辱的人。後來我丈夫也回來了，於是我們倆都坐在爐邊烤火，而室外火紅的太陽正在光芒四射。我丈夫指著院子黑板棚窗下的一堆泥土裡長出來的那棵爬山虎給我看，它正分出許多枝杈朝上爬著，然後又垂下來。我丈夫對我說：「那上面掛著一副我的面具，是沃拉吉米爾在這張桌子上爲我做出來的，那張扣著我的臉做出來的面具早已掉進泥土裡，我看到它像圓月鑽進烏雲裡一樣慢慢往地裡陷，再加上雨水衝擊，直到那面具消失不見，如今埋在那下面哪個地方，等到我們什麼時候有了時間，再慢慢地將它挖出來，看看我在地裡是個什麼模樣，看看時間在這張面具上起了些什麼作用。等到以後某個時刻，比方說五百年後，人們再挖開這猶太墓將會有什麼樣的驚訝啊！當一塊接一塊的墓碑被好奇的考古學家的眼睛發現時，又將會有什麼樣的驚訝哩！也許，當他們在這個院子裡的土堆中，在挖出爬山虎藤根時發現還埋著我的那張面具時，將會有更大的驚訝哩！這是沃拉吉米爾在我生前就給我扣出來的。」我丈夫輕聲給我講述著，「蜜麗揚、麗芙克、西貝萊戈爾德、舒芮、姆斯卡特、內特、瑞赫萊……小姑娘，我親愛的，我們不應該忘記這一點，就在你媽媽和莉莎在納粹德國吞併奧地利之後前一天，維也納人目睹來訪的希特勒的風采當天，在維也納的一個猶太女人波拉克・馮・巴涅克太太從窗口跳樓自盡，關於她，她的兒子們寫了並出版了一本幽默笑話……波拉克從窗口跳樓自殺，而你媽媽、莉莎和數千維也納人卻因爲見到了坐著敞篷車穿過維也納的希特勒而興奮地哭泣和喊叫……」

我丈夫已經早就不再在家裡跟他那些朋友辦家庭聚會了。他在劇院、在大街上和飯館裡認識的朋友也不來找他了。可在這裡還是有過一次婚禮。維拉．斯拉維切克有個對象，她甚至愛上了一個法學博士。我為她而祝福。因為夏天晚上，在我們樓上住著的人家都敞著窗子，所以聽得見維拉和她媽媽在談話，時而發出陣陣笑聲。維拉對她媽媽講了當天在她辦公室所發生的一切，後來就睡覺了。我住在下面有時不免為我們沒有孩子而感到遺憾。我還從來沒生養過孩子。我要是跟誰有過一個孩子，我丈夫肯定會非常高興地收養他，因為他喜歡孩子，因為他害怕我跟他所生下的孩子會是些弱智兒。可是當我聽到樓上母女聊得那麼開心時，不禁感到有些淒然，眞的為自己沒有一個可以與我這麼談心的小姑娘而感到遺憾。因為我剛搬到這裡時，維拉還是個小姑娘，五年之後的今天，維拉已經要當新娘子了。我在這裡見過她的未婚夫，跟我丈夫一樣，這位法學博士也比她大十五歲，可是卻有些怯生生的，就跟一個剛哭過的孩子一樣。斯拉維切克太太有次坐在廁所裡，跟往常一樣照例敞著門對我點點頭，跟我說話，說她未來的女婿到了該結婚的時候了，因為他太依賴他媽媽，這位博士現在還處在鄰居只問他「你為什麼不結婚」的情況下，再過幾年人家就會問他「你為什麼沒結過婚」了。於是他們便舉行了婚禮。就跟我的婚禮一樣也是在札麥切克小宮堡舉行的。我也去看了看，就跟所有婚禮一樣很動人，新郎倌回答的那聲「願意」就像被判刑者在法庭上接受判決時的那聲音一樣。然後在世界飯店吃午飯。下午參加婚禮的客人擁進我們的過道。所有不瞭解這裡情況的婚禮客人都被過道溼牆上掉下來的灰泥弄髒了袖子。貝朗諾娃太太也跟往常一樣沒有什麼別的新花樣，只知道扭開水龍頭，用兩個水桶輪流沖洗地面，掃帚將髒水從過道那兒經過院子從她窗子底下掃進下水道。她也跟平常一樣穿著粉紅短內褲、戴著粉紅胸罩在幹活兒。婚禮客人們爲了躲開她的掃把跳來跳去的，結果使他們的禮服在潮溼的過道牆和貝朗諾娃太太窗子底下那面牆上蹭得更髒。只有我丈夫在這一天不怎麼高興，他只祝賀了一下，便跟貝比切克·斯瓦特克一道跑到萬尼什達的酒店裡慶祝婚禮去了，他們在那裡爲新婚夫婦的健康乾了杯。新娘的弟弟、一個未成年的男孩到晚上醉得從樓梯上一直滾到下水道那兒，就在那裡睡著了，後來不得不把他弄醒，送他去急診，因爲他酒精中毒了。新房鬧到半夜才散。我丈夫在床上對我說：「這樁婚事不會有好結果，聽酒館裡的人說那位新郎倌怪得很，事先未經他母親允許的事情他從來不做，他也從來沒離開他媽單獨去過任何地方，什麼都要問他媽，連衣服、領帶、鞋子都是他媽替他買……」我漸漸入睡，這一天我又變得軟綿綿的情緒不高，因爲我遺憾自己沒有一個小女兒，而維拉將從這兒搬走，跟她的新郎住到新房子去，夏天晚上再也聽不見她們母女倆在樓上聊天談地，以擺脫一天所碰上的事情給她們帶來的各種壓力。而我實際上是孤身一人在家，因爲我丈夫在跟貝比切克交朋友，他們還準備將我們的整間房子粉刷一遍，不僅是窗子、不僅是門，而且連傢俱都要刷成白色。我待在家裡，誰也沒問過我一聲，我丈夫一個人就這麼決定了：連傢俱也要刷成白色，根本就沒跟我談過這事……斯拉維切克太太每次碰見我總要興高采烈地跟我談談新婚夫婦有間什麼樣的新居，她說這新生活的確把她的女兒變成了一個眞正愛操心的年輕太太，她努力想使一切煥然一新，包括她們的住宅，她費了好大的工夫才說服她丈夫、這位法學博士買了新衣服、新鞋子，總而言之讓他從結婚起開始一種完全不一樣的新生活。可是，半年之後，我簡直嚇壞了：那位曾經穿著白婚禮服從這個院子裡出去的當時的新娘子，如今穿著一身黑、戴著黑紗禮帽又走進這個院子回娘家了。樓上她家裡的人都在號哭，不知所措。我丈夫晚上從萬尼什達的酒館回來後告訴我發生了什麼事情。跟以往一樣開頭我不明白他說的話：「小姑娘，那新生活不是那麼容易來的。昨天那位博士回到家，想上劇院去，當他打開衣櫃想找條領帶時，不禁嚇了一大跳，因爲那裡掛了十二條新領帶，卻沒有他媽媽給他買的那些領帶，於是問題就來了！他問：『那些領帶在哪裡？』他新媳婦說：『我給你買了一些時髦的、更漂亮的新領帶。』『我的那些舊領帶在哪？』新媳婦微笑著說：『收藏在某個地方，你猜不著。』那位法學博士又追問：『我媽買給我的那些領帶在哪裡？』新媳婦維拉說了眞話：『我跟我媽把它們燒掉了。』」我問他維拉爲什麼穿著一身黑喪服。我丈夫說：「就在維拉告訴他這些領帶已經無法挽回地被燒掉之後，這位法學博士便跳進了高樓的天井，自殺了。」

沃拉吉米爾在我們的房間等著我。我老遠就看到他情緒不安到極點。在過道上他便立即告訴我說黛卡娜不見了，說他各處找過她，甚至還跑到劇院去找過我丈夫，結果一不小心掉進舞台上的陷阱裡，跌到五米遠的一個長沙發上。當嚇了一大跳的布景工們跑到地下室時，沃拉吉米爾朝他們走來問道：「博士在哪裡？」說他今天得到了從法庭來的書面通知，說黛卡娜向法院提出由於不可克服的厭惡和恐懼，要求與他離婚……沃拉吉米爾坐在我那裡哭得死去活來，在號哭的間隙說他愛黛卡娜，少了她便活不了，少了她便創作不出一幅版畫來，即使弄出來也不過是已有作品的重複。說他帶著黛卡娜的內衣，爲的是讓自己覺得黛卡娜離他更近。說他上班的時候腋下夾著黛卡娜小時候睡覺帶著的禿毛小熊……他哭著對我說，當黛卡娜在寒冬天裡來來去去坐在電車上售票時，爲了讓黛卡娜知道沃拉吉米爾和她在一起，他便在大冷天也穿得很單薄，像黛卡娜那樣受凍……可如今卻出來這檔子事兒。他又重複讀了一遍法庭通知他出庭參加第一次審理的傳票，說黛卡娜從布萊肖夫寄來了「由於不可克服的厭惡」而提出的起訴、要求離婚。沃拉吉米爾像癱了似地坐在那裡求我再替他把從日什科夫來的這法庭傳票讀一遍。後來我丈夫來了，他也讀了一遍這傳票，也跟沃拉吉米爾一樣愣著坐在那裡。沃拉吉米爾哭了這一大場之後便站起身來，求我丈夫作爲證人跟他一起去法庭……那一天，當我丈夫參加第一次開庭審理回來，微笑著對我說這實際上是一場鬧劇，因爲女檢察官讀著由黛卡娜的父親寫的起訴書，沃拉吉米爾卻答非所問。合議庭庭長卻提醒沃拉吉米爾對女檢察官的態度要好一點兒，針對提問來回答問題……於是沃拉吉米爾第二天便給檢察官遞上了一封情書。一天之後，檢察官起訴沃拉吉米爾蔑視法庭……一個星期後最後一次開庭，所有法庭官員都站在黛卡娜一邊，因爲沃拉吉米爾說話已經前言不搭後語，於是沃拉吉米爾離了婚，從此再也沒見到黛卡娜。後來我丈夫和沃拉吉米爾還有那位女檢察官坐在日什科夫舊市政廳旁的一家飯館裡，因爲女檢察官喜歡藝術，所以他們一起喝了啤酒。沃拉吉米爾向她講授著他的行動版畫，談它的詩意所在……如今女檢察官對沃拉吉米爾所談的一味地附和並表示贊同，就像我丈夫所說的，她似乎愛上了沃拉吉米爾。因爲從藝術觀點來看，女檢察官認爲凡沃拉吉米爾所說的都有意義和邏輯性，他的談話啓發了她對現代的行動造型藝術的新認識。還有我丈夫談到的波洛克的動人心弦和精力飽滿的藝術也發揮了作用……於是女檢察官竟然忘了回家。她對沃拉吉米爾說她是有生以來第一次見到一位使她相信存在現代藝術的藝術家……後來沃拉吉米爾就不怎麼上我們家來了。半年之後來過一次，我丈夫還沒回家，沃拉吉米爾像得過重病似地兩腳軟弱無力地沿著樓梯一步一步慢慢往上爬，沒像以往那樣飛跑上來。他有點兒發胖了，隨身帶著的不是提包而是幾根釣魚竿。他將它們豎在窗子旁，在門外擦了好久的鞋。進來後，我遞給他一把椅子。他對我講述了一些我已經從我丈夫那兒聽到的事情，說哈魯貝茨基先生在美協爲沃拉吉米爾爭取到一筆補助金，沃拉吉米爾已經半年不必上班，讓他只弄他的版畫。可是就像沃拉吉米爾慢呑呑地跟我講的，他什麼也沒做，整個上午坐在家裡的長沙發上，光著腳，呆呆地望著自己那雙腳。從黛卡娜拋棄他的那時起他就一蹶不振，打不起精神，於是釣起魚來。他釣魚不是爲了晚上有魚吃，而是爲了消磨時間，既然尙未找到謀殺自己的力量，那就謀殺時間吧。晚上便又慢呑呑地追溯往事，回憶起他跟博士曾經夢想著要冒犯一下這個世界的那時候。我望著沃拉吉米爾，心裡卻在想著我丈夫，要是他留在家裡，要是他能夠坐在家裡，讓他一個勁兒地寫，而不只是嚇唬嚇唬他而已，那我丈夫大概也會整整一個上午坐在那裡，裝著很有興趣的樣子觀察他那雙光腳、腳趾頭，因爲我丈夫跟沃拉吉米爾一樣害怕孤單。沃拉吉米爾接著對我說：「我上班的那些時光到哪裡去了？那時我五點半就起床，什麼事都提前一天完成，工作的時候在我面前閃爍著一個彷彿是神話中的世界。年輕的太太，我大概得回到班上去工作。」沃拉吉米爾慢呑呑地說，他極其費力地尋找著字句，憨厚地微笑著，沒有勇氣看一下我的眼睛，只是盯著他前面，有一會兒他完全忘了自己坐在哪裡。我則望著窗外我丈夫經常愛望的板棚斜屋頂間那一片扇形天空。後來，更確切地說他在自言自語，「年輕的太太，我把自己看做像一根上面裝飾著刻痕、切痕和標記牌的旅行杖……這些在我內心積累起來的所有財富我連在夜裡都能看見，我在黑暗中也能摸到它們。可這是因爲我現在的這一切都已是我的過去。在我面前沒有任何新東西。只有那些我釣著了又放掉的魚。」這一瞬間，我丈夫從樓梯那兒幾乎是飛跑著到了我們的小院子裡，他喘著氣走進來，仰面倒在長沙發上大聲嚷道：「我今天當了拉幕人。你們知道在舞台上的拉幕人是什麼嗎？你們知道國家獎獲得者阿列什．波特霍爾斯基將拉幕託付給我這是一種什麼樣的榮譽嗎？在第一幕開始時，這布幕得慢慢慢慢地升上去，拉到剩下三分之一的時候就得一下將它縮到上面。」我丈夫越說越激動，「恐怕誰也不能像我掌握得那麼好。這是導演阿列什．波特霍爾斯基本人對我的信任……沃拉吉米爾，你多在這兒坐一會兒！我還得回到那裡去，因爲我還得再一次、反覆地學好拉幕，才能不辜負波特霍爾斯基先生對我的信任。布幕得慢慢地升起，最先像繩索浸在柏油裡似的，到布幕升到只剩三分之一的時候就要刷地一下拉上去，幾乎像咂一下嘴那麼迅速。然後我得把繩子拴好，到最後落幕也是一樣，先是慢慢地、莊重地，阿列什．波特霍爾斯基叮囑我的。莊重地，到最後離台面只有一米的時候啪地一下落下。」沃拉吉米爾平日起身離去時總是匆匆忙忙的，有兩次撞掉了我的碟子，有三次撞灑了我的咖啡，可如今卻艱難地站起身來，也沒道別，就到了過道上，後來在窗口那兒出現了一下。他變老了，帶著一種無可奈何的笑容拿起他的魚竿，說：「有什麼辦法？我們又要釣魚去……我去買雙拖鞋，讓我媽媽在上面繡兩隻小貓……」

我丈夫站起來說道：「沃拉吉米爾，想聽那個關於波拉克太太最棒的笑話嗎？有一天早上波拉克先生沒出來吃早飯，也沒見來吃午飯，他們在整個莊園裡找他，直到下午晚些時候才從他臥室的床底下找到他的屍體……波拉克夫人把所有女僕都叫到房間裡來，然後掀起床罩，用手指著死在床底下的丈夫對女僕們說：『你們這些婊子，就是這樣給我收拾屋子的呀？』這是波拉克夫人說的……可是當希特勒來到維也納時，她便從窗口跳樓自殺了。沃拉吉米爾，讓您母親給您買雙灰拖鞋吧！那兩隻貓最好是一隻紅的一隻黑的……」

一九八四年十一月至一九八五年二月

LOCUS

LOCUS

LOCUS

LOCUS